Sonya
ソーニャ文庫

魔性の彼は愛を知る

荷鴣

イースト・プレス

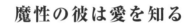

contents

1. 時を売っている

陽《ひ》の落ちた街に鐘《かね》の音が鳴りひびく。壮麗《そうれい》な街に勇壮《ゆうそう》に、力を誇示《こじ》するような音。けれど、もの悲しさを含む音。共鳴し、こだまする。染みわたる。彼は薄く目を開け聞いていた。

寝台で寝そべる彼の瞳に映るのは、窓に切り取られた黒々とした空だった。月が浮き、星々はうつくしく輝いているが、すこしも心は動かない。ただ、冷ややかにそれを仰《あお》いでいるだけだ。たとえ見える景色がすばらしくても、現状は、地獄となんら変わらない。

くつろげた彼の股間《こかん》には、女が顔を埋めている。鐘の音が止んだとたんに、耳に届く音は卑猥《ひわい》なものになりかわる。ぴちゃぴちゃと。

きれいに髪を結《ゆ》いあげた女は、艶《なま》めかしく唇と舌をうごめかせ、彼の猛《たけ》りの訪れを、いまかいまかと待っている。

されるがまま、彼の視線はぼんやり虚空《こくう》をさまよった。

想いはひとつだけ。たった、ひとつだけだった。


彼は金がほしかった。

けれど地位も力も学もない。

願ってもかなわない。

そんな、なにも持たない彼には、生まれながらに与えられたものがある。

それは、人を惹《ひ》きつけてやまない美貌《びぼう》——


彼は莫大《ばくだい》な金が必要だった。

彼は己の身を売ることにした。


「あ……はぁ……」

部屋は情事の音で満たされていた。甲高い声を上げる女と、無言で腰を動かす彼と。

ふたつの影は重なりぶつかって、そのたびにぬちゃぬちゃとした淫猥《いんわい》な音をともなった。

ふたりはひどく対照的だ。女は上気《じょうき》してとろみを帯《お》びた目をしているが、彼は冷めた、凍《い》てつくまなざしを扉に向けている。

上流階級特有の磨《みが》きぬかれた肌を惜《お》しげもなく晒《さら》した女は、表情のない彼を愛おしそうに見つめた。

彼の名まえはルキーノ・ブレガという。

月の光を編《あ》んだような、白にかぎりなく近い銀の髪に、冬の空を模《も》す淡い水色の瞳は、彼持ちまえの白肌とも相まって、幻想的でうつくしい。男にしては華奢《きゃしゃ》な体軀《たいく》のその姿は、中性的で性別さえも超越《ちょうえつ》していて精霊や妖精《ようせい》のたぐいと言われても、さもありなんとうなずける。

その稀有《けう》な美貌をひと目見れば、大抵の者が息をのむ。しかし、崇高《すうこう》の域に達しているがゆえに、あまたの女の劣情《れつじょう》を扇動《せんどう》しては昂《たかぶ》らせる。

彼は胸を上下に揺らす女を一べつし、すぐに視線を外して窓を見た。カーテンが開け放たれた大きな窓には、女とからみあう自身の裸体が、鏡さながらに映っている。

女を善《よ》がらせる己のさまを、ひどく滑稽《こっけい》に思いつつ、彼は律動《りつどう》し続けた。

これまで多くの女とこうしてベッドをともにしている。抱いた女を数えることなど、ずいぶん前に放棄《ほうき》した。

その身は一日たりとも休まずに、今日も明日もあさっても、変わらず女を抱くだろう。

金を手に入れるためだけに。

「次はいつ会えるのかしら」

行為のあと、女はやにわに切り出した。

宝石の指輪がきらめくすべらかな手から金を受け取り、彼は口のはしを持ち上げた。

透けた化粧着《けしょうぎ》をまとう女が、情事の跡を色濃く残して気だるげであるのに対し、白いフロック・コートを品よく着こなす彼は、何事もなかったかのようにすずしげだ。

「三ヵ月後でしょうか」

「そんなに？」

女は不機嫌に眉《まゆ》をはね上げた。懇願《こんがん》をあらわす手つきで彼の胸をそっと押す。

「二倍払うわ。もっと早くに来てちょうだい」

「できません」

「では、三倍出すならどうかしら」

水色の瞳をまつげで隠し、彼は首を横に振る。

「ルキーノ……わたくしはね、いつだってあなたに会いたいの。ほんとうにあなたを――」

女の甘ったるい声が、彼にまとわりついてくる。女はいかに彼を大切に思っているか、焦《こ》がれているかを口にする。

「愛しているの。あなたの愛がほしいのよ。得られるのなら、なんでもするわ」

彼はなにを言われようとも、眉すらすこしも動かさない。無表情に立つだけだ。

女はだんだんじれてきて、唇をひん曲げ、するどく息を吐き出した。

「五倍なら？」

彼は静かにまぶたを上げて、感情のこもらないまなざしを女に送った。

「五倍——いいえ、十倍。……どう？　十倍出すわ。だから早くここに来て。誰よりもわたくしを優先して」

女の手が艶めかしくのばされて、熱を含んだ視線がねっとりと彼にからみつく。

「あなたがいないとだめなのよ。狂ってしまうわ。いまだって、ほかの女を思うと嫉妬《しっと》で狂い死にしそうなのよ。……ねえ、どうすれば、あなたはわたくしのものになるの？」

鷹揚《おうよう》に、彼は女の手をとった。顔を下げて甲に軽く口づける。

その行為に満足した女は、官能的にささやいた。

「ルキーノ、愛しているわ」

白いまつげを伏せたまま、彼は抑揚《よくよう》なく言った。

「ひと月後に参ります」

「ひと月？」

不満だがしかたがないとばかりに、女はふうと息を吐く。

「……いいわ。ルキーノ、キスして」

言われるがまま女のあごを引き上げて、彼は己の唇で女の口を愛撫《あいぶ》した。すると、すぐさま首のうしろに女の腕が回されてキスは深まり、舌をからめた濃厚なものに変わりゆく。はたから見れば、愛の行為と言えるだろう。しかし、彼の目は依然《いぜん》氷のように冷ややかだ。

くちゅくちゅと食んだあと、彼が一歩離れると、口から繋《つな》がる糸が切れた。

「時間です」

女が余韻《よいん》にひたっているなか、袖で口をぞんざいに拭《ぬぐ》った彼はきびすを返して去っていく。扉は女の制止を聞かず、無情に固く閉ざされる。

あとに残されたのは、遠ざかっていく足音のみ。やがて静寂が訪れる。

どんなに金を積まれようとも、彼は決して誰のものにもならない。それこそ豪邸《ごうてい》をいくつも建てられるほどの金を提示してきた女もいたが、彼はすげなく断った。たとえ尊い身分でも、ましてや王族だとしても、彼に焦がれる女たちが買えるのは、等しくわずか一時間ばかりの情事の時間にかぎられる。

彼はどこから来てどこへ行くのか。

それは誰にもわからない。

年齢やその出自すら知る者はいないのだ。

彼は秘密に満ちている。

ルキーノ・ブレガ——それはちまたで婦人をとりこにしている男の名。

2．陽が降っている

その日は雲ひとつないあざやかな青天だった。日照り続きでもないかぎり、晴れをきらう人はそうはいないだろう。事実、この一週間ほど分厚い雲にはばまれて、陰気な日々を過ごしてきた町の人たちは、まばゆい陽射しに気分が上がり、昂る様子をみせている。あちらこちらで聞こえる会話は笑いをまじえて快活《かいかつ》で、雨でできずにいた作業をしているのか、朝からせわしく動きまわる。

しかし、冬をひかえた町に吹きつける風は強めで肌寒い。かごを片手に歩くジゼラの長い黒髪や、白い帽子や服を煽《あお》って抜けていく。その冷えた身体は、太陽がすぐにあたためてくれるから寒くはないが、ジゼラを照らして目立たせる。

光は彼女の白い肌を淡くきらめかせ、清楚なたたずまいは、抜けるような水色の空によく映えた。おまけにのびやかな背すじとしなやかな足取りが、彼女に特異な気品をもたらして、まとう服が地味で古めかしくても、行き交う人の目を引いた。けれどジゼラは視線にまったく気づかない。頭のなかは、朝の食事のメニューでいっぱいだ。

ふいに、近くで地面をつついていた鳥が羽音を立てて飛び立って、進路をさえぎるように横切った。くちばしが赤く色づいた、かわいらしい鳥だった。ジゼラは歩きながらも、なんとはなしに目で追った。

鳥は風に吹かれる木々のわきを通り過ぎ、道行く馬車の上を抜け、前に続く階段に移って、にょっきり顔を出している古い塔《とう》にたどり着く。さらに丘の上に立つお城のような貴族の館に向かってはばたき、そして、ジゼラの視界からほどなく鳥は立ち去って、混じりけのないきれいな青が残された。

晴れ渡る空にジゼラは胸をはずませた。まつげを伏せて深い呼吸をひとつして、陽をぞんぶんに味わった。ひさしぶりの日向《ひなた》のにおいは、たとえ冬まじりでも心を明るくしてくれる。晴れの日はなにかいいことがありそうで、おのずと足取りも軽くなる。

ジゼラは風でずれた帽子の角度を整えて、前の景色を目に映す。広がるのは、ざわめきをともないながら朝市へ向かう雑踏と、陽を反射して、宝石みたいにきらきら輝く石畳《いしだたみ》。澄《す》んだ空の色も合わさって、あふれる色の洪水《こうずい》だ。

ますます浮き立ったジゼラは、足を踏み出した。

「ジゼラ!」

人ごみにとけこみながらしばらく歩いていると、名まえを呼ばれてジゼラは帽子のつばを持ち上げた。視線の先にはジゼラよりも大人びた雰囲気の、赤毛の娘が手を振って、元気に笑顔をみせている。

「おはようマレーラ」

マレーラは人の波を器用にすり抜けて、ジゼラの横に並ぶと、親しげに腕をからませた。

「会えてよかった。話があったのよ。いまから朝市に行くの？」

「ええ、そうなの。マレーラも行くの？」

「ううん、行かない。わたしはいまからおばさんの家よ。機織《はたお》りを手伝うの。それよりね、今日、午後から教会で音楽会があるらしいんだけど、一緒にどう？」

音楽会は、幼いころ、母が生きていたときに一度ふたりで行ったきりだ。遠い過去に思いを馳《は》せたジゼラは、あざやかなみどりの目をまたたかせ、はじけるように破顔《はがん》した。

「ぜひ行きたいわ」

「決まりね！　ねえジゼラ、あなたの家って坂を上がったところの、たくさんの木に囲まれた家でしょう？　林みたいな」

「そうよ」

「やっぱりね！」

ジゼラはなぜ知っているのだろうと思ったけれど、問うより先に、はしゃぐマレーラが付け足した。

「ずっとそうじゃないかと思っていたの。……いけない、もう行かなくちゃ。おばさんはせっかちだから、遅刻にとってもも厳しいの。あとで迎えに行くわ。また会いましょう！」

風のように去るマレーラの背中を見送りながら、ジゼラは唇を引き結ぶ。胸がとくとくと高鳴ってきて、うれしさがかけめぐる。

晴れの日はやっぱりすてきだ。さっそくいいことが向こうのほうから来てくれた。

腕に掛けたかごを持ち直し、ジゼラは足を速めて市場へ向かう。すみやかに用を済ませて、外出の許可を得なければならないからだった。


煉瓦《れんが》造りのひび割れた建物が建ち並ぶ町の大通りには、朝の四時間ほど、毎日休まず朝市が開かれる。そこには食品から日用雑貨にいたるまで、様々な屋台が出て、この町の名物になっている。今日も、町民はもちろんのこと、遠くの町からも大勢の客が訪れて、盛況《せいきょう》ぶりをみせている。

快活な声が飛び交うにぎやかな人波をかき分けて、ようやく目当ての屋台にたどり着いたジゼラは、かごから瓶《びん》を取り出して、店を切り盛りしている婦人にミルクを入れてもらい、お金を払った。ほぼ毎日通っているため、すでに婦人とは顔見知りだ。短く言葉を交わしたあとで、ふたをぎゅっと締めてくれた彼女に「ありがとう」と会釈《えしゃく》した。

「ジゼラさん」

その後にすぐにうしろのほうから声をかけられ、ジゼラは振り向き、うれしそうに顔をほころばせた。はす向かいの屋台でふくふくとした男が手招きをしている。

「今日はたまごが安いよ、こっちもどうだい」

歩み寄るジゼラはすかさず頭のなかに朝食のメニューを描き出し、愛想よく答えた。

「いただくわ。あのね、たまご屋さんが前に教えてくれた、たまご焼きを作りたいの」

「ああ、あれね。じゃあ六つだ」

「はい、おねがいします」

男にお金を渡していると、となりの屋台に立つ女が、目をまるくして話しかけてきた。

「あんた、ずいぶんと品がいいんだねえ」

女は、ジゼラの頭のてっぺんからつま先まで値踏《ねぶ》みするような視線を向けてくる。

「あんたの立ち振る舞いときたら、そこらの娘とは大違いだ。なんて言うんだろう、そうだね、お貴族さまみたいだよ。うちの娘にも見習ってもらいたいね。すこしでも金がある男をつかまえてほしいからさあ。世のなかはね、金だよ。貧乏人は一生貧乏だからね。泥沼からは抜け出せやしない」

ジゼラはちいさくほほえんだ。だが、たまご屋の男は笑みを消して女をにらみつける。

「おまえ、しばらくだまってな！」

乾物《かんぶつ》を売る新参《しんざん》の女は知らないが、ジゼラ——ジゼラ・バーヴァは、いまでこそ質素な服を着ているものの、正真正銘、上流階級の娘だ。その事実を知るのは、たまご屋の男をはじめとする屋台の店主数人にかぎられる。

四年前、はじめて市場を訪れた、まだ幼かったジゼラは、居並ぶ屋台の主《あるじ》に向かい、簡素な服のスカートを軽くつまんで、優美な所作であいさつをした。それは作法を身につけた令嬢の振る舞いで、あまりに場違いな行動を怪訝《けげん》に思った店主に問われて、ジゼラは事情を話したのだ。以来この店主たちに守られて、ジゼラの素性に触れないのは、市場で物を売る者たちの不文律《ふぶんりつ》となっている。

「わるいねジゼラさん。こいつには言い聞かせておくからさ」

気まずそうな男の言葉に、ジゼラは首を横に振る。

「いいんです。気にしません」

笑みながら言い足した。

「たまご、ありがとう」


ゆるやかな坂をのぼりきり、入り組んだ路地を抜けた先に、一軒の古びた家がぽつんとある。うっそうとした木々に囲まれているため光が届かず、容易になかは覗《のぞ》けない。蔦《つた》の這《は》う、おどろおどろしい建物だ。

そんな、人を寄せつけない家に、平然と近づく影がある。それは朝市で買い物を終えたばかりのジゼラであった。

家の前に立ったジゼラは、すっぽりと木陰に包まれた。

彼女にはもはやきらびやかな上流社会での居場所はない。家は四年前に没落した。身にまとうものは華やかなドレスから、色あせた飾りのない服へと変化した。

しかしながら、彼女は現状を悲観することなく、堂々と前を向くことができている。それは〝彼〟のおかげにほかならない。

ジゼラが鍵を開けて扉を開けば、錆《さ》びた蝶番《ちょうつがい》が音を立てた。

「ジゼラ」

深みのある声で名を呼ばれれば、ジゼラの唇は自然にやわらかな弧《こ》を描く。

「おにいさま、起きていらしたのね。でも、昨夜は遅かったようだから、まだ寝ていてくださいな。わたし、食事の用意をします」

おにいさまと呼ばれた青年は、「いい天気」と言いながら、窓辺でぐんと伸びをした。差す木漏《こも》れ日のなかにいる彼に、ジゼラは心配そうに眉根を寄せた。彼の肌や目は極度に陽に弱く、当たりすぎると体調をくずしてしまうのだ。

「いけない、おにいさま。太陽が……」

彼のもとに行こうとしたけれど、手でやさしく止められる。

「すこしくらい平気だよ」

とはいえ、光に照らされる彼が儚《はかな》くなりそうで、ジゼラは気が気ではない。

「でもおにいさま」

「だいじょうぶ。で、今日はなにを作るの」

問われて、ジゼラは買ったばかりの食材を机に並べ、彼にひとつひとつ見せていく。

「ミルクとたまご、それにパン。このお肉は夜に使うわ。朝はまずは白身を泡立てて、ミルクとまぜてふわふわのたまご焼きを作るの。バターをたっぷり入れるわ」

彼は笑顔でうなずくと、顔にさらりとかかった白銀の髪をかきあげた。

「ではぼくはパンを切るよ。かして」

ジゼラからパンを受け取ると、彼は厚めに切り出した。それに鉄のくしを突き刺して、暖炉《だんろ》で焼けるように整える。

ジゼラは彼を確認したのち、たまごの卵白を取りわけて、軽快に泡立てていく。けれどほどなく、ほほを染めて手を止めた。彼が笑みを浮かべて、こちらをじっと見ているからだ。

「おにいさま、わたしになにかついているの？」

「ついていないよ。ジゼラを見ていると楽しいから。……だめ？」

返答に困って、ジゼラは肩をすくめてはにかんだ。

「だめじゃないけれど……そんなに見つめられると失敗してしまうかもしれないわ」

「失敗してもかまわないよ。きみが作った料理なら、どんなものでも食べるから」

「だめ。おにいさまは焦がしてしまった料理ですら、ほんとうに食べてしまわれるから、わたし、失敗できないわ」

ジゼラから机を挟んだ向こう側に移動して、椅子《いす》に腰かけた彼は、頬杖《ほおづえ》をついて口にした。

「ぼくのことは気にしないで。なにを言われても見ちゃうんだから。ね、ジゼラ続けて」

しかたなくジゼラは調理を続けるが、ほどなくしてまた手を止めた。

「おにいさま」

「ん？」

彼はにこやかに首をかしげる。

「今日ね、教会で音楽会があるの。誘ってもらえたのだけど、お昼から出てもいい？」

「……音楽会？」

おだやかだった彼の声音に不穏な影が混じる。

「きみが誰かから誘われるのははじめてだね。誰と行くの」

「マレーラが誘ってくれたのよ」

「で、きみは行きたいの？」

「行きたいわ」

足を組んで座っていた彼は立ち上がり、ジゼラのもとに寄ってきた。

ジゼラのつやのある長い黒髪が、のびてきた手に掬《すく》われる。こちらを見下ろす瞳の奥にある彼の真意を、ジゼラは推し量《お はか》れずにいた。

やがて感情を押し殺すようにして、彼の白いまつげが伏せられる。

「……一時間で済ませてきて」

「おにいさま、音楽会ですもの。それは短すぎるわ」

「では二時間。それ以上はだめ」

「わかったわ」

彼は黒の毛束を口に近づけ、ジゼラに見せつけるように、ゆっくりとキスをする。

「ジゼラ、約束だよ」

◇

白銀の髪と黒い髪。彼とジゼラの容姿には、似たところはひとつも見られない。

なぜなら、ふたりには血の繋がりがないからだ。

ジゼラに〝おにいさま〟ができたのは、四年前、家が没落した日にさかのぼる。

あの日、部屋でいつものように寝ていたジゼラは、大きな悲鳴と怒声で飛び起きた。異変におののき、心臓が限界まで脈打った。

おそるおそるベッドから下りたところで突然扉が開けられて、見たこともない荒くれ者が押し入った。ジゼラは化粧着のまま縮こまり、かたかたとわなないた。

「こっちに子どもがいるぞ！　娘だ！」

その声に、遠くのほうから、「連れてこい！」とがなり声が返される。家のなかに荒くれ者が多数いると気がついた。

ベッドを囲む天蓋《てんがい》のレースが音を立ててちぎられて、ジゼラは思わず悲鳴を上げた。

けれど、悲鳴は荒くれ者を煽って苛立《いらだ》たせただけだった。

数刻前に、使用人がていねいに梳《す》いてくれた髪がぐしゃりとつかまれて、なすすべもなく引っぱり上げられる。ジゼラは男の喉仏《のどぼとけ》が生々しく動くさまを見た。

「おまえ、まだガキだがなかなか上玉《じょうだま》じゃねえか」

「いや……だれか！」

刹那《せつな》、「だまれ！」と怒鳴られて、ほほに鈍《にぶ》い痛みが走る。しばらくして、殴り飛ばされたとわかり、ジゼラは放心してしまう。殴られたのははじめてだった。父以外の男に触れられたのも、はじめてだ。

男は愉楽《ゆらく》にゆがめた顔を、ジゼラにすれすれまで寄せていく。

「おまえはな、その身体で一生働いて金を稼《かせ》ぐことになる。恨《うら》むなら借金をたんまりこさえた親を恨みな。来い！」

ひどくしわがれた声だった。生ぐさい息が吹きかかる。

「いや！」

男はいやらしくげたげたと笑った。

「拒否する権利はねえよ。脚を開きな、まずはおれのぶつで具合を確かめてやる」

生まれてはじめてジゼラは暴れた。けれど、すぐに猛烈《もうれつ》な痛みが襲いくる。また、男にぶたれたのだ。

ジゼラは、死を覚悟するほど何度も殴られたと記憶しているが、それからはよく覚えていなかった。視界はいつしか暗くなり、ほどなく闇に閉ざされた。

その後、ふたたび目を開けたとき、男がいないことに安堵《あんど》した。でも、一体なにが起きたのかわからない。

みすぼらしい壁、剝《は》がれかけた天井が目に映る。それは知らない部屋だった。

全身がこわばり、手すら動かず、ジゼラはまばたきだけをくり返した。

「気がついた？」

気遣わしげに声をかけられるも、のどが痛くて返せない。

「痛いだろう。ひどい怪我《けが》をしているんだ。骨も……折れている」

声の主はジゼラの顔を覗きこんできた。とたん澄《す》んだ水色があらわれて、そのきれいな瞳がやけに脳裏にしみついた。それは冬の空、暗く分厚い雲のすきまにあらわれた、尊い青に似ていた。

「……あなたは」

ジゼラは何度もつばをのみこんで、声をしぼり出した。

「だれ？」

「はじめまして、ジゼラ」

なぜ名まえを知っているのだろうとふしぎに思った。けれど彼のやさしい笑みと声に、わけもなく安心できていて、まぶたが重くなってくる。

「そのまま目を閉じて、いまはなにも考えないで。……もうすこし眠ったほうがいい」

言われるがまま、ジゼラはその後二日間眠り続けた。

これが、忘れもしない〝おにいさま〟との出会いだった。

次に目覚めたときに、かたわらでジゼラをうかがっていた青年は、ぽつりぽつりと経緯《けいい》を教えてくれた。

ジゼラの父は事業に失敗し、多額の借金を負ったらしい。そして借金取りの男たちが屋敷に押し入った。父は仕事で家を長く空けることが多かったが、いつもかならずたくさん手紙をくれた。それなのに、四ヵ月前から外国へ行ったきり手紙は送られてこなかった。屋敷にいるはずの母の姿も見られない。それはジゼラにとって、身を切られるような悲しい現実だ。ジゼラは見捨てられたのだ。

「わたしは……ひとり？」

ぼう然とするジゼラの手が、大きくてあたたかな手に包まれる。

「ひとりじゃないよ、ぼくがいる」

でも、とジゼラは思ってしまう。彼は一体誰なのか。

ジゼラは握られている手を見下ろした。やはりそれはあたたかい。しかし、めまぐるしく変化する現状に、不安が一気に押し寄せる。

悲観したジゼラの手がふるえると、彼は勇気づけるようにさすりだす。その重なる手のやさしさに、涙があふれて止まらない。

しゃくりあげて彼をうかがえば、布で目もとをそっと拭われる。ジゼラはこのときはじめて、彼の髪も肌の色も、いままで見たことがないほど白いことに気がついた。

「……あなたが」

ジゼラは目をまたたかせて涙を散らし、たどたどしく口にする。

「あなたが、ジゼラを……助けてくれた？」

じっとこちらを見ていた水色の瞳が細まった。彼の唇は笑んではいるが、そのまなざしからは思いは一切読みとれない。

「そうだよ」

彼は首をかしげて、ゆっくり言葉を紡ぎだす。

「ぼくが、きみを連れ出した」

それから、彼との共同生活が始まった。彼は行き場を失ったジゼラに同情したのか、文句ひとつ言わずに養《やしな》ってくれている。

やがて幾日《いくにち》も同じ時を過ごすうちに、自然とジゼラは彼を慕うようになり、ついには彼に対するすべての疑問を捨て去った。

――大好きな、おにいさま。

彼と出会って四年を経たいま、ジゼラのなかで、彼はまぎれもない家族となっていた。

◇

「ジゼラ！」

窓の外から聞こえてきた元気な声に、椅子に腰かけていたジゼラは刺しゅうの手をぴたりと止めた。教会の音楽会へ行く約束をしていたマレーラが、家まで迎えに来てくれたのだ。立ち上がると、長椅子でまどろんでいた彼が、ぼんやりとジゼラに目を向けた。

「ん、もう出かけるの？」

寝ぼけ眼《まなこ》の彼は、いつもより格段に色っぽくて、ジゼラは思わず目をそらし、ほほを染めてうつむいた。

「ええ、おにいさま。行ってきます……」

四年前から毎日顔を合わせているというのに、それでもジゼラは彼を見飽きることがない。気だるげに髪をかき上げるだけでもさまになり、おのずと引きこまれてしまうのだ。

彼の印象は〝白〟だった。

白に近い銀の髪、冬空のような水色の目。ふちどる長いまつげも白く、その透きとおる白肌が際立った。さながら、光のきらめく雪原だ。無粋《ぶすい》な足あとなど存在しない、孤高の銀世界。

「ジゼラ」

彼の形のよい唇が開かれた。

「二時間だよ、わかってる？」

彼に見惚《みと》れていたジゼラは、はっと我にかえって顔を赤らめる。

「ええ、おにいさま。わかっているわ」

帽子を被ろうとしていたジゼラは寸前で取りやめた。風が気持ちよさそうだから吹かれたいと考えたのだ。それは、ほかの人にとっては取るに足らない試みだろうが、ジゼラにとってははじめてで、胸が高鳴ることだった。

玄関の扉を開けて外に顔を出すと、すぐに髪が風に遊ばれた。家の前では、赤毛のかわいらしいマレーラが笑顔で立っていて、ジゼラもつられてほほえんだ。マレーラとは知り合ってまだ日が浅いが、ジゼラはこの笑顔が好きで、いつも元気をもらっている。

「ごきげんようマレーラ。迎えに来てくれてありがとう、うれしいわ」

「ねえジゼラ、わたしね、おばさんから気になるうわさを聞いたのよ」

唐突な話に、ジゼラは大きな目をまたたいた。

「うわさ？　なにかしら」

「この家にね、うつくしい女の子が住んでいるっていう話なの」

「そんな……どうしよう」

「え？」

「あなたのおばさまがわたしを見たら、まちがいなくがっかりするわ」

動揺したジゼラが肩を落とせば、マレーラはジゼラの手をとり、握りしめた。

「なにを言うの！　ジゼラのこの黒髪も、きらきらしたみどりの瞳も、とってもきれいよ。

うつくしいわ。でもね、うわさの内容はね、ひとりだけじゃないの。うつくしい兄妹がいるっていうものなのよ。……ねえ、あなたにお兄さんがいるの？」

ジゼラはとまどいつつも、ぎこちなくうなずいた。

「ええ、いるわ……」

ジゼラの手をぱっと放したマレーラは、胸の位置で手を組んで、うれしそうに跳びはねた。

「そうなのね！　ねえジゼラ、あなたのお兄さんはどんな人？　あなたに似ているの？　同じ黒い髪？　同じ目の色をしている？　それとも違うの？　妹のあなたがこんなにきれいなんですもの、きっとお兄さんもすてきなはず。やだ、どうしよう！」

矢継《やつ》ぎ早《ばや》の質問に、ジゼラは圧倒されていた。まごつきながら、おなかの前でそろえた指をもじもじからませる。そのときだ。

「……さわがしい」

背後から不機嫌そうな声がした。おにいさまの声だった。彼がこんなに低い声を出すとはめずらしい。

マレーラは、ジゼラのうしろにあらわれた彼をみとめて、固まっているようだった。

あわててジゼラは振り向いた。案の定、不機嫌さを隠しもしない、しかめ面の彼がいた。

「あの、おにいさま、こちらがマレーラさんよ。わたしを教会に誘ってくれた方なの」

続いてジゼラは、マレーラに向き直る。

「マレーラ、わたしのおにいさまよ」

しかし、紹介しても、マレーラは相変わらずこわばったまま動かないし、彼もむっつりだまったままだ。いたたまれなくなったジゼラは、ふたたび「行ってきます」と切り出そうとしたけれど、それより先に口を開いたのは彼だった。

「きみ、ジゼラをよろしく。だが外出をゆるすのは二時間だ。二時間後にはこの子を帰してくれ。かならずね」

抑揚のない声だった。彼はかちこちに緊張しきったマレーラの返事も聞かずに、奥の部屋へと消えていく。ジゼラはあっけにとられつつ、そのすらりとした背中を見送った。どうしてこんなにぞんざいな態度をとるのかわからない。

「マレーラ……あの、ごめんなさい。おにいさまったらどうしたのかしら。いつもはやさしい方なのに」

とまどうジゼラがマレーラを見ると、そこには、先ほどの張りつめた表情から一変、興奮した顔があった。

「どうしてジゼラがあやまるの？　あなたのお兄さん……すごいわ。わたし、こんなにどきどきしたのははじめてよ。なんてうつくしいの！　それに、クールですごくすてき。どうしよう、まだどきどきしているわ。わたし、いますぐ抱かれたいなんて思っちゃった」

予想だにしないマレーラからの返答に、ジゼラは目をまるくした。

「あら、ごめんね？　抱かれたいなんてはしたない？　でもね、それだけすてきっていう意味だから。さあ、時間がもったいないわ。二時間しかないんだもの、行きましょう！」

手を引いてくれるマレーラに従って、ジゼラははじめて石畳を駆けていた。

長い黒髪がうしろに流れることすら楽しくて、胸がはちきれそうだった。わくわくしていて好奇心が止まらない。行儀がわるいとされていたから、いままで人前で走ったことなど一度もなかった。

息が切れて、苦しくてもかまわない。めくるめくすばらしい景色を、ずっと見ていたくてたまらない。

人のあいだを縫《ぬ》いながら、突き進む。笑い声に耳をすませば、ゆかいそうな会話が聞こえてきて楽しくなる。屋台から湯気《ゆげ》が揺蕩《たゆた》い、どこからともなく甘いにおいも漂ってきた。馬車が轍《わだち》をつけて走り抜け、においをすべて連れて行く。物を売る少年のとなりで犬がわんわん吠《ほ》えている。地面をつついていた鳥が向きを変え、羽をはばたかせて飛んでいく。早朝ではない昼の世界。真上から差す光は新鮮だ。なにもかもがきらきらしていて、ジゼラのなかに降り積もる。

これまでは、両親に従って、おにいさまに守られて生きていた。なにもできない愚図《ぐず》な自分がいやになり、落ちこむときも多々あった。しかしいま、陽の光を浴びるだけで、ほほに風が当たるだけで、ひとりでもなにかができそうな気がして昂った。

きっと、彼の役に立てるだろう。未知の世界の幕開けだ。

ジゼラは感極まって声を上げた。

「マレーラ、わたし……」

「なあに？」

「楽しいわ！」

満面の笑みで言う。そんなジゼラにマレーラは怪訝そうに首をかしげる。

「なにがそんなに楽しいの？　息が切れて苦しくない？」

「苦しい。……ううん、苦しくない」

ジゼラは目を輝かせた。

「楽しいから楽しいって言ってしまったの。この気持ち、うまく説明できない。言葉にならないわ。どう表現していいのか、わたし」

しばらくのあいだ、昂る感情に身を任せていたジゼラは、マレーラのささくれた手を握る。

「マレーラ、ありがとう。誘ってもらえてうれしい。わたし、ほんとうにうれしいの」

マレーラは口をまごまごさせていたが、やがて、

「まだ教会についてないのに、変な子！」

と、そっぽを向きながら言う。

「あのね、ジゼラ」

ジゼラはふと、マレーラの耳が赤くなっていることに気がついた。

「これからは、たくさん……うんとたくさん誘うから。わたしたち、友だちだからね」

はじめての言葉に、ジゼラはこみ上げる思いを抑えるのが大変で、口をすぼめてうなずいた。

「ええ、マレーラ。友だち……」


しばらくしてバロック様式の教会に到着し、マレーラと音楽会に参加した。けれどジゼラがその日最も興奮したのは、己の足で走ったことだった。昂揚《こうよう》感や、達成感。まわりの景色が色あざやかに見えて、なにもかもが真新しくて心が勝手にわき立った。きれいな曲を聴いているいまも、走りたくてしかたがない。

空想のなかで、ジゼラはたまらず駆け出した。ただの妄想だとしても、ジゼラはとても満足だ。

「ねえジゼラ、もうすこしで二時間になるわ。戻りましょう」

マレーラの声に、たちまち、まぼろしは霧散《むさん》した。

終わってしまう寂しさに、ジゼラは心の底から落ちこんだ。もうすこし、町を走る空想にひたっていたくて、肩を落として息を吐く。けれど約束は約束だ。帰らなければいけない。

「そうね、……でも」

「でも?」

「二時間では足りないわ。次はもっと時間がほしい！　わたし、おにいさまにおねがいしてみる。きっと聞いてくださるはず」

目をきらきらさせて話すジゼラに、マレーラは妙案《みょうあん》を思いついた様子で手を打った。

「そうだわ、今度ジゼラの家にわたしを招待《しょうたい》してちょうだい。ねえ、いいでしょう？　そうしたらきっと、もっと一緒にいられるわ。でね、あなたのお兄さんとも仲良くしたいの。だってわたしたち、友だちでしょう？　ぜったいに、そのほうが楽しいと思うの」

──友だち……はじめての。

ジゼラは、マレーラが自分ともっと仲良くしたいのだと考えて、胸がいっぱいになり、彼女の手をぎゅっとした。

「ええ、聞いてみるわ」

二時間の約束を守り、ジゼラは帰宅した。帰り道、マレーラにせがんで走ったのは言うまでもなく、ジゼラは今日という日を〝とってもいい日〟と頭のなかに書きつけた。

玄関の扉を開けて、おにいさまの待つ家に入れば、そこはもう、ふたりきりの世界だ。外の世界も好きだけれど、ジゼラはこの世界も好きだった。彼のことが大好きだ。

「おにいさま！」

だが息を切らせたジゼラを見るなり、彼は顔をゆがませた。ジゼラは彼の機嫌のわるさにすぐに気づいて、しどろもどろに弁明《べんめい》する。

「ごめんなさい。あの、わたし……」

言いながら、ジゼラは思いをめぐらせた。なぜ彼は怒っているのだろう。結果、見苦しく汗をかいているのがいけないのだと考えた。彼はきれい好きなのだ。

「おにいさま……わたし、汗をかいていて……ごめんなさい、すぐに着替えるわ。……あのね、今日はじめて町を走ってみたの。それでね、とても楽しくて。でね、マレーラとお友だちに……わたし、はじめてお友だちが」

「ジゼラ」

彼にさえぎられてしまい、ジゼラはあわてて口を閉じた。けわしい視線が降りそそぐ。

「道には石も釘も、硝子《がらす》の破片だって落ちているんだ。転ぶときみが怪我するだろう？ぼくがなにを言いたいかわかるかな。走るのはよくないね。外は危険に満ちている。それにね、友だちなんてまやかしだ。信じるな。人は自分の利益のために平気で他人を利用する、汚すぎる生きものだ」

ジゼラは彼の頭ごなしの否定の言葉に落胆《らくたん》せずにはいられない。とてもじゃないが、マレーラを家に招待したいだなんて言い出せるような雰囲気ではなくて、しょんぼりと古い木の床を見つめた。

「そんな顔をしないで。ぼくはきみが心配なだけなんだ。わかってくれる？」

「……わかっているわ。おにいさまはいつだってわたしを守ってくださるから」

「汗を拭いてあげるよ」

ジゼラが顔を上げると、仄暗《ほのぐら》い影を宿した瞳が見えた。

「服を脱いで」

言われるがまま、ジゼラは首もとのボタンを外してゆるめていった。かすかな衣ずれの音を立て、服は床にぱさりと落ちていく。恥じらうこともなく、ジゼラは全裸になっていた。

使用人に世話をされてきた彼女にとって、裸を見せる行為は特別なことではなかった。とはいえ彼は男性だ。一緒に暮らしはじめて、最初のころはとまどった。けれど、彼が当然のように服を脱がせて拭くものだから、ジゼラはこれが普通なのだと理解して、やがて受け入れた。彼は毎日、手ずからジゼラの身体を清めてくれている。

彼は布をぬるま湯にひたして、ジゼラの背中を拭いていく。その手つきのやさしさに、ジゼラはいつも安心する。大切にされていると思うことができるからだ。

――彼が好き。

「おにいさま、わたしね、今日……とっても楽しかったの」

「そう、よかったね。……上げて？」

背中を拭き終えた彼に、腕を上げるように指示されて従えば、わきや腕、指先に布がすべりながら移動する。左手と同様に、右手もていねいに。くすぐったくても、ジゼラはぐっと我慢する。

「爪、そろそろ切らなくちゃね。あとで切ってあげるよ」

「ありがとう。……それでね、マレーラはまた誘うと言ってくれたの。それでね、あのね、今日過ごしてみてわかったことがあるのだけど、二時間では足りないと感じたの。もうすこし時間をかけて楽しみたいと思ったわ。あとはね、マレーラがね」

「ジゼラ」

うしろにいる彼の腕が、わきの下からおなかにするりと回される。彼の熱を背中に感じて、ジゼラはごくりとつばを飲みこんだ。力のこもった彼の腕からほのかに怒りが伝わって、ジゼラはその腕に恐々《こわごわ》と手をのせて、ごめんなさいの気持ちをこめて撫《な》でさする。

「二時間はきまりだ。守らなければ、家から出るのは許可しない」

「おにいさま、でも……」

「きみはわかっているのかな。以前のようにあのならず者たちが襲ってきたら、どうするつもり？　ほんとうは家から出てほしくもないんだよ。時間をのばすなどありえない」

低くなった声に、ジゼラの胸は波打った。彼にだけはきらわれたくない。

「……ごめんなさい」

首すじに息が吹きかかり、じわりと熱がのせられる。

彼のやわらかい唇がジゼラの肌を這っている。

「……わかってくれればそれでいい」

口をひき結んだジゼラには、そろそろ我慢の時間がやってくる。彼はジゼラの身体を丹《たん》念《ねん》に拭いてくれるが、胸と脚のあいだに触れられると奇妙な感じがするから困るのだ。い

つも声が出てしまい、平静でいるのに苦労する。布を持つ彼の手が、下から上へと胸を往復するたび、突起がこすれて、ジゼラの奥に甘やかな火が灯り、もどかしさに身体がうずいてひくりとなってしまうのだ。そんな身体のおかしさを彼に知られたくない。ぜったいに。

「硬いね」

「え？　……あっ」

いつの間にか、彼の白い指がジゼラの両の胸の薄桃色にのっている。

「硬いのがわかる？」

つんと立ち上がった乳首をくるくるいじられると、すぐに赤く色づいてくる。きゅっとつままれ弾かれて、ねじられれば、その細やかな刺激に甘いうめきが出てしまう。わき上がる快感を、ジゼラは身をよじって耐えるしかない。

「……ん。わかるわ……」

「ほぐしておこうか」

「硬いと……だめなの？」

「だめじゃないけどほぐしたいね」

彼の手のうちにある自分の胸が、どことなく卑猥に思えて見ていられず、ジゼラは目を閉じた。

「ん。……は」

けれど、自然と声は漏れていく。どうして胸に触れられているのに、下腹がこうも熱くなるのだろう。

うずきに辛抱《しんぼう》できなくて、ジゼラが目を開けると、水色の瞳とすぐさまかち合った。

「ジゼラ、開いて」

どこを開くのかはいつものことだから知っている。ジゼラがたどたどしく脚を開くと、彼の手によりさらに開かされる。彼は、つま先からふくらはぎをていねいに拭いて、太ものほうへと進んでいく。

今日はやけに彼の手つきが艶めかしい気がして、目のやり場に困ってしまう。

「……ふ」

ジゼラは唇を噛みしめた。彼の指が秘された箇所に到達したからだ。彼はゆっくりと焦らすようにそこを撫でていく。

やがて彼にうながされ、ジゼラは脚を開いたままで寝そべった。するとすぐさまジゼラの秘めた場所に、彼の顔が寄せられる。

ジゼラがそれをとまどいもなく受け入れるのは、ふたりが暮らしはじめてから毎日のように行われているからだ。

秘部に短く息がかかり、ジゼラは彼が笑ったのだと理解した。

「力を抜いて。昨日のようにはしないから」

ジゼラは昨日の醜態《しゅうたい》を思い出し、かっとほほを紅潮させた。昨日は、彼から与えられる刺激に耐えられなくて、乱れに乱れてついにはむせび泣いたのだ。

「ほんとう？　最近のおにいさまはなんだか……念入りになさるから……わたし」

「念入りなのはしかたがないよね」

彼の舌が、ジゼラの秘部をとらえた。薄桃色の襞《ひだ》を指で左右に開かれて、隠れていたちいさな芽が暴かれる。舌先で転がしながら持ち上げられて、ぐりりと押しつぶされていく。そのまま小刻みにゆらされて、可憐《かれん》なそれは、ぷくりと芽吹いて自己を主張しはじめた。

その芽は彼のお気に入りのようで、「これはぼくの」と宣言されている。だからそれはジゼラの身体の一部であっても、彼のものだった。

ちゅうと吸われて、ジゼラはあごを上向けた。切羽詰まってこわばって、肌に汗がにじんできた。

「あ、あ！　おにいさ…ま。待っ……」

「待たないよ」

ずぶずぶと彼の舌と唇が、秘裂を分け入ってくる。敏感な部分を捏《こ》ねられて、むさぼられ、開いた脚がわななないた。たまらずジゼラが逃《のが》れようとすれば、即座に動きをさえぎられる。彼の腕が華奢な腰を持ち上げて、舌が後孔から前のしこりのほうまでねぶっていった。

ジゼラは床に爪を立て、必死に歯を食いしばる。なにかに急き立てられるように、身体の奥がぐつぐつ煮えて燃えたぎっているようだった。

それだけではすまずに、彼の指はジゼラのぐずぐずにとけた孔《あな》に侵入し、なかをねっとりかき混ぜた。

「んっ！」

「ジゼラ、もっと」

その言葉を合図に、熟《う》れた粒がぐにゅりとはさまれた。なかから指で押されて、外からは舌でえぐられる。いじめられる芽にはどこにも逃げ場はない。包皮はきれいにめくられて、執拗《しつよう》にいじられて、ジゼラはもはやまともな思考を保っていられずに、身体はひくひくと勝手にはね上がる。

「──あっ、あ！」

とうとう耐えきれなくなって、ジゼラはつま先をまるめてのけぞり、高くさけんだ。下腹からなにかが出たのを感じたが、それどころではない。どくどくと身体の奥が脈打って、心臓がジゼラを支配したかのようだ。

ジゼラは脱力しながら虚空を見つめ、荒い呼吸をくり返す。つやめくかわいらしい胸先が、息に合わせて上下する。

「……は……あ」

「たくさん出たね」

「……ごめん……なさい」

「ん？　あやまらなくていいんだよ」

官能がうずまき、いまだに収まりがつかない秘部は、彼の口に吸いつかれ、音を立ててすすられる。彼にきれいにされていく。

日々、くり返されるこの行為に対して、ジゼラは複雑な思いを抱いていた。

苦しくて、でもおそろしいほど気持ちがよくて、せつなくて……この感覚を言葉にするのはむずかしい。

最後に彼は、ジゼラの顔に張りつく髪をかき分けて、そのまるい額に口づけた。

「きれいになった」

そして、いつもジゼラの耳もとで告げるのだ。

「ぼくの許可なく家から出てはいけないよ。――ぜったいに」

3. 夢を抱いている

ジゼラは、大きな祝福のなかで生まれた娘だった。錬鉄《れんてつ》の柵《さく》に囲まれた、豪奢《ごうしゃ》な煉瓦造りの屋敷のなか、子爵の位を持つりりしい父がいて、花が咲いたようにうつくしく笑う母がいて、そんなふたりのあいだにジゼラがいた。彼らの愛を受けた過去は、いまでもジゼラの宝物だ。

幼いジゼラは母とふたりで過ごすことが多かった。庭で薔薇《ばら》を愛《め》でたり刺しゅうをしたり、本を読んだり、犬のアルミロと遊んだり……。仕事の忙しい父は家を空けることが多かったが、その寂しさをまぎらわせるべく、そばにいる母がきれいな声で歌ってくれた。だからジゼラはしあわせだった。母の歌が大好きだった。

けれどしあわせは予告もなく潰《つい》えてしまう。旧友に会いに出かけた母が、出先で突然倒れて、そのまま帰らぬ人となったのだ。ジゼラは母の眠るベッドにすがりつき、ただ泣くことしかできなかった。

妻を深く愛していた父は、仕事先の外国から急いで戻ってきたが、臨終《りんじゅう》には間に合わず、狂ったように酒を飲み、嘆き悲しんでばかりいた。そんな父が求めたのは、妻にうりふたつのジゼラだった。

ジゼラには生まれたときから決められた婚約者がいたが、父はすぐに一方的にそれを破《は》棄《き》した。妻によく似た娘をずっとそばに置くために。

「ジゼラ、外は危険だからね。屋敷のなかから出てはいけない」

たびたびくり返された言葉は、呪《のろ》いのようにジゼラに深く刻まれた。

「はい、おとうさま」

以来父は過保護になって、ジゼラを屋敷のなかに閉じこめた。庭にすら出るのはゆるされない。人の目に触れるなどもってのほかだった。

幼いジゼラの世界は、たまにしか屋敷にいない忙しい父と、犬のアルミロ、そして召使いたちだけになる。けれどジゼラは耐えられた。父の大きな手で髪を梳かれて、ほほにキスを受けると、しあわせを感じられたからだった。

転機が訪れたのは、ジゼラが十歳になったころだった。

父が屋敷に見知らぬ女性を連れてきた。母とは真逆の派手な色味を好む女性だ。豊かな金の髪よりも、毒々《どくどく》しい赤色のドレスが印象的な人だった。

父はジゼラの肩を抱きつつこう言った。

「わたしは家を空けてばかりいる。いつも心苦しく思っていたよ。いままで寂しい思いをさせてわるかった。ジゼラ、彼女がわたしを諭《さと》してくれたんだ。幼いきみには母親が必要だとね」

――ジゼラのおかあさまは、亡くなったおかあさまだけなのに。

そう思ったが、ジゼラは首を振り、胸を占める気持ちを追いやった。わがままを言ってはだめだ。あの方はおとうさまに必要な人なのだから。

「はい、おとうさま」

女性はあでやかな香りをふりまいて、猫のようにしゃなりしゃなりと歩いてジゼラの前で立ち止まる。身体の線を強調する豪華なドレスは彼女に似合っている。官能的で蠱惑《こわく》的なきれいな女性だ。

ジゼラは、女性の真っ赤な唇のはしが、するどく上がるさまを見た。

「あなたがジゼラね」

甘やかでいて、どこか退廃《たいはい》的な陰を帯びた声だった。

「わたくしはアレッサンドラ・アルティエリ。――いいえ、今日からアレッサンドラ・バーヴァだわ。あなたの母になったのよ」

ジゼラが答える前に、父が声をかけてくる。

「アレッサンドラはね、わたしが以前から後援している画家だよ。あとで絵を見せてもらうといい。すばらしいよ。……そうだな、これからわたしとおまえを描いてもらおうか」

絵は好きだ。アレッサンドラがどんな絵を描くのだろうと素直に興味を持ったジゼラは、うれしそうに彼女を見上げた。そのつやめく赤い唇の下にある、ほくろがやけに目についた。

「アレッサンドラさん、あとから絵を見せてくださいますか」

「もちろんよくてよ」

ジゼラのみどりの瞳をじっくり見ていた、彼女の茶色の目がすがめられた。

「でもね、ジゼラ。わたくしはあなたの母親よ。もう一度言いなおしてちょうだい」

「はい、おかあさま。おかあさまの絵を見せてくださいますか」

そう言い直すと、アレッサンドラは満足げにうなずいた。

新たなおかあさまがジゼラを描いたのは、椅子に座るジゼラと横にりりしく立つ父の肖像画《しょうぞう》、一枚だけだった。それは父の書斎の中央に据《す》えられた。

ジゼラは彼女の絵が好きだった。とても幻想的な淡い色づかいで、まるでおとぎの世界のようだった。父が外国へ仕事に行っているあいだ、できれば彼女のそばにいたかった。絵をたくさん見せてほしいし、描く姿を見ていたいのだ。けれど、禁じられていた。創作の際、人がいては描けないのだと厳しく言い含められていた。

新たなおかあさまは屋敷に来たとき、白いふわふわな毛並みの猫を一緒に連れてきた。ジゼラは大いによろこんだ。しかし、早々に猫に触れるのは禁じられた。果ては大好きな犬のアルミロも遠ざけられて、私室でひとりで過ごすしかなくなった。

窓から外を見ながらジゼラは思う。早くおとうさまが帰ってきますように、と。

新たなおかあさまが屋敷に来てから半年後、ようやく父が帰ってきた。

物々しい足音を立てながら、大きな声でジゼラを呼んだ。

「はい、おとうさま」

そのときの父は怒りに満ちていて、あまりのおそろしさに身体がこわばった。

「ジゼラ、聞いたよ。アルミロがきみを噛んだのだってね。でもね、処分したから安心しなさい。もうきみが噛まれることはない。かわいそうに、怖かっただろう？　傷を見せてみなさい」

ジゼラは混乱しつつも目を見開いた。

「おとうさま、わたしはアルミロに噛まれていないわ。処分したってどういうことなの」

アルミロはどこにいるのと続けようとした言葉は、甲高い声でさえぎられた。

「あら、噛んだじゃないの。最近ようやく傷が消えたところだわ。それよりあなた」

熱を孕《はら》んだ猫なで声で、アレッサンドラは父にすり寄った。

「お土産話を聞きたいわ。あちらへ行きましょう？　ほしい宝石もあるの。すばらしいのを見つけたのよ」

「わるいが疲れている。宝石は好きなだけ買えばいい」

すげなく答えた父は、次の瞬間、やさしげな面ざしで、ジゼラに手招きをする。

「ジゼラ、おいで。きみを抱きしめさせてくれ」

従えば、父はジゼラを抱え上げ、言葉のとおりに抱きしめた。

頭やほほに、キスが降る。ジゼラは父のひざの上に抱かれながら悲しく思う。一体なにが起きたのか。アルミロはどこにいるのだろう？　けれど、話を聞いてはもらえない。

一週間ばかり滞在した父は、すぐにまた外国へ仕事に出かけた。新しいおかあさまは父がいなくなると、またジゼラに寄りつかなくなった。ジゼラは寂しく思っていたが、まぎらわせることができていた。それは、あるものを見たからだ。

新しいおかあさまの飼う猫を追いかけて、入室を禁止されている部屋に迷いこんだとき、そこで、とてもうつくしい絵を見つけたのだ。描きかけだけれど、ひと目でそれに惹きつけられた。

きっと妖精を描いたのだろう。ジゼラと正反対の雪のような髪の色。見ていると、ふしぎと胸が高鳴った。ジゼラはすぐさまその絵が好きになっていた。早く完成すればいいと、わくわくしながら待っていた。

いつしかジゼラの世界は、その絵の完成を待つ世界になっていた。

◇

「ジゼラ、おいで」

深みのある声がする。それはジゼラの好きな声だ。

「おにいさま……」

心をこめて彼を呼ぶと、水色の瞳はわずかに細まって、唇はふわりと笑みの形に変化した。

ジゼラはずいぶん大きくなったいまも、ほとんどの時間を家のなかで過ごしていた。おにいさまの言いつけを破ろうなどとは思わずに。

そのおにいさまは、帽子を目深《まぶか》にかぶり、首にぐるぐると布を巻きつけている。ジゼラは彼の格好を見て、外に行くのだと理解した。

「お出かけになるのね」

ジゼラはこちらにのばされた彼の白い手を取った。すると、すぐに彼の腕のなかに引き寄せられて、ジゼラは静かに目を閉じる。

「いい子で待っているんだよ」

額に、まぶたに、キスが降る。

彼の胸にほほをつけ、彼の規則正しい鼓動を聞いて、こくりとうなずいた。

彼は毎日決まって、黄昏《たそがれ》どきに家を出る。どこへ行くのかは知らないけれど、ジゼラは不安に思ったことがない。いい子にして待っていれば、帰ってくると信じている。

――おにいさまはうそをつかない。ジゼラのそばにいてくれる。

ひとり家に残ったジゼラは、ろうそくの灯りのもとでせっせと家事をする。洗濯物《せんたく》をきれいにたたんで並べていって、料理の下ごしらえをする。四年前はなにもできずに落ちこんでいたけれど、彼にほめられるうちに、もっとほめてほしくて努力した。

家事が終われば、刺しゅうをするか本を読む。

刺しゅうはちいさいころから大好きだった。本も好きだ。彼はジゼラのために、布や糸を使いきれないほど用意して、たびたび本を買ってくる。本は、ジゼラを空想の世界にいざなった。それは大抵、おとぎの国の王子と姫のお話だ。

時間はあっという間に過ぎていく。からくり時計の知らせとともに、彼に指定された十二時に、ジゼラの一日は終わりを告げる。

ジゼラはボタンを外して服を脱ぎ、なにも身につけずにベッドに入る。

そして心のなかでひそかに祈るのだ。

――早くおにいさまが帰ってきますように……

まぶたを下ろせばすぐに睡魔《すいま》がやってきて、遠い過去の夢を見る。

薔薇の庭でアルミロがそばに寝そべり、耳には、やさしい歌声が届く。

ジゼラはかすかに口ずさんだ。そのなつかしい旋律《せんりつ》を。

やがてジゼラは、ほのかに母を感じて、深い夢の世界に入っていった。

4. 夜を感じている

空いっぱいにひびきわたる鐘の音。栄光と富があふれて集中する街――新市街。建物群は絢爛《けんらん》で、道を行く馬車はすべてが最新型。競うように装飾されている。月の光の届かない新月の夜に頭上にまたたく星々は、黒いビロードに散りばめられたダイヤモンドのようだった。空と同じほど、街には無数の火が灯る。新市街は今日も変わらず栄華を極めて輝いていた。

そのなかを、かつりかつりと靴を鳴らし、白をまとう男が歩く。すれ違った人々は、幽玄《ゆうげん》で儚い姿に魅了され、ぼんやりしながら白い彼を目で追った。

法外な金と引き換えに、ルキーノ・ブレガは己の身体と時を売っている。婦人はこぞって彼を買う。

これまで彼を求めるあまり、破産の憂《う》き目にあった婦人も多い。だが、彼にはどうでもいいことだ。気にとめたことなど一度もない。

白肌に、白銀の髪。全体的に色素が薄く、現実離れした容姿の彼は、おとぎの国の王子さまそのもので、彼に一度《ひとたび》抱かれれば、女はたちまち夢の世界へ旅立つことができた。

「ルキーノ、待っていたわ」

彼は一日に四人の女に時を売る。目の前でしなをつくる女はふたり目で、彼は時間を守ってあらわれた。

「ずっと待っていたのよ。あなたに会えないあいだに、考えていたの。……あなたを手に入れるには、どれほどのお金を用意すればいいのかしらって。もう離れていたくない」

「ぼくは誰のものにもならない」

言葉とは裏腹に、彼は女のあごを引き上げて、その唇をむさぼった。彼の口づけは濃厚で、女はただそれだけで濡れていく。しかし、仕掛けている彼の目は氷のように冷ややかで、遠くを虚《うつ》ろに見つめている。彼の心は固く閉ざされていて、誰も知ることはない。

「いつもそればかり……つれない人。でもね、愛してる。あなたを愛しているわ」

女は化粧着のリボンを解いて、両手を広げて彼を呼ぶ。

彼は要求どおりに女を抱きしめ、はだけさせ、ベッドまで運んでいった。

すべての女はキスでぐずぐずにとけるため、彼が前戯をすることは決してない。

いずれの女も彼の下衣に手をかけて陰部を取り出すと、口に銜《くわ》えて愛撫しながら猛りを待つ。そうしなければ、勃《た》つことはないからだ。知ってはいても、それでも女は時を買わずにはいられない。かいがいしくも奉仕をしながら、ひとりじめの夢を見る。

やがてそそり勃つときが、女にとってよろこびの瞬間だ。女は先端部分に熱をこめて口づける。

彼は感情を一切見せない仮面のような面持ちで、女の身体に被さった。そして女に深くキスをして、己の先を女の性器にこすりつけ、割れ目の上部を刺激する。

「ルキーノ、来て……」

「ああ……ルキーノ！」

一気に女をつらぬいて、女の耳朶《じだ》を音を立てて舐《な》めていく。同じように首すじも。己でなかをこすりつつ、乳房を咥えて吸っていき、早く気をやらせようと試みる。

萎《な》えそうになる己を維持するために、彼はかならず目を閉じて、まなうらに彼女の姿を描き出す。そうして奮い立たせては激しく腰を打ちつけて、女をさらに高みに押し上げた。

女たちが彼に夢中になってしまうのは、たぐいまれなる美貌もあるが、彼の心がまったく見えないせいもある。

白銀の髪のすきまから覗く、白いまつげにふちどられた氷の目。

憎まれている気さえする目を、熱く変えてみたくなるのだ。

彼は滅多に息を荒らげることはなく、甘い声も発しない。

いずれの女も、彼の達したところは見ていない。

彼は決して射精しないのだ。

これまで散々稼いだだろうに、彼は毎日休むことなく時を売る。

どこに住んでいるのか、どこから来るのか、人を雇《やと》って尾行させようがむだだった。

彼のすべては謎に満ちている。

「時間です」

そして今日も抑揚なく告げ、身なりを整え、彼は去る。


最後の女に時を売り、ようやく帰路についたルキーノ・ブレガは、徹底的に身を隠す。

彼が最も警戒するのは、女たちに雇われている探偵と、女に恋慕する男が雇った暴漢だ。瀟洒《しょうしゃ》な建物が並ぶなか、辻馬車《つじばしゃ》に乗りこみひたすら街の西へ向かい、入り組んだ路地を用《もち》いて彼らをまく。馬車を降りたあとは、店のなかを突っ切って、また路地に出てはをくり返して惑《まど》わせる。

そんな店のなかに、彼のなじみの宿〈白鹿亭《はくしかてい》〉がある。たどり着くなり、彼はフロック・コートやクラヴァットを脱ぎ捨てて、市井の者が身につけるような、ごく平均的なくすんだ色の衣装に替えて、宿の裏から外へ出る。深くかぶった帽子と首に巻いたストールで、見事に彼特有の髪と瞳は隠される。

それから、旧市街にある古《いにしえ》から続く公衆浴場に消えていく。

およそ百五十年前に再建されたゴルゴーンが描かれた切妻屋根《ペディメント》、コリント式のフリーズをくぐり、足音をひびかせながら、奥へとひたすら突き進む。突きあたりの部屋で椅子に座った老婆の姿をみとめたところで立ち止まり、彼はちいさく会釈をした。

「ステッラ婆さん、人はいる？」

老婆はぞんざいに手を振って、誰もいないとあらわした。

「ヴィクトル坊や、いま何時だと思っているんだい。あんたひとりに決まってる」

彼は口のはしを引き上げて、老婆に肩をすくめてみせた。

「ぼくをそう呼ぶのは、あなたと彼女しかいない」

老婆はふんと鼻を鳴らすと、早く行きなとあごをしゃくる。

「ヴィクトル・アルファーノ、あんたの名まえはわたしが死ぬまで呼んでやるよ。あとは嬢ちゃんに呼び続けてもらうんだね」

湯気のたちこめる浴場に入った彼は、石けんと薬草を用いて、すみずみまで念入りに、何度もくり返し身をこする。口を執拗にゆすいでからは、たっぷりとした湯につかり、その背を岩にもたせかける。目を閉じしばらく思考をめぐらせて、汗をひとしきり出してから、終わればすぐさまいつもどおりに家路《いえじ》につく。

彼の瞳は道すがら、凍てつく冬からやわらいだ。それは春の日差しを思わせる。

鍵を開けて家に入り、奥の部屋に行き着くと、ベッドのふくらみをしばし見つめる。

かすかな寝息を聞きつけて、目を細めると、彼は手際よく服をすべて脱ぎ捨てた。

毛布をめくり、ふくらみのとなりに横たわれば、そのふくらみは冷気によって身じろぎする。すべらかな肌と触れ合って、彼は弾力のあるぬくもりを思うぞんぶん堪能《たんのう》する。

「ん……」

ちいさな唇から漏れた声に、彼は撫でまわしていた手を止めた。

「……おにいさま？」

「ただいま、ジゼラ」

眠りから覚めたばかりのジゼラは夢うつつでいる。黒髪を梳いてやると、彼女はかすかに笑みを浮かべた。

「きょうも……冷えていらっしゃる」

「あたためて」

彼の指示に従い、四年前から全裸で眠りについているジゼラは、言われるがまま脚をからませ、彼の身体を包みこむ。

「あたたかい？」

彼はジゼラの額に唇を寄せ、触れるだけのキスをする。

「うん、あたたかい」

「……よかった」

短いキスを彼女のほほやまぶたに送ると、その都度ジゼラはまつげをゆらす。

彼は唇で首すじから鎖骨をたどってジゼラの胸まで下りていき、つんと上向くふくらみにほおずりしたあと、ちいさなつぼみをぱくりと食べた。

やわやわと官能を与えすぎない程度に、口に含んで愛撫する。

「おにいさま、くすぐったい……。夜は甘えんぼうさんね」

「ジゼラ、ぼくはきみのおにいさまではないんだよ。わかってる？　……夜はね、ぼくの時間だ。甘えさせて」

彼は上目づかいでジゼラを見つめる。

「わかっているわ。約束だもの」

ジゼラは先ほどの彼のまねをするように、額にちゅうと口を押しつけた。

「ヴィクトル、かわいい」

「ん。ジゼラ、交代」

それまでジゼラに抱きしめられていた彼は、彼女のやわらかな身体を己の胸に抱えこみ、背中を撫でさする。唇や舌を用いてジゼラに甘やかな火を灯しつつ、背から手をすべらせて、お尻を包み、もみこめば、ジゼラと同じく彼の息も熱く荒くなっていく。

「はじめていい？」

返事を聞かずに、彼はすでに反りかえっている一物《いちもつ》を彼女のまたぐらに押しあてた。

うなずいたジゼラが脚を閉じるのと同時に、彼はそのすきまを縫うように、割れ目に沿って自身を往復させていく。

動かすたびに、こわばりはふっくらとした陰唇に沈みこみ、彼をいっそう猛らせた。

「……は。ジゼラ」

意識して、彼女の秘された芽をこすり、より官能を押し上げる。

そのあいだ、彼はジゼラの目から視線を外すことはない。——みどり色。

耳に届くのはベッドのきしみと、ふたりのみだらな息づかい。

彼は部屋にたちこめる彼女のやさしいにおいを吸いこんだ。

律動を速めて己を絶頂に導いて、彼はひたと動きを止めると、わずかな甘いうめきとともに、どくりと精を吐き出した。

興奮冷めやらぬなか、彼はジゼラの肌を濡らした己の精を掬いとり、彼女の秘部に塗りこめる。

「ジゼラ……」

名まえを呼ばれたジゼラがかすかにほほえむと、彼はその額に唇を寄せていく。

ふたりは毎日ちいさなベッドで、身をからませて眠っている。春も夏も秋も冬も。

熱を分け合うふたりは、いつだって寒さは感じない。

肌と肌とをすり合わせ、元からひとつのようにして、そばにいる。

◇

家のまわりにあるうっそうと茂る木々に、鳥が止まっているのだろう。そのさえずりを聞きつけて、黒いまつげがぴくりと揺れて、みどりの瞳があらわれた。

その目に映りこむのはおなじみの、色あせたみすぼらしい壁に、剝がれかけた天井だ。何度かまばたきをしたあとで、ジゼラはゆるりと左を向いた。

幾重にも重ねた分厚いカーテンに覆われた部屋は、陽を容赦なく遮断《しゃだん》していて、まるで夜のようだった。かろうじて布のすきまから差しこむ光の帯が、朝が来たことを告げている。

ジゼラはとなりで眠る彼を見つめて、ほほにかかる白い髪をそっと指でかき分けた。端正《たんせい》な顔が、ろうそくの弱々しい灯りにぼんやり照らされている。そのさまは、冬の宵《よい》に見る、月光を浴びた雪のようだった。

彼は光にふさわしい人だと思う。光は真白《ましろ》な彼を輝かせる。

けれども極めて色素が薄い彼の身体には、太陽の光は強すぎる。よって彼は昼に外出できずに、家にこもりきりになる。

ジゼラは声には出さずに唇を動かし、呼びかけた。

〝おにいさま〟

ジゼラがじっと彼を見つめているうちに、白いまつげがゆれ動き、徐々に水色があらわれる。それはジゼラの好きな色だ。

ジゼラを見るなり、その目はやさしげに細められた。

彼の顔が近づいて、額にぬくもりがのせられる。やわらかな口づけは、彼からの朝のあいさつだ。毎朝かならず受けている。

「もう起きる？」

問いにジゼラはうなずいた。

「だめだよ」

彼はいじわるそうに、唇を弓なりに引き上げた。

「もうすこし。……ほら」

腰に腕が回されて、むき出しの肌がぴたりと重なった。

太くて硬いものが両脚のすきまに入りこみ、ジゼラはか細く息を吐く。

「ん、おにいさま……」

彼が腰を動かすたびに、どうしようもなく翻弄《ほんろう》されて、たまらずジゼラが彼の顔をうかがえば、その強い視線と交わった。

「……ジゼラ」

ジゼラの毎日は、大抵同じように過ぎていく。

目覚めたあと、まずはおにいさまの寝顔を見守って、外で洗濯をして干してから、ハーブの世話をする。

それから朝市で買い物をして、朝食を作り、彼と一緒に暖炉の前でまどろんだあと、家のなかを掃除する。

夕暮れ近くになれば彼に身を清められ、出かける彼を外まで見送る。

ジゼラは彼の指示のもと、彼に守られながら生きている。

そして、今日も洗濯の時間がやってきた。

扉から外に足を踏み出すと、朝の日差しが気持ちよくて、ジゼラは大きく呼吸する。

ジゼラは太陽が好きだった。あたたかくて、世界をきらきらと光らせて、なにかが起こりそうだと思わせてくれる。

木漏れ日は葉の動きに合わせてさわさわ揺れて、想像力をかきたてる。きっと海の水面《みなも》はこうなのだろう。見たことはないけれど、まだ見ぬものに思いを馳せれば楽しくなる。

海には魚が泳ぎ、浜には波が打ち寄せるという。行ってみたい気持ちがふつふつとわき上がる。

ジゼラはふと、足もとを見下ろした。父と新しいおかあさまがいたころは、くつが汚れるからと言われて、土を踏むことさえできずにいた。しかし、サテンのくつから無骨な革ぐつへと変化したいまは、どんな道でも歩けるだろう。——海へも。ぼろぼろだけど、どこへでも行けるこのくつがジゼラは好きだった。

洗濯を終え、ふたつの木に渡した棒にかけていく。風にはためく布をずれないように押さえれば、荒れている手に気がついた。かつてと変わった手を見つめたジゼラは、誇らしい気持ちになっていた。荒れた分だけできることが増えたと思えたからだった。

ジゼラはその後、帽子をかぶり、かごを片手に朝市に行く。

古い建物がひしめく路地を抜けて大通りに出ると、徐々に人が増えていき、目当ての屋台にたどり着く。

独特な魚のにおいを嗅ぎながら、ジゼラは台に目を向けた。えびやいか、貝やてらてらと光る魚が雑多に並んでいる。

「お嬢さん、いらっしゃい」

快活な声が心地いい。

ジゼラを知る者も知らない者も、愛想よくしてくれるから、ジゼラは市場が好きだった。いまの生活に不満はないけれど、家のなかとは違う外の世界は新鮮で、とても楽しく感じられる。

「こんにちはおじさん。シタビラメはありますか？」

「いいのがあるよ、ちょっと待ってな」

魚を売る店主は力仕事をしているからか、腕や胸にしっかりと筋肉がついていてたくましく、陽に焼けた浅黒い肌をしている。ジゼラは店主を目で追って、その生活を想像してあこがれた。まちがいなくジゼラの知らない世界を知っているからだ。

よっ、というかけ声とともに、ジゼラの前に木箱がふたつ用意され、店主はごつごつとした手で指差しては、魚の産地を説明してくれた。地図すら見たことがないジゼラには、地名はまったくわからないけれど、見知らぬ地を想うだけで、心の底からわくわくできた。

「いい笑顔だね、そんなに魚が好きなのかい？　どれにする？」

我に返ったジゼラは、ひときわ大きなものを指差した。

「これかい？」

「はい、おねがいします」

店主は魚を袋に入れて、歯を見せて笑いながら、ジゼラに差し出した。

「いいのを選んだね。シタビラメは今日一番のおすすめだよ」

お礼を言ったジゼラの手に、ずしりとした重みが加わった。

ほどなく家路についたジゼラは考えた。

市場にいる人は物を売っている。夕方からはおにいさまも、どこかに出かけて働いている。人はお金を稼いで物を買い、そうして日々を営むのだ。

――けれどもわたしは……ただ決められた毎日を、淡々と送るだけ。わたしはなにもしていない。わたしも働くべきなのだ。

昨日マレーラと街を走ったときに感じた昂揚感は、いまも心にくすぶっていて、ジゼラはなにかをしたい気持ちに囚《とら》われていた。

おにいさまからはだめだと言われているけれど、ジゼラは魚を片手に、意気揚々《いきようよう》と駆け出した。やはり走るのは楽しくて、息を切らして家へと急ぐ。

あっという間に到着すると、勢いよく扉を開き、彼の眠る奥の部屋へと飛びこんだ。

「おにいさま！」

毛布にくるまっていた彼は、ジゼラの声に身を起こし、両手でその身体を受け止めた。

「ん、元気だね」

彼は胸にぴたりとくっつくジゼラに鼻先を近づけた。

「太陽のにおいがする」

「あのね、おにいさま。とってもいいことを思いついたの」

ジゼラはみどりの瞳をきらめかせ、彼を見上げて口にした。

「わたし、働きたい。働こうと思うの」

とたんに彼の眉間《みけん》にしわが寄ったが、興奮しきったジゼラは気づけずにいた。

「前に聞いたのだけど、マレーラはね、おばさまの家を手伝っているのに、果物《くだもの》屋さんでも働いているんですって。それでね、思ったの。わたしもマレーラみたいに働きたいわ。すこしのあいだだけでも外に出て、おにいさまの助けに」

「だめだ」

ぴしりと言われた言葉に、ジゼラは目を見開いた。

「ぼくが働いているからね、必要ない。きみは働かなくていい。お金がほしいなら、ぼくがあげる。ぼくがきみの時間をもらう。きみのすべての時を買ってあげる。ぼくの目が届かないところに行くのは反対だ。こればかりはぜったいに」

「おにいさま……」

「ひどい怪我を忘れたの？」

「でも……」

「きみは家にいて」

眉根を寄せたジゼラは顔をくもらせて、しぼり出すように言った。

「……おにいさま。でも、わたしもなにかしたい。ジゼラはなにも、していないから……役に立ちたい。わたしも、役に立って……すこしでもおにいさまの」

ぎゅうとジゼラを抱く腕が強まり、より彼の胸に押しつけられる。

「きみは毎日食事を作っているし、掃除もしてくれている。十分役に立っている。これ以上、なにもする必要はない」

「でも」

「でもじゃない。ジゼラ」

「……あっ」

性急な手つきでジゼラは服を脱がされた。なかば引きちぎられるようだった。

けれどジゼラに抵抗するつもりはなく、そのまま彼のまさぐる手を受けた。彼の手が好きだから。

ベッドで彼に組み敷かれ、鎖骨からあごまでべろりと舐められる。舌は耳に到達し、なかをぐちゅりとむさぼられる。みだらな音が直接頭にひびいて、ジゼラは追いつめられていく。

それればかりか、ふたりの肌が触れ合う箇所から熱が生まれて、身体の奥がぐねりぐねりとうねりはじめる。

「んっ……おにいさま……」

すでに互いの肌は重なっているのに、彼はふたりのすきまをきらうように、いっそう肌をつけていく。その硬く白い胸板に、ジゼラの胸が押しつぶされた。

「二度と、働くなんて言っちゃだめだ」

「……おにいさま、わたし」

「脚を開いて」

「ごめんなさい」

「いいから開くんだ」

ジゼラの返事を待たずに、彼の顔が脚のあいだに寄せられた。

「家から出るのは、ゆるさない」

「あ、……あっ！」

口から出るのは己のものとは思えないほど、甘くつやめいたあえぎ声。ジゼラは激情のうずにのみこまれ、なにも考えられなくなっていく。

——おにいさま。

ジゼラは身をふるわせながら、床に置いたシタビラメの袋に目を向けた。

……ハーブをのせて、焼かなくちゃ。
おにいさまとふたりきり。この家が、ジゼラの世界だ。

5. 闇に揺れている

ぼくがきみを助けたのは、復讐のためだと知ったなら、きみはどう思うだろうか。

「気味がわるい！　寄るんじゃないわよ……あんたなんか、産まなきゃよかった！」

こげ茶の髪に灰色の目を持つ父親と、金の髪に青色の目を持つ母親から生まれたのは、白に近い銀髪の、薄い水色の目をした、色の白すぎる男の子だった。

色素の薄い彼を父は己の子として認めずに、母の不貞《ふてい》を決めつけて、母子ともども寒い外へと追い出した。

ヴィクトル・アルファーノはそんな不遇《ふぐう》な星のもとに生まれ落ちた。

父は商人だったと聞いている。名まえはブラスコ・アルファーノ。

本来なら父を恨むべきかもしれないが、ヴィクトルは母に憎しみの矛先《ほこさき》を向けていた。

母はあわれな人なのだろう。父を本気で愛していただけの、どこにでもいる女だった。

ヴィクトルが原因で夫に手ひどく捨てられて、彼女の人生は暗転した。それからというもの、おなかを痛めて産んだ我が子を虫けら以下に扱うようになっていた。

傷つけた者はその事実をいともたやすく忘れるが、傷つけられた者にとっては一生消えない深い傷になる。

幼少期、彼は母の機嫌をうかがってばかりいた。ヒステリックな大声を毎日欠かさず聞いていた。

与えられたのは母の残飯《ざんぱん》ばかりで、彼は地べたに這いつくばり、犬のように食べることを強いられた。ひどいときには、母は床にこぼした水を舐めろと足で頭を踏みつけた。泥の水でもかまわず舐めるように強要する。そして舐めたら舐めたで、嘲《あざけ》りけらけら笑うのだ。

母の機嫌がよいときは、空気のようにいないものとして扱われ、機嫌のわるいときには血を吐くほどに殴られた。殴られるよりも、無視がいい。空気のほうがましだった。目や肌が弱くて外に出られない彼に、逃げる場所はひとつもない。嵐が去るのを待つほかない。

食事をまともに与えられなかったそのころの彼は、骨と皮しかないような、みじめすぎるありさまだった。ひもじさに、店のパンを盗んだことも多々あった。白い子どもは大いに目立つし、太陽は容赦なく彼をじりじり焼きつけた。途中で倒れて、白くて気味がわるいとののしられることなど茶飯事《さはんじ》だったし、大人たちから「このどろぼうめ」と袋だたきにされることもよくあった。

　そんななか、動けなくなった彼に救いの手を差しのべた人がいた。上流階級専用の、公衆浴場を営むステッラ・ブルグネティという名の婦人だ。はじめて会ったときからしわくちゃで、見るからにおばあさんといった様相の人物だった。

　老婆は彼に残飯ではないあたたかな食事と、浴場のすばらしさを教えてくれた。そのうえ文字をも教えてくれた。老婆のもとへ通うにつれて、もともと整っていた彼の容姿はみるみるうちに磨かれて、美はさらに輝きを増していった。

　けれど息子の変化に気づいた母親はそれを放っておかなかった。

　彼女はお金ほしさに彼を裕福な未亡人に売りつけた。

　夜、疲れて眠っていた彼は、ふと異変に気がついた。

　見知らぬ豪華な館のなか、未亡人に裸に剝《む》かれ、動けないように縛られて、まだ成長しきっていない性器をもてあそばれていた。

　ぬらぬらと照る赤い唇のはしが、するどく引き上がるさまを見た。

　婦人は彼に跨《また》がり、いともたやすく彼の局部を身のうちに呑《の》みこんだ。

　彼はその行為の意味を幼いながらも知っていた。母親が男を連れこみ、ベッドをきしませていたからだ。

　女の性器をはじめて舐めさせられたのもこのときで、あまりにおぞましいにおいと味に耐えられずに嘔吐《おうと》した。まだわずか十歳のころだった。

そんな地獄から、やっとのことで家に帰れば、母は息子をより金のある女に売ろうと企んだ。四十も年の離れた女に売られたときもある。そればかりか、女ではなく男にも。

とうとう彼は家を飛び出して、ステッラ婆さんのもとへ駆けこんだ。

彼は公衆浴場の裏、暗い部屋で浴場を掃除しながらそれから五年を過ごすことになる。

そして、十五のときだった。浴場の客として来ていた三十五になる男爵未亡人に見初められ、ひどく執心されたのだ。

狡猾《こうかつ》なその女は、彼の耳もとで声をひそめて告げてきた。

「うつくしいあなた。あなたは己の価値も知らずに、このままドブネズミのように陰で生きて、人知れず朽ちていくのかしら。それともわたくしの手を取って、華々しくきれいな花を咲かせるのかしら」

彼は己をよく知っていた。

地位も力も学もない。楽しみすらなく、息を吸って吐いているだけの毎日だ。それは朽ち果てるまで、一生続いていくだろう。

けれど、ただひとつだけ、願いがあった。

母親を見返したい。金を稼いで母の前にちらつかせ、見せびらかして苦しめたい。

そのとき母がすがりついてきたなら、顔を蹴りあげ、踏んでやる。

すがりつかずにいたとしても、めちゃくちゃに、踏んでやる。

それは、決して消えることのない、彼に深々と刻みこまれた憎しみだ。

「ねえヴィクトル、どうするの？　わたくしの手を取ってみる？」

男爵未亡人のささやきに、彼は衝動的にうなずいた。

その日、ヴィクトル・アルファーノという名の少年は消え、ルキーノ・ブレガが生まれた。

◇

ジゼラと住む家を出るとすぐに、彼はルキーノ・ブレガの仮面をかぶる。

心など、とうに殺し慣れている。

だが心を殺せても、いまだに悪夢に支配されるときがある。寝ても覚めても、過去に苦しめられている。そのたびに彼は頭を振って、記憶を消そうと試みる。

けれどこびりついて離れない。どうしても、彼から離れてくれないのだ。

新市街にて、彼は闇夜に轟《とどろ》く鐘の音を聞きながら、今日も四人の女に時を売る。

精緻《せいち》な彫刻が施《ほどこ》された銀の燭台《しょくだい》に灯る火が、ゆらめきながら真白な姿を照らし出す。

「キスして」と、女がせがめば、彼は応えるように近づいた。

触れるだけの口づけは、深いものへと変わりゆく。彼は女の理想を読みとって、つぶさに体現していった。表情は一切くずさない。その目は冬空のように凍てついて、心の内は虚《うつ》ろだった。

　彼にとってキスは、相手の想いをくじいて意のままにする――すなわち己に踏みこませることなく、事をうまく運ぶための鉾《ほこ》であり、楯《たて》だった。ただ、それだけのものだった。

「愛しているの。ルキーノ、ねえ……あなたは？」

　問いには答えず、そのいまいましい唇が先の言葉を紡ぐ前に、濃厚な口づけによってふたをする。

　愛なんて、聞きたくない。くだらない。なんの価値もありはしない。

　彼はひたすら時の経過を望んでいた。


　ようやく一日を終え、公衆浴場に到着すると、彼はルキーノ・ブレガの仮面を捨てて、微温浴室《テピダリウム》ではなく高温浴室《カルダリウム》に直行する。霧《きり》は彼を隠してくれる。濃くなればなるほど安堵する。

　彼以外に人の気配はないのだが、幼少期の凄惨《せいさん》な過去が彼を人ぎらいに変えていた。自身の容姿を「気味がわるい」と言われたくない思いも根強く残っていた。

　彼は己の領域に踏みこまれるのをひどくきらう。

　扉が開く音のあとで、ひたひたという足音がして、彼はゆっくり振り向いた。老婆がおぼつかない足取りで、こちらのほうに近づいている。彼にとって旧知の老婆は心をゆるせる数少ない存在だ。湯のなかを老婆に近づくようにして、ふちのほうまで移動する。

彼はおどけたふうに眉を上げ、初対面の体《てい》を装った。

「あなたのような歳の女性でも、ぼくの身体に興味がおありかな」

石灰岩で出来た風呂は、けむる湯気とともに白い彼をなじませる。しかし、それゆえに神秘的で儚さをもつ彼の美は際立った。

「まさか、抱いてほしいとでも？　ぼくはまだ若いし元気だけど……耐えられる？」

「ばかをお言いでないよ！」

老婆とは思えぬぴしゃりとした声が飛ぶ。

「わたしはとっくに枯れているからね、まったく濡れやしないんだ」

「それは残念」

彼は笑いをこらえて肩をふるわせる。

「あなたのようなうつくしいご婦人なら、いつでも抱いて差し上げるのに。もちろん金などいらないよ。逆にぼくが払いたいくらいだ」

「まったく、あんたって子は悪ガキだね！」

老婆――ステッラ婆さんは顔をくしゃくしゃにして、ふんと鼻を鳴らして言った。

「めいわくな話だよ。そんなことをして心臓が止まっちまったらどうしてくれるんだい。性交死なんてはずかしすぎるじゃないか！」

「言えてるね」

彼は大口を開けて破顔した。

「ぼくはあなたを看取りたいと思っているけど、死の原因になるなんてごめんだからね。あなたがぼくの上で亡くなると思うとぞっとする」

「上だって？　聞き捨てならないね。この腰の曲がったよぼよぼばばあに騎乗位をさせようっていうのかい？　冷酷な男だよ！」

「あなたを下にするほうが、冷酷だと思うけど」

彼につられて老婆も笑う。

「くだらないね、まったくくだらない。……ああ、それよりもね、あんたに確認しておきたいことがあるんだよ。ずっと聞きそびれていたんだ」

彼が肩をすくめて先をうながすと、動きに合わせてまわりの湯が波打った。

「どうぞ。あなたには隠しごとをしないと決めているんだ。なんでも聞いて」

ごほんとひとつ咳《せき》をして、ステッラ婆さんは真顔になった。

「ヴィクトル坊や、あんた、あの嬢ちゃんをぞんざいに扱っていないだろうね」

彼は眉間にしわを寄せた。ステッラ婆さんは、その表情をひとつとして見逃すまいとしているのか、彼の顔を凝視する。

「あんたが嬢ちゃんと暮らして四年になる……あの子はいくつになったんだい」

「先月、十七になったばかりだよ」

「もう子どもとは言えないね。大人だよ」

「いい子に育っているよ」

彼は遠くを見つめて口にする。

「……いまのところはね」

「あんたにとって、実の妹みたいな存在なのかい？　それとも娘かい？」

彼はゆっくりまばたきしたあと、真っ正面から老婆をとらえた。

「ステッラ婆さん、ぼくを探らなくてもいいんだ。単刀直入に聞いてくれてかまわない」

すると老婆は木の椅子を引きずって、彼のそばに腰かけた。

「では遠慮なく聞かせてもらうよ。あんた、あの子を抱いているのかい？」

一瞬、驚いたように目を見開いたあと、ため息をついた彼は、額に手をあてがった。

「それは性交という意味合いで？」

「そうだね、あの子は若いがあんたも若い。男と女だ。子がいるのか聞きたいね。いてもおかしくないだろう？　とっくに初潮を迎えているからね」

「いたらどうするの」

「抱えきれない問題は、わたしにも手伝わせてほしいと思ってね」

彼はとぷりと口もとまで湯に身を沈めて、ぷくぷくと息を吐き出した。

「ヴィクトル坊や」

泡を見ていた彼は視線をすべらせて、老婆を見上げて言った。

「性交はしてないよ。……ジゼラに子はいない」

「していないだって？　あんたと四年も一緒に暮らしているのにかい？」

「彼女は処女だ」

うめいた老婆は、考えこむ様子を見せた。

「驚いた、対象外というわけだ。あんたがこんなに身を削ってるんだ。わたしはあんたが、てっきり嬢ちゃんを――」

「ステッラ婆さん」

彼はあきらめまじりに息をつく。

「見たほうが早いよね。あまり見せたくないけど」

「なんのことだい？」

彼は突然、湯を滴《したた》らせながら立ち上がる。とたんに彼の肢体《したい》があらわになる。ステッラ婆さんは、その局部を見るなり瞠目《どうもく》した。

「ヴィクトル坊や、あんた……」

「あなたが変なことを言うからだ」

彼は頭をもたげた象徴を、恥じらうことなく見せつけた。

「ねえ婆さん、ぼくをこれ以上煽るのは控えてほしい。この状態でジゼラのもとに帰るなんて、情けなくてあわれだと思わない？」

「まさかあんたが女からの刺激もなしに……信じられない」

「こうして勃っているんだから信じるしかないよね」

老婆はぶるりと身をふるわせた。

「嬢ちゃんは……どんな娘になったんだい。会ってみたいね、ここに連れてきな」

彼はふたたび湯に身を沈め、天を仰いだ。上からぴちゃりとしずくが垂《た》れるが、拭わずに、見上げたままでいる。

「あなたでも会えない」

「なぜだい」

「ジゼラはね、家から出ないんだ。外は危険だからね、ずっと家のなかにいる」

ステッラ婆さんは、彼の表情に暗い闇をみとめて、しわしわな顔をくもらせた。

「あんた、まさか嬢ちゃんを――」

彼は濡れて張りつく白銀の髪をかきあげた。脳裏には、六年前の、あのいまいましい男爵未亡人から告げられた言葉がめぐっている。

――今日からあなたはルキーノ・ブレガ。ヴィクトル・アルファーノはね、死んだのよ。

「……ねえ婆さん。あなたはジゼラを抱いたのかと聞いたよね」

彼は目を閉じ、ステッラ婆さんの言葉を待たずに話を続ける。

「抱くよ」

すこしの間を置き、彼は言う。

「ルキーノ・ブレガを殺す日に彼女を抱く」

「ヴィクトル坊や……」

まつげが上がり、冬の瞳があらわれる。

「復讐はこれからだ。ジゼラは逃げられないし逃がさない。罰を受けてもらう」

およそ復讐するとは思えぬ彼の表情に、絶句していた老婆は、つぶやきに似た声で問う。

「……あんた、嬢ちゃんのことが好きなのかい？」

彼は答えようとはしなかった。しかし、老婆は根気強く言葉を重ねる。

「愛しているのかい？」

その言葉に、彼は冷えたまなざしで、ステッラ婆さんを見返した。

「愛？」

口角がするどく持ち上げられる。それは笑みにはほど遠く、あからさまな侮蔑《ぶべつ》の表情だった。

「愛などと……くだらない」

◇

目に疲れを感じて息をつき、ジゼラは針を持つ手を止めた。白い布にはみどりの葉っぱと黄色と赤色の花の刺しゅう。それはかつて庭で見ていた薔薇を模したものだった。歌を聞きつつ触れた薔薇。幼いころの記憶をたよりに刺したのだ。

満足できない出来だった。下手《へた》だと思う。きっと新しいおかあさまならこう言うはずだ。〝愚鈍《ぐどん》な子。でもね、それがあなたのいいところ。だからこそわたくしはあなたをかわいく思えるの〟

言葉が頭をめぐり続ける。〝愚図でだめな子ね〟

ほめられたくて、でもほめてはもらえなくて、愚図な自分に落ちこんで。

けれども、新しいおかあさまは愚図でいいと言っていた。ジゼラはどうしていいのかわからなかった。

せめて聞きわけのよい娘でいなければ。ほんとうの娘ではないのだから。

一度、ジゼラの絵を描いてほしいとお願いしたことがある。もしもジゼラを描いてくれたなら、すこしのあいだだけでも、そばに置いてもらえるだろうと考えた。けれど、きっぱりと断られた。

おかあさま曰く、ジゼラの黒髪は絵にならないだめな色だそうだ。だから触れてはもらえない。寂しいなどと、とても口にはできずにいた。

以前おかあさまの飼う猫を追いかけて、入室禁止の部屋に迷いこんだことがある。窓辺に描きかけの絵があった。びっくりするほどうつくしい青年が描かれていた。

きっと妖精を描いたのだろう。おかあさまの好きな色。撫でてもらえる髪の色。

もしもこの黒い髪がすこしでも薄くなったなら、いつか撫でてもらえるだろうか。

でも、どうしてだろう。ジゼラの髪はだめなのに、黒いままなのに、なぜかやさしく撫でてもらえている気がして、夢みたいで、うれしくなった。

「ジゼラ、こんなところで寝てはだめだよ。ベッドに行かないと。……連れて行くよ」

聞き覚えのある声だった。ジゼラの大好きな声だ。

身体が浮いて、すこし肌寒いような気がして、ジゼラはもぞもぞと身じろぎした。そして次の瞬間に、激しい刺激がつらぬいて、こぼれんばかりに目を見開いた。

下腹部にうずまく言葉にできない感覚に、ジゼラはもだえて背を反らせた。

「ん――っ！」

ずるずるとなにかをすする音が聞こえた。それは卑猥な音だった。

「ジゼラ、ただいま」

小刻みにふるえるジゼラが自身の下腹に目をやれば、つんと上向くむき出しの胸の向こう側、ひざを立てた脚のあいだに、白銀のきれいな髪が見えた。

彼の舌の感触と、秘部を撫でる吐息が、甘やかにジゼラを悩ませる。

「んっ……。あ、あ」

「いい子にしていた？」

「お、にい……さま」

心臓がばくばくしていて、続きを言えない。

「おにいさまじゃないよ、いまは夜だ」

夜。

ベッドの脇では、すこし錆びた燭台に、一本のみ灯されたろうそくの火が揺れている。

仄暗い部屋のなかで働かない頭をめぐらせて、シゼラはちいさくうなずいた。

「……ヴィクトル、おかえりなさい……」

白い肌がジゼラの肌をすべりながら這い上がり、視界に水色の瞳があらわれた。至近距離で見つめ合う。

近くで見る彼の虹彩は、角度によって色味が変わり、宝石みたいでうつくしい。見惚れていたジゼラは、まばたきのあと「妖精」と言葉を紡ごうとした。しかし、言葉は甘いあえぎにすり替わる。

彼の指が、両の胸の先をこりこりと掻いてもてあそぶ。

快感にふるえるさまを間近で見られている。それがせつなくて、苦しい。

やがて秘部に指が入りこむのを感じたジゼラは目を閉じた。

だが、その動きはいつもと違い、とまどいを隠せない。いつもは一本だったのに、今日は二本もねじこまれ、入り口が裂けそうだ。さらには、一本一本がくねりくねりと別々に動くものだから、強い痛みをジゼラに伝える。

「んっ！」

無意識に逃れようと身をよじれば、彼はやさしくほほを撫でた。

「ジゼラ、広げるよ。今日から練習。……痛い？」

一体なんの練習なのか。どうして痛くするのだろう。

わななくジゼラは「痛い」と訴えたかったけれど、大好きなおにいさまには「いい子」とほめられたい。

強く閉じていた目をそっと開き、彼の両ほほに手をあてがった。

「う、……ヴィクトル……」

痛みにさいなまれ、とぎれとぎれにしか声が出せない。ジゼラは「どうしてこんなことをするの」と問いそうになる自分を抑えた。

「痛く……ない」

「もうすこしがんばれる？」

ジゼラの脳裏におかあさまの未完の絵があざやかによみがえる。それは幻想的な雪のような髪をもつ妖精だ。

ジゼラはかすかにふるえながら彼をうかがった。絹糸《きぬいと》のようなさらさらの髪のすきまから、ろうそくの光をあつめてきれいな瞳が揺れている。

「ん……がんばれる」

ジゼラの胸の頂《いただき》をつまんでいた左手は上に移動して、黒い髪を梳いていく。ゆっくりと、壊れものに触れるかのように撫でられる。

「いい子だね」

よろこびと苦しみのなかにあるジゼラは、まぶたを閉ざして過去を見た。

あの絵が完成していたら、きっとあの妖精はおにいさまに似ているだろう。

◇

「――ルキーノ・ブレガ」

彼が、この名をはじめて耳にしたのはまだ十五の歳のころだった。

面ざしにあどけなさを残す彼はなんのことだかわからずに、眉をひそめずにはいられなかった。いまいましい男爵未亡人の声が、彼のなかに食いこんでくる。

「ねえ、いいひびきだと思わない？　ルキーノ・ブレガ。うつくしいあなたにふさわしい名まえ」

彼はとなりに座る女をにらんだ。しかし、女は不敵に笑むだけだ。

「いい名まえだわ。決まりね」

このときの彼は、ただ母親を見返したいだけだった。

大金を稼いで母にちらつかせ、立派な姿を見せつけたいだけだった。

蔑《さげす》んで、恨みを晴らしたいだけだった。

ステッラ婆さんの公衆浴場にて、齢《よわい》三十五になる男爵未亡人の手をとって、馬車で女の住まう館の玄関ホールにたどり着いた瞬間に、赤い唇が耳もとに寄せられた。けばけばしい香水と化粧のにおいが鼻につく。女に吐息を吹きかけられて、彼は顔をゆがませた。

「今日からあなたはルキーノ・ブレガ。ヴィクトル・アルファーノはね、死んだのよ」

「意味がわからない」

「ジョヴァンナよ。わたくしはジョヴァンナ。ルキーノ、さあ、わたくしの名を呼んで」

女は流れるように彼の後頭部に手をあてがって、引き寄せて口づけた。突然の出来事に女の唇を拒めない。侵入した熱いものになかを味わい尽くされる。

苦しみのあまりにうめいたところで、にやついた女の分厚い舌が、口内から唾液《だえき》の糸をのばして出て行った。

「ルキーノ、早くわたくしの名を」

「呼ぶものか……なにがルキーノだ……ぼくは、ヴィクトルだ！」

「ヴィクトルは死んだと言っているでしょう。ねえ、よく考えてごらんなさい」

女は彼の服の上から身体をじっくり撫でまわしながら言う。

「過去を振り返ってみなさいな」

言葉の途中、女の手はするすると下衣のなかに侵入し、みだらにまさぐり、彼の局部をとらえて包みこむ。

「やめろ、ぼくにさわるな！」

「陽の当たらない場所で生きるしかなかったあなたの名を知る者は、一体どれほどいるのかしらね」

目をそらしていた事実を突きつけられて、瞠目せざるを得なかった。そのあいだにも、女の手は陰部をもみ、上下にこすり続けている。やがて、下半身がどくりと、己の意志に反する動きをしはじめた。

「ヴィクトル・アルファーノ、この名を知る者は、公衆浴場のステッラ・ブルグネティとあなたの生みの親、それからわたくし。あとは、誰もいないのではないかしら？」

必死に耐えても、よせと己に懇願しても、それはいともたやすく女の手のなかで膨張《ぼうちょう》した。そのうえ先端部を刺激され、おぞましい感覚が下腹のほうから脳天までつきぬけた。

「うっ……」

歯を食いしばり、腰を引いて逃れようとしても女は彼を放さない。

「……やめろ！」

「あなたは生まれながらに死んでいた。あなたの十五年の人生はごみだった。うつくしくてかわいそうなヴィクトル・アルファーノ……あなたに掃《は》き溜《だ》めは似合わないわ。……ねえ、ルキーノ・ブレガにおなりなさい。そして、華々しく輝くの」

玄関ホールには、背すじをのばしてぴしりと立つ執事がいるにもかかわらず、女は彼の下衣を下ろして、勃ちあがった局部をあらわにした。

「わたくしのそばで」

「やめろっ！」

彼はあわてて服を整えようとするが、すぐさま女にはばまれた。

「やめろと言っている！」

力任せに女を押しのけようとした瞬間、彼は背後から足音もなくしのびよってきた執事に羽交い締めにされていた。そのままずるずると引き倒されて、執事の手が彼を床に縫いとめた。

抵抗しようがむだだった。女と執事によって、着ていた質素な服は容赦なく引きちぎられて、大理石の冷たさが身体を焼いた。

彼の視界に広がるのは、まるで現実味のない高い天井に施された天使の彫刻と、豪華なシャンデリア。そこからはさも神の祝福があるかのように、光がきらきらと降りそそぐ。愉悦《ゆえつ》に顔をゆがませた女は、逆光のなかで彼の裸体を見下ろして、ねっとり舌なめずりをした。

「きれいね、白い大理石の上に……なにもかも白いあなた。うずうずするほど神秘的」

女は全裸の彼に跨って、ドレスをたくしあげていく。脚のあいだには、毛に覆われている女の性器が見えていた。それはひどくまがまがしくて、彼を恐怖に陥《おとしい》れた。

「ごらんなさい、あなたはわたくしのもの。この館でわたくしに……」

無理やり勃たせられた陰部が、だしぬけに、女のなかに収められる。

「……こうして……まぐわうために飼われるの。しあわせになりましょう」

「やめろ！　……く」

「わたくしはね、ルキーノ、……ずっとあなたがほしかったの。ずっとずっとほしかった。

うつくしいあなた……やっと、手に入れたわ……」

その表情は狂気に満ちていた。

乱暴に腰を振る女の下で、彼はせり上がる絶頂感を必死に耐えていた。なぜ、こんな状況で快感を覚えてしまうのか。彼は、女に対して嫌悪を抱きながら、自分自身の情けなさに涙がこみ上げてきた。

唇を強く噛みしめた。血をにじませながらも、彼は必死に逃れようともがいたが、うごめく女と己の身体を押さえる執事に抗《あらが》えず、抵抗むなしく、やがて吐精させられていた。

「ああ……感じる……」

女はうっとりしながら彼をすべて受け止めた。

「ルキーノ、よくできました。いまのように毎日わたくしのなかで果てなさい」

濡れた性器に手をのばし、女はこぼれた精を指で掬って舐めとった。

「おいしい。わたくしはね、あなたの子を産むわ。きっとうつくしい子が生まれるはずよ」

彼は言葉を失った。なにも考えられず、なにも映すことなく、ただ、まぶたを開けていた。

自分の目の前に続く道が暗闇に閉ざされたことを悟り、絶望したのだ。

公衆浴場でステッラ婆さんとの生活を、手放すべきではなかったのだ。

ドブネズミ――それで満足するべきだった。母への復讐など考えず、ささやかなしあわせを考えるべきだった。そう後悔しても、遅かった。翌日から彼の生活は急変した。彼は貴族然とした服を着て、これまで見たこともない銀食器を使い、贅《ぜい》を尽くした食べ物を口にした。ピアノの曲を聴きながら、あこがれていた本を静かに読んでいた。一見、それは誰もが夢見る恵まれすぎた生活だ。

だが実情は、屋敷から一歩たりとも出ることをゆるされず、すべての行動は女か執事の監視下にあった。毎日昼夜を問わずに行為を強要されていて、ひどいときには食事中にも行われた。まるで生殖行為のために生きているようだった。

夜はまさに狂った世界だ。女は彼に跨り腰を振り、女がかがめば、上から全裸の執事が被さった。女は膣と後孔で男を同時に受けるのを好んでいた。

女の肩越しに、執事と目が合うことがよくあった。憎しみに満ちたその目は、執事が女に懸想《けそう》していると否応なしに伝えてきた。

絶望しか感じない彼が、「贅沢《ぜいたく》な暮らし」という檻《おり》に閉じこめられて三ヵ月。とうとう彼は女の口淫なしでは勃たなくなっていた。吸い尽くされてしまったのか、とうに射精も行えない。

己の不能にほっとしていた矢先、彼は女に抱きつかれて衝撃の言葉を告げられた。

「ルキーノ、よろこんで！　わたくし……わたくしね、きっと……ええ、たぶんそう。妊娠したのよ！」

女の言葉はいとも簡単に、絶望のなかにいた彼をその深淵《しんえん》まで叩き落とした。

子ども——このいまいましい女と自分の子ども。

身体が思考を拒絶して、目の前が暗くなる。彼はその場で吐いていた。粗相したことを執事になじられるも、反応する気力もなく、彼は胃が空になっても治まらずに、ずっと嘔吐し続けた。

絨毯《じゅうたん》についている彼の両手が、細かくかたかたとふるえていた。すべてが呪わしくてしかたがない。

その夜もまた、彼は全裸で横たわる。跨る女が寝台をきしませ腰を揺らし続けているのを、感情のこもらぬ目で見るともなしに見ていた。

出しなさいと言われても、射精感はまったくない。当然、昂揚感などあるはずもなく、心は冷え切ったままだった。女が時間をかけて勃たせた性器もすぐに萎えていき、その都度女は口を使って彼の硬度を維持させた。

彼は窓の外に浮かぶ月を見ながら考える。

〝今日からあなたはルキーノ・ブレガ。ヴィクトル・アルファーノはね、死んだのよ〟

生を受けてから、これまでろくなことがない。意味もなく生きてきた。

死。

そうだ、ぼくは死んだのだ。生きながらに死んでいた。

いまここにいるのはぼくではない。この身体、この思考、この感覚はぼくではない。いま身に降りかかっている災難は、ルキーノ・ブレガという名の男のものなのだ。

固く握りしめたこぶしから、深紅のしずくが滴った。ぶるぶると、手をわななかせている彼の内で、みるみる自己が変容していった。虐《しいた》げられてきた日々のなかで、ひそかに育っていたけものが頭をもたげる。憎しみや悲しみ、わずかな希望といった、あらゆる「思い」をけものに食われて、〝ルキーノ・ブレガ〟が形作られていく。

彼は仄暗い光を宿した目を女に向けて口にする。ろうそくの光が照らすその瞳は、女にはうつくしく見えただろうが。

「ジョヴァンナ」

彼はこのとき、はじめて男爵未亡人の名を呼んだ。

女は驚きに目を瞠《みは》る。よほどうれしかったのだろう、彼のほほを包んで持ち上げ、形の良い唇に激しい口づけを施した。

「ん……好きよ、愛しているわ、ルキーノ。愛してる、愛してる」

愛なんて――くだらない。

「あなたはぼくを、自分のものだと言ったよね。ぼくは当然のように毎日あなたとまぐわってきた。でもね、ぼくはあなたに与えているけど、なにも得ていない。ジョヴァンナ、あなたはぼくになにをくれるの」

女はあぜんとして彼を見る。見られても彼は動じない。

「それとも、その愛は偽りなのかな」

「偽りじゃないわ！　愛しているの、心から。ほんとうよ……愛してる！」

「だったら証明して。あなたはぼくになにをくれるの」

うめいた女は、白い身体に腕を巻きつけて、ひたりと彼にしがみつく。

「あなたの華々しい未来を」

「具体的に言って」

「豪華な服と、食事と……」

「それはぼくにとってごみでしかない。対価とは言えない」

彼は己に覆い被さっていた女をいきなり寝台に組み敷いた。平たく流れる豊満な胸。恥じらいもなく裸体を晒し、いまいましい女が自身の下にいる。

目を閉じた。

こいつは踏み台だ。ルキーノ・ブレガのただの贄《にえ》。

「あなたに子どもを……ルキーノ」

女は愛おしげに手をのばし、その指先を彼のほほにすべらせる。

「家族をあげるわ。いままで寂しかったのでしょう？　わたくしにはあなたの気持ちがわかるわ。あなたはわたくしのものだけど、わたくしも、あなたのもの。わたくしたち、家族になりましょう」

白いまつげを上げた彼は、女をするどく射《い》すくめる。

「いらない。子どもも家族もくだらない！　ぼくは誰のものでもない！」

怒りに興奮した彼の象徴は力を得、一気に女をつらぬいた。

「ああっ！　……あまり激しくしないで」

彼はやけくそになりながら、女に腰を打ちすえた。

「ジョヴァンナ、ふざけずに言って。ぼくへの対価は」

「おお……愛しているの、ルキーノ。愛してる。このままふたりで――」

「愛などとくだらない！　対価がなければおまえなど醜悪な肉塊だ。反吐《へど》が出る！」

女を穿《うが》ちながら、彼はその首に手をかけた。ぎりぎりと締めつける。

「……あ、なにをするの……」

「今日は執事がいないんだね」

「使いを……頼んでいるのよ……」

「ねえジョヴァンナ」

彼は薄目で、女に甘くささやいた。

「あなたはぼくを殺した」

「え……？」

「だからぼくは、あなたを殺して自由を得るよ。いますぐに」

女が瞠目するも、かまわず続ける。

「でもね、ぼくの時間をあなたが買うと言うのなら」

彼は荒々しく女の唇にキスをする。いまいましくて汚らわしい唇に、はじめて自ら重ねた。

「ルキーノ・ブレガのままでいてあげる。対価の分だけそばにいて、こうしてあなたを抱いてあげる。いつもあなたはぼくの上で腰を振ってばかりいた。……知っているよ、ほんとうはぼくにこうして突き入れてほしかったんだよね。ぼくとの行為のあと、執事に抱きなおしてもらっていたでしょう？　そのときのあなたときたら」

　彼は憎悪をこめて笑った。

「彼を〝ルキーノ〟と呼んでいた」

「覗いて……いたの？」

「ねえ、想像でぼくに抱かれるなんて、どんな気分？　性器を執事に舐めてもらっていたでしょう。あれもあなたのなかでは、ぼくが舐めていたことになっているの？　でもね、ぼくにはあんなことはできない。汚らわしい。想像するだけで吐きたくなる」

　いよいよ息苦しくなってきたのか、女は真っ赤な顔でふるえだす。

「考えてみたんだ。あなたが知るとおり、二ヵ月ほど前からぼくはろくに射精していないよね。いままでは完全に不能だ。でも執事は？　あなたに執心しているようだから、たくさん果てているのでは？　それを考えるとね、言いたくなることがある。あなたのおなかの子、ぼくの子じゃないよね。……もっとも、ぼくの血を引く子が生まれたとしても、それは肉の塊《かたまり》としか思えない。あなたがぼくの精子を強奪して得た産物だ。——おや」

　ようやく彼は女の首から手を放し、代わりに白銀の髪をかきあげた。彼は一物で膣の収縮を感じている。

「……達したね」

彼が己を抜こうとすると、女は彼の腰に脚を巻きつけた。

「抜かないで！　買うわ……あなたの時間を買う」

「ジョヴァンナ、いままでの時の清算もしてくれる？」

「ええ、するわ。……もっと激しく……突いて。あなたをちょうだい！　わたくしを愛して！」

「愛してあげる。あなたが時を買うかぎり」

ほほえむ顔のその裏で、彼の心は血を流していた。

キスをせがまれ、口づける。

乳房をしゃぶり、腰を動かしながら、自分自身に言い聞かせた。

ぼくはもうぼくではない。ぼくの名まえは——ルキーノ・ブレガ。

もしも色を持って生まれていたならば。

考えてもしかたがないとわかっていても、時々彼は自問する。

捨てられることはなかったはずだ。虐待《ぎゃくたい》を、受けることもなかったはずだ。

鏡に己の姿が映ったとたんに、粉々に割ってやりたい衝動に駆られる。

白い髪、白い肌、色素が薄い水色の目。

きっと身に受けるはずのしあわせは、色とともに抜け落ちた。

男爵未亡人の妊娠さわぎは、ほどなく訪れた月の障《さわ》りであっけなく幕を閉じていた。

女の落胆ぶりときたら、見ていておもしろいほどだった。

以来、女はよりいっそう彼に執着し、彼の射精を待ち望む。

女は執事に見向きもせずに、ひたすら彼を求めてむさぼった。けれど彼が果てることはなく、その事実が女を追いつめた。

「今日はもうやめたほうがいい。食事をしていない」

「いやよルキーノ……いやよ！」

もがく女を留めようとしたけれど、彼はのばしかけた手を引っこめた。

白いまつげが伏せられる。秘めたまぶたの奥にあるのは、混じりけのない悪意だけ。

けれど、女はかまわず時を買っては、異常なほどに彼を欲して吸い尽くした。このころ彼は、小水《しょうすい》もまともにしたことがないほどだった。おぞましいことに、女がそれをおいしそうに飲むからだ。彼は、やがてこの身の体液が、すべてなくなってしまうのではないかと恐怖した。

一日中寝室に閉じこもり、行為しかしていない日も多々あった。ひどいときには三日三晩。彼は、目もとが黒ずみ病んだ女を見ながら強く思う。

早く地獄に落ちてしまえ。

季節が流れ、裕福な男爵未亡人の資産もずいぶんと目減りして、使用人が解雇《かいこ》されはじめたころだった。

彼は全裸の女と交わりながら、これが最後の行為であると切り出した。

すでに気が触れていた女は、ほほえみながら口にした。

「ルキーノ、愛してる。わたくしはあなたを、愛している」

彼は冷ややかな目つきのまま、嘲るように唇をゆがませた。

「新たなルキーノ・ブレガがあなたを愛してくれるよ」

彼の言葉を合図に、執事が音もなく入室し、ちぎるように服を脱ぎ捨てた。ふだんの礼儀正しい執事の姿からはほど遠い、性急すぎる動きだ。

彼が女から己を抜いて離れれば、取って代わった執事が女のなかに突き入れた。

ベッドが激しくきしみだす。

「……はっ、ジョヴァンナさま……！」

「ああっ！　ルキーノ、激しくして……もっと、もっとよ！」

「ジョヴァンナ……」

「ルキーノ、愛しているわ！」

欲望のうずまくふたりをしり目に、身支度を整えた彼は、静かに部屋をあとにした。膨《ぼう》大《だい》な金と引き換えに、気が狂いそうになるほどの地獄を過ごした彼は、実に一年と四ヵ月ぶりに外へ出た。

二度とここには戻らない。決意をこめて、地を強く踏みしめる。

彼は鼻を上向けて、夜の冷え切った空気を、屋敷を背にして思うぞんぶん吸いこんだ。

奇《く》しくもその日、誕生日を迎えた彼は、十七歳になっていた。

自由を手にしたあと、彼は乗合馬車でゆかりのない町に降り立ち、勢いに任せて家を買った。

以前は偏屈《へんくつ》なじいさんが住んでいたという空き家で、古くてみすぼらしい家だが、うっそうとした木々に囲まれていて、目立たないさまが気に入った。外壁に蔦が濃くからみつく陰気な家は、日陰にいる己らしいと考えた。

家のなかは荒れ果てていて、ひどいありさまだったが、それでも彼の心はわき立った。生まれてはじめて手に入れた、自分だけの城だった。ずっと、誰にも干渉されない自分だけの居場所がほしかった。

町には彼を知るものはいないから、人知れず生きていくことができるだろう。ひとりでいるのは心地よい。すでに一生、楽に暮らしていけるだけの金は持っていた。

とりあえずベッドを片づけて、寝られる支度をした彼は、疲れているにもかかわらず、ろうそくを消してすぐに家を出て行った。

あたりはちょうど、昼と夜のはざまにある逢魔《おうま》が時だった。フードとケープを用いて姿を隠して、辻馬車に乗りこんだ。その窓を眺める目には、ほどなく流れる景色が映りこみ、彼は表情なく今後のことを思案した。

旧市街にある公衆浴場の最寄りで馬車を降りると、彼は、かつかつと闇夜に足音をひびかせて、ステッラ婆さんのもとへ行く。

「ヴィクトル坊や！」

老婆は細い目を大きく開いた。

「あんたって子は……いきなり消えて……この悪ガキめ。どれだけわたしの寿命を削ったか、わかってんのかい！」

彼は老婆とは逆にくすぐったそうに目を細めた。

「ごめんね」

「ごめんなんかですむものか！」

「こうして会いに来たんだからゆるしてよ」

老婆は鶏《とり》がらのような手を、わなわなと彼にのばした。

「顔を見せとくれ。一年半も会ってないんだ」

「一年と四ヵ月だよ」

「似たようなもんじゃないか」

フードを取られて、ろうそくの灯りのもとに彼の白銀の髪と端正な顔が晒される。それをみとめた老婆は、かすかにふるえたあとに破顔した。

「大きくなった。無事で良かったよ、おかえりヴィクトル坊や」

「……ただいま」

だが、ふいに老婆は笑みを消して、真剣なまなざしを彼に送った。

「ずっと探していたんだ。あんたに伝えたいことがあったからね。いいかい、落ち着いてお聞き」

老婆は彼を近くの椅子に誘導して座らせると、自身は壁に背をもたせかけた。

「ちょうど八ヵ月ほど前になるね」

言いよどむ老婆を、彼はうなずきとともにうながした。

「あんたのね、母親が死んだのさ」

突然、母親の死を宣告されたにもかかわらず、彼は無表情だった。

「ただ死んだんじゃないんだよ。あんたの母親はさる婦人から金を借りていた。でもね、その婦人はね、なんとあんたの父親の愛人だったんだ。逆上したあんたの母親は、元旦那と婦人を刺して逃げ出した。逃げたあんたの母親は、馬車に轢《ひ》かれてしまってね……」

聞くなり彼は、堰《せき》を切ったように笑いはじめた。

彼の美貌に似合わない悪意ある笑い声に、老婆は気圧されたように後ずさる。

「あんたの実の母親だろう？　笑っちゃだめだ」

「笑うに決まっている！　婆さん、あいつはくずでごみだ。どこで野垂《のた》れ死のうとぼくには関係ない。……それで、ぼくの父、ブラスコ・アルファーノとその愛人も死んだの？」

「生きているよ。刺されたといっても軽傷だった」

「なんだ。その愛人の名まえを教えて」

老婆はやれやれと肩をすくめた。

「聞いてどうするんだい。あんた、母親の仇をうつんじゃないだろうね？」

「まさか。ぼくはあいつが死んだと聞いて、せいせいしている」

彼は椅子から立ち上がり、老婆に近づきながら続ける。

「でもね、あいつは金を借りていたんでしょう？　……息子のぼくが払わなければね」

「あんたが払う必要はないよ。この件は忘れな」

だしぬけに、彼は老婆のカメオごと胸ぐらをわしづかみにすると、その鼻先に顔を近づけた。

「決めるのはあんたじゃない、ぼくだ」

「まったく、よぼよぼな年寄りになんて無体をするんだい」

「ああいった連中は、金のにおいに敏感だからね。後腐《あとくさ》れなく切るためにも清算したい。お願いだ、教えて」

渋るステッラ婆さんがようやく教えてくれた名まえは、アンナ＝ヴァニア・アルティエリ。それが、死んだ母親に金を貸していたという、父親の愛人だ。

母が死んだと聞いても、現実ではないようだった。実際に目にしていないものは、霧ごしに見ているようなもの。彼の頭のなかはおぼろげで、その水色の瞳は光を宿さず、ただ闇をのぞんでいるだけだった。

　もしも実際に父親の愛人と会えたなら、そして愛人が金を貸したというのが事実だと分かったら、自分のなかで母親の死は確実なものになるだろう。頭にはびこる靄《もや》はきれいに晴れるだろう。

　公衆浴場を出た彼は、また辻馬車を呼び止めた。フードを深々と被りなおしてステップを踏みしめる。

　車窓の景色は旧市街から新市街、閑静な邸宅の区画へと移りゆく。だが、彼は建ち並ぶ豪奢な屋敷には興味を示さず、まっすぐ前を見すえたままだ。


　あの女はもういない。

　憎悪を力に変えて生き長らえてきたというのに、この状況は一体なんだろう。

　憎くてしかたがなくて、傷つけて見返したくて、せせら笑って見下したかった相手がもういない。胎《はら》にうずまくこの思いをどうすればいいのだろう。


　重厚な煉瓦造りの建物の前に降り立ち、彼は玄関ポーチに足を踏み入れる。

　手袋を嵌《は》めた手で磨かれた真鍮《しんちゅう》のノッカーを二度続けて鳴らせば、執事ではなく女が出てきた。外套《がいとう》を着こんでおり、これから外出しようという出で立ちだ。

「アンナ＝ヴァニア・アルティエリさんですね」

あごを引いた彼はおもむろにフードを取り去り、女を見やる。

「おでかけですか」

抑えきれないほどにうずまく様々な感情を、彼は無理やり押しこんで、笑みのなかに隠してみせた。それは壮絶な美と色気を孕み、アンナ＝ヴァニアをまたたく間に狂わせる。

「……姉のところへ行こうとしていたのだけれど、あとでかまいませんわ」

笑みをたたえたまま、彼はつぶさに女を観察した。

老婆によれば、ミス・アンナ＝ヴァニアは未婚で二十七歳になる。いわゆる行き遅れと言われている年齢だ。婚約者はいたものの、先の戦争で亡くなった。操《みさお》を立てていると言えば聞こえはいいが、婚約者が生きていたころから彼女は裕福な商人ブラスコ・アルファーノ――つまり、彼の父親の愛人だった、あばずれだ。

彼は、母を捨てた父が選んだ女から、知り得ぬ父の影を探ろうとしたけれど、なにも得られず目を伏せた。見たこともない父の影を女に追うなど、そもそもばかげたことだった。

「あの、あなたはどなた」

女の問いかけに、彼は瞬時に思考をめぐらせて、よどみなくかの名を告げた。

「ルキーノ・ブレガです」

「ルキーノさん……飲み物を用意させますわ。こちらにいらして」

「いいえ、すぐに帰りますので結構です」

彼は白いまつげで己の冷えた瞳を隠して言った。

「グリセルダという名の女性を覚えておいででしょうか」

グリセルダ――口にしたくもない、いまいましい母親の名まえ。

「……ええ。存じていますわ」

女の声からはとまどいが感じられた。

「グリセルダはあなたから金を借りていたと聞きました。今日ぼくは彼女の代わりに返済しようと、こうして訪ねてきた次第です。金額をお聞かせ願いたい」

「どうしてあなたが……？　それにお金は……解決済みですわ。彼女の夫であった方が返済してくださいましたの」

夫であった方、つまり、ブラスコ・アルファーノ。

このとき彼のなかでは、激しい思いが芽生えていた。純粋で、まっすぐで、けれどひたすらどす黒い感情だ。

あの女が唯一愛した男の愛人を、あの女が羨望のまなざしを向けたであろう愛人を、この身のとりこにしてしまえばどうなるか。

――父は少なからずぼくを憎む。そして父はぼくを産み落とした母をも憎む。

死してもなおあの女は愛した男に疎《うと》まれるのだ。

そうすれば、この気持ちもすこしは晴れるだろう。極めてわずかだとしても。

彼は顔に、とろけるような笑みをたたえた。さながら無垢《むく》な天使のようだった。

「その彼女の元夫というのは、あなたの愛する方のようですね」

アンナ＝ヴァニアはまつげをはね上げた。

「恋をしているお顔だ。あなたのようなすてきなご婦人に想いを寄せてもらえるなんて、相手の方は運がいい」

彼は思わせぶりに笑みを深めて一歩前へと進み出る。

「同じ男として、うらやましくて少々妬《や》いてしまいます」

彼は見透かすような目で、アンナ＝ヴァニアを見つめた。

「もっと早くに出会えていれば……。ではこのへんで。早く退散しなければ、ぼくがぼくでいられなくなる」

「お待ちになって」

アンナ＝ヴァニアの手がのばされて、彼の腕にからみつく。

「今宵は予定がありませんの」

「あなたは姉上に会いにいかれるのでは」

「姉は今日、別の用事があったのを忘れていましたわ。わたくしったら、うっかりしていたみたい。……ねえ、すこしお話し相手になってくださらないかしら」

とろりとうるんだ瞳を見て、彼はまたたく間に性の対象と見られていると気がついた。女という生き物は、浅薄で、滑稽《こっけい》で、どうしようもなく虫唾《むしず》が走る生き物だ。

「かまいませんが……知りませんよ、ぼくは抑えられないかもしれない」

アンナ＝ヴァニアに屋敷のなかに誘導されて、重厚な扉は音を立てて閉ざされた。

彼にとって、この世界は生まれたときから厳しすぎるものだった。やさしさを知らず、愛を知らず、欲望がうずまくなかを生きてきた。女をよろこばせる手管など、知りたくなんてなかったことだ。しかし、いま彼は得た知識でアンナ＝ヴァニアを快楽に落とすのだ。

やさしい口づけを荒々しいものへと変化させ、女に息つく間も与えない。

キスに意味などありはしない。ただ女を濡らすためのもの。前戯をはぶくためのもの。

彼はまぶたを閉ざして、先に続く手順を頭に描き出し、知る事柄に嫌悪した。それでも知識にしたがった。

吐息がねっとりとからみつく。吐き気がこみ上げるが、なんとか耐えた。ほんとうは、女に触れたくなどなかったが、彼は無になり、自身の拒絶に抗った。

片手で己をこすり上げるのははじめてだがしかたがない。母への憎悪を糧にして、無理やりしごいて猛らせる。同時にそうする自分に泣きたくなるほど嫌気がさした。

女の性器は狙《ねら》いどおりにキスしただけでぬかるんでいて、彼は復讐心を隠しながら女に腰を進めていった。

上から女を覗きこむ。女はあえぎながらもうっとりしていて、彼はますます心が冷めた。無感情で律動する。

彼は知っていた。女の心を占めていた父の姿は、すべて己に塗り替えられた。

だが、心に広がるのは、果てのないむなしさだけだ。

――くだらない、実にくだらない。女も、ぼくという人間も。……滅べばいい。

「すてき……ああ、ルキーノ。すてきよ！」

膣が収縮することで、彼は女が達したのだと理解した。彼はすぐさま身を離し、身支度を整える。

なごりを惜しむそぶりさえ見せず、ベッドから離れる彼にアンナ＝ヴァニアは、とまどいつつも問いかける。

「……どこへ行くの」

「帰ります」

「帰らないで……ここにいて。このままわたくしと……ねえ、わたくしを愛して」

無視して彼は戸口に向かう。もう一秒たりとも女の姿は見たくなかった。

「ルキーノ、待って！　おねがいだから！」

彼は執事から外套を受け取り、それを抱えたまま外へ出る。踏み出した先に広がる世界は、真っ黒だった。

湿気を含んだ重苦しい空気が身体を包みこみ、地に足が沈みゆく錯覚《さっかく》をおぼえて振り払う。白銀の髪がさらさらと、風に吹かれて揺蕩った。

──滅べばいい。

暗い闇に心が落ちるなか、自分以外の足音を聞き、彼はおっくうそうに顔を上げた。

「驚いた。来ないからわざわざ訪ねてきてみれば……妹の家から妖精が出てくるなんてね」

耳障りな声だった。年齢不詳の金の髪の女が、進路に立ち塞《ふさ》がっている。口の下にあるほくろがやけに目について、いらついた。

「妖精さん、名まえを聞いてもいいかしら」

だまっていると、女はふたたび唇を動かした。艶めかしい、欲求を隠さない言い方だった。

「わたくしはアレッサンドラ・バーヴァ。この近くに住んでいるの」

アレッサンドラは、自分は画家だと言い足した。とたんに彼は思い出す。いまいましい男爵未亡人が傾倒《けいとう》していた画家がいた。たしか名は――

「……アレッサンドラ・アルティエリ」

つぶやき声に、女の気の強そうな眉が得意げに持ち上がる。

「あら、わたくしを知っているのね。ええ、その名まえで絵を描いているのよ。いまは結婚して、アレッサンドラ・バーヴァなの」

言いながら、女は指に嵌めているけばけばしい指輪を見せつけた。金の装飾にふちどられた、血のように赤いルビーだ。

「子爵夫人よ」

「自己紹介はいりません。興味がないので」

すげなく去ろうとした彼の腕がつかまれた。まがまがしい真っ赤な爪が皮膚に食いこむさまを見た。けものを突いて殺せそうな、邪悪な爪だった。

「わたくしの絵はね、売れば大きな家が建つほど高価なの。わたくしは貴族しか相手にしないわ。それにね、まず簡単に人を描くことはしないの」

でも——と、流し目をして続けた。

「わたくしはあなたを描いてみたい。描きたいわ。あなた、わたくしの家にいらっしゃい。絵を……見せてあげる。たくさんね」


このとき彼は、正気ではなかったのかもしれない。憎い母の死を知り、憎い父の愛人を奪って捨てた出来事が、彼から生きる気力を削いでいた。己の生のくだらなさ。辟易《へきえき》して心が死んだ。——すべてが滅んでしまえばいい。そんな捨てばちの気分になっていた。

どうして女の手を取ったのかわからない。絵など興味はないし、描かれるなどもってのほかだ。けれど、彼は女にうながされるまま従った。

そしてあれほど焦がれていた自由は、ふたたびあっけなくも奪われた。

6. 窓を開けている

　ヴィクトルとジゼラが住む町一帯を見渡すことができる丘の上には、代々この地を治める伯爵家の屋敷が建っている。いかめしい鉄製の門を抜けた先にある屋敷は、およそ五十年前に大規模な改築が行われ、いまは城と見紛《みまご》うたたずまいを見せている。

　その屋敷の一室にて、ひとつの報告がなされようとしていた。

「アレッシオさま、少々お時間をよろしいでしょうか」

　お仕着せ姿の従者はぴしりと背すじをのばして主人に向かって問いかけるが、待てど暮らせど返事がない。しかし、無視されるのは常だった。従者は表情をくずすことなく、言葉を換えた。

「アレッシオさま、例の件ですが」

　アレッシオと呼ばれた青年は、服の前をくつろげて、長椅子に寝そべったまま本を読んでいた。従者の言葉に本を下ろすと、めんどうくさそうに目を向ける。投げやりなその態度とは裏腹に、顔立ちはさわやかな好青年といった印象だ。

「例の件とはなんだ。ありすぎてわからない。はっきり言え」

「以前捜せと……くわしく調べろとおっしゃっていた、町娘の件です」

従者の声に、アレッシオは本を投げ出した。

「あの町娘か。なにかわかったのか」

「はい」

アレッシオは前のめりで食いついた。

町娘――アレッシオはひと月ほど前、気まぐれで、視察と称して朝市に立ち寄ったことがある。そのときに、あるひとりの少女に出くわした。質素な服を着た、一見なんの変哲《へんてつ》もないどこにでもいる町娘である。だからアレッシオは気にとめずにいたのだが、運命のいたずらか、目の前で娘の白い帽子がふわりと風に飛ばされた。そのときあらわになった彼女のつややかな黒髪と、可憐な容姿がアレッシオの脳裏に刻みこまれて、寝ても覚めても離れない。

白く透きとおるような肌。みどり色があざやかな大きく印象的な目。むしゃぶりつきたくなるほどの、かわいい口もと。清廉《せいれん》で従順そうな、アレッシオの理想の姿がそこにあった。

アレッシオは貴族としての振る舞いも忘れて、すかさず町娘の帽子を手ずから拾おうとしたけれど、知り合う機会は腹立たしくも潰された。少女のうしろを歩いていた老人が、老いているとは思えぬ動きで役目を横取りしたからだ。

　そのうえアレッシオが歯をぎりぎりと噛みしめて、怒りをしずめているあいだに、肝心の少女は朝市のごった返す人ごみにまぎれて消えていた。

　以来アレッシオは、従者に早く捜し出せと、きつく命じるとともに、時々、くすんだ薄水色の質素な服を着ていた娘を思い浮かべては、空想のなかで、その薔薇色の唇にキスをして、服をやさしく剝いている。あらわれるのは未発達の身体だが、それを己の手管で熟させる夢を見る。

　アレッシオは首をもたげはじめた下腹部を隠すために足を組み替えた。

「ラウロ、早く町娘の報告をしろ」

　言葉に対して従者は大げさに天を仰いで、胸もとで手を組んだ。まるで神に感謝を述べるかのような格好だ。

「アレッシオさま、わたしは大変な苦労を重ねて……ええ、それは壮絶とも言えるほどの苦労をしながら朝の市場に通いつめ、聞きこみをし、ようやくあの町娘を知る女を発見しました。それはマレーラ・ベルージなる女です。その女は町娘の名まえを知るばかりか、なんと友であると言いのけたのです。……すべては神の思し召《おぼめ》し……市場で屋台の者たちに、すげなくされるわたしを天はあわれにお思いになったのでしょう。神はわたしの日ごろの行いを、しかと見ていてくださったのです」

「ばか、話が長すぎる。めんどうくさいおまえの御託《ごたく》は聞きたくない。早く娘の名まえを言え！」

従者は不満げに唇を噛みしめる。

「名は……ジゼラ・バーヴァです」

しぶしぶといったていで告げられた言葉に、アレッシオは目を瞠る。

「……ラウロ、ほんとうか？」

「はい」

「聞きまちがいじゃないだろうな？」

従者は怪訝そうな表情を隠さずうなずいた。

「はい……たしかにジゼラ・バーヴァですが……」

アレッシオはあごにこぶしをあてて思案した。若干興奮まじりであるため、手は小刻みにふるえている。

ジゼラ・バーヴァ——アレッシオも名まえだけは知っていた。四年前まで栄華を誇っていたバーヴァ家のひとり娘は、父親が過保護であったせいで外で見かけたことがない、まさに深窓の令嬢だった。当時、バーヴァ家と縁続きになりたい家は多く、娘の成長を待っていた者が多数いた。

「その名はたしかなのか？」

従者は胸に手をあてて、主人に自分は正直者であると訴えかけた。

「誓って偽りではございません。マレーラ・ベルージなる女はジゼラ・バーヴァの友人ですのでまちがいないと考えます。それに、あのエメラルドのような見事な瞳は、バーヴァ家の特徴にも合致しています。わたしが調べたところによりますと、あの家は、代々みどり色の目の者が当主になるそうですし、妻もみどり色の目と決まっているらしいのです」

「ラウロ、そこまでだ！　しゃべりすぎるな、どうでもいい情報だ」

悠然と椅子に座っているアレッシオは、栗色の髪をざっくりかきあげた。

「そうか、あの娘……ベルトルド・バーヴァの秘蔵の娘、ジゼラ・バーヴァか」

その後、けたたましく笑う。

「これはいい、なんたる偶然。最高だ！　ぼくにふさわしすぎる娘じゃないか！　身分違いだから愛人にするしかないかと思っていたが……あの娘を妻にする」

「……は？」

驚きのあまりに、従者の目はまるまった。

「妻ですか？」

アレッシオはそんな従者をにらみつける。

「問題ないだろう、貴族同士だ」

「なにをおっしゃいます、とんでもない。バーヴァ家は没落しています」

「なにも知らないおまえはだまれ。バーヴァ家になど興味はない。ジゼラ・バーヴァの母親はな、クレメンテ侯爵の娘、ルクレツィアだ。侯爵は行方知れずの孫娘を捜し続けている。――そうか、ジゼラか。……ラウロ、支度しろ。出かけるぞ」

同時刻、ジゼラ・バーヴァはおにいさまに呼ばれて、仄暗い部屋のなか、彼の前に立っていた。彼はさも当然のようにして、ジゼラのボタンに手をかけた。

近ごろの彼はジゼラに服を脱いでとは言わない。手ずから一糸まとわぬ姿に変えている。ろうそくの灯りが、あらわになったすべらかな肌を照らし出す。

彼はジゼラの胸を掬い、淡いつぼみを凝視する。彼の視線にじりじり焼かれ、混じりけのない薄桃色は尖りを増していく。

だしぬけに、つんと上向く先を弾かれて、ジゼラはぴくりと反応する。円を描くようにして、両の頂を同時にくるくるとやさしくいじめられ、甘やかな刺激が襲いくる。

「ふ……。あ」

驚くほど近くにある彼の瞳とかち合った。

「感じているね」

「ん、おにいさま」

四年のあいだ、彼が触れ続けたジゼラの身体は熟れていて、すこし触れられただけでも彼の手に反応する。

彼はジゼラを抱き寄せて、目を細めてささやいた。

「ジゼラ、ベッドに腰かけて。脚を開いて」

裸のジゼラに対して、彼はふだんどおりに服を着ている。それがジゼラの羞恥《しゅうち》を煽る。

「でも……まだ早い時間だわ……」

「きみは練習が必要なんだ。ほら、なるべく痛くはしないから」

彼の手に導かれて、ジゼラはベッドに腰かける。深い呼吸をひとつして、言われたとおりに脚を開けば、彼はやわらかな襞のあわいを指でそろりとなぞりだす。

ジゼラの肌が粟立った。

「あ」

指の先を埋められて、上部の淫芽を集中的にいじられれば、ジゼラは我慢ができなくなってくる。

「ん……おにいさま」

「ねえジゼラ。この粒はぼくのものなのに、どうしていつも反応するのかな」

彼はジゼラの脚のあいだに顔を寄せ、ふうと息を吹きかけた。それだけでジゼラは感じてしまい、もぞもぞと艶めかしく身をくねらせる。

「今日は我慢してみて？　ここがぼくのものだと証明して」

彼は短いキスを秘部にくり返し、そこにちゅうと吸いついた。唇をつけたまま、ほほをふくらませて勢いよく息を吹きこんだり、吸ったりしては、ジゼラの様子をうかがった。

その際、秘裂のすきまから空気が逃げて、ジゼラの感じるところをふるわせた。やがて唇と舌が移動して、粒をねっとりと包みこむ。唇ではさみこみ、こすりつつ、舌先でぴちゃぴちゃとなぞられる。時間をかけて執拗に。わざと達するぎりぎりの状態を保って、ジゼラを試し続けている。

我慢するのはつらかった。開いたひざはわななないて、ジゼラの肌からぶわりと汗が噴き出した。

「……ん……あっ」

熱くうずまく快感に責め立てられて、シーツをぎゅっとわしづかむ。

「だめ、おにいさま……」

「まだ耐えて。証明できてない」

ゆっくりした動作によって感度を増した芽は、ジゼラをするどく悩ませる。もだえながらも耐えていたが、ひくりひくりと秘部が勝手にうごめいてしまう。

「——ああ！　もう、……もう。おにいさま！」

「果ててもいいよ」

ぴんと足をのばして身体をこわばらせるジゼラの隙をつき、彼は指をずぶりと彼女の内へ入れていく。一本、二本。毎日埋められ続けているため、ついにジゼラは三本めを受け入れられるようになっていた。

「ん！」

「今日はいつもと違うね。すごく締めつけられるし、どろどろだよ」

ジゼラが彼をうかがえば、ぞっとするほどの色気を放ち、こちらを見ている。彼は艶めく液が滴る指を、舌でべろりと舐めとった。

「……おにいさま」

「興奮する」

いつの間にか彼は下衣を下げていて、男の象徴を出していた。その先はぬらぬらと照っていた。ジゼラは、先からしみ出たしずくが糸を引き、垂れ落ちるさまを見た。

彼は、ただでさえぬめった屹立に、ジゼラの秘部から掬った液を塗りこめて、くちゅくちゅと手を上下に動かし、いじくった。

「ジゼラ、きみを汚したい」

すでに熟れきって主張する芽を、のびてきた指にぐにゃりとつぶされて、ジゼラが背をのけぞらせると、彼は愉悦を覚えた様子で唇をゆがませた。硬い猛りが濡れそぼつ入り口にあてがわれ、腰を動かす彼に幾度もつつかれる。それはみるみるうちにのめりこみ、ジゼラの秘部を広げていった。彼の陰部は異様なほどに熱かった。

「痛い……」

「先だけ……だから。練習。力を抜いて」

「練習？」

「うん。もうじき……なんの練習かわかるよ。いまは、内緒」

「……う」

「怖くないよ。怖がらないで、だいじょうぶ」

ぷちゅりと切っ先がジゼラに埋まったときに、恍惚《こうこつ》とした面ざしで、彼は鼻先を持ち上げた。

彼は腰を揺らしてふくらむ先のみ出し入れしては、ため息まじりに甘い声をこぼしている。時折、さらに奥へと忍びこもうとする先端は、ジゼラに強く痛みを与えて苦しめた。

くちゃくちゃに顔をゆがめるジゼラを見つめながら彼は言う。

「ん。ジゼラ、……早く奥まで、入れたいね」

◇

ヴィクトルがはじめてジゼラ・バーヴァという名の少女に会ったのは、六年前にさかのぼる。彼がまだ十七歳のときだった。

父の愛人アンナ＝ヴァニアの姉、画家のアレッサンドラに連れて行かれたのは、白を基調とした貴族の館だった。高い錬鉄の柵に囲まれていたその屋敷は、いたるところに薔薇の細工があしらわれていたとしても、牢獄のように感じられた。

そこで引き返していたならば――少なくとも、その先二年に及ぶ不自由はなかっただろう。だが、彼は立ち入った。

執事によって開かれた扉の内側は、男爵未亡人の館とは比べものにならないほどに絢爛豪華だった。クリスタルのシャンデリア、立ち並ぶ騎士像、惜しみなく配された燭台、意《い》匠《しょう》を凝《こ》らした花瓶に生けられた季節はずれの高価な花。圧倒的な財力が見てとれた。

彼が無言で玄関ホールを見回して、天井を仰いだときだった。中央にある、ゆるやかなカーブを描く階段の上から、かすかな足音とともに舌足らずな声がした。

「……おかあさま？」

漆黒の長い髪を腰までのばした、まだちいさな女の子。花びらみたいなかわいらしい化粧着に身を包み、眠いのだろう、しきりに両手で目をこすっている。

「アルミロがいないの……ずっとずっと、さがしているのに、いないの……」

彼のとなりで、女がするどく舌打ちをする。

「ジゼラ！　わるい子ね、部屋にいなさい。許可なく出てはだめと言っているでしょう！　そのまがまがしい黒い髪をわたくしに見せないで。ああ、気分が滅入るわ！」

低く、憎しみのこもった声だった。きびしい言い草だと思ったけれど、彼は止めることもなく、感情をこめずに少女を見ていた。けれど、なぜか言葉を紡いでいた。

「黒い髪、いいじゃないか。……ぼくのおぞましい髪の色に比べれば」

すると女は打って変わって猫なで声で彼に言う。

「あら、なにを言うの妖精さん。あなたの髪はそれだからいいの。うつくしい、白銀の髪」

彼が女の顔を見やれば、赤い口のはしがつり上がる。

「こちらにいらして」

妙にくねくねと曲がったグラスは覚えている。貴族は変な食器を使うのだなと思ったことも覚えている。飲み物だと手渡されたグラスをかたむけたことも、のどの奥へと流したことも。それは甘い味がした。

目覚めれば足が重かった。動かせばじゃらりと音がした。金属の音だ。無理やり身体を起こせば服はすでになにもつけておらず、足にはいかつい枷《かせ》が嵌められていた。

枷には鎖がついていて、どこかに繋げられているようだった。

どういうことかと思いをめぐらせれば、ずきりと頭痛に襲われた。

「妖精さん、あなたってあまりにもきれいだから――」

長椅子で足を組む女もまた、全裸であった。女は真っ赤な唇をゆがませた。

「つかまえちゃった」

声はやけに部屋にひびいて、彼の頭のなかを犯していった。

「ああ、じっとして。いまからあなたを描くから」

女はしきりに手を動かして、カンバスに彼を写し取る。時折彼をみとめて目を細め、舌なめずりをしてから、またまつげを伏せて描きつける。

「わたくしはね、性交なくしては描けないの。情熱なくしては芸術は生まれない。昨夜のあなたはずっと起きないものだから、しかたがないから給仕と済ませたわ。先ほどまであなたを見ながらしていたの。三回？　いいえ、四回ね。若いっていいわね」

彼は話を聞くふりをして、現状を把握しようと試みた。女の話は続いている。

「楽しくなりそう。創作意欲をかきたてられるわ。こうして毎日好きなだけ絵を描いて」

女の視線が流れて、彼の股間に留まった。

「食事はもちろん用意するわ。すべての欲を満たすのよ。本能に忠実に生きるの。動物みたいにね。あなたがわたくしのもとにあらわれたからそうなったのよ。――ねえ妖精さん、これは運命？　わくわくするわね」

まごうことなき狂気だ。だが、いま抵抗したなら逆効果であることを、彼はうんざりするほど知っている。逆らうな、逆らおうとするなと己に強く言い聞かせ、一切の抵抗を押し潰して捨て去った。

じたばたすれば枷にこすれて足首の肉がえぐれ、ひとりで歩けなくなるだけだ。逃げようとすれば、女の警戒心を引き出して、わずかな機会を潰すだけ。

彼がとれる方法は、いまの彼の最善は、従順さを見せつけて、女の慢心をさそい、懐柔《かいじゅう》することだった。

彼は、己の足に繋がる長い鎖をたどり、その先が女の背後の柱に固定されているのを見た。鉄の杭に打ちつけられているようだった。

「……あなたは子爵夫人だ。あなたの夫には、どう説明するのかな」

女は描きつける手を止めて、カンバスを横に捨て置いた。なにを思っているのか、脚を開いて彼に見せつけ、くちゅりと己の女陰に手をあてる。

「あなたを描くと、見て、濡れてくるの。いまからしましょう」

「ぼくは勃たない。あなたの相手は無理だ」

女は赤い舌を出し、艶めかしく自らの指を舐めしゃぶる。

「勃たせてあげる。得意なの。……夫のことは心配ご無用よ。あの人が見ているのは娘だけよ。あのいまいましい、ルクレツィアによく似た娘だけ」

「ジゼラ」

「そう。でもね、その名は禁句。忘れなさい」

猫のようにしゃなりしゃなりと歩いてきた女が、彼の横たわる広いベッドにひざをつく。ぎしりときしむ音がした。

「夫はね、結婚したその日にわたくしに言ったのよ。〝愛人を作るなり好きにしろ〟〝おまえを抱くつもりはない〟〝みどりの目でない女に用はない〟――執事がね、なにも言わずにあなたを通したでしょう。そういうこと。この鎖も彼に用意させたのよ。あなたを裸にしたのも彼。だからね、あなたは公認。わたくしはね、妖精さん。思うぞんぶん楽しむの」

女の顔が、彼の股間にうずめられる。わざと音を立てながら、舌を這わせて吸いついた。卓越した女の手管に圧倒されて、いまにも呑まれそうになる。思わず彼はこわばって、シーツをぐしゃりとわしづかむ。

「だめよ」

愉悦含みの微笑を見せて、口を離した女が言う。

「抵抗してはだめ。従順におなりなさい。あなたはわたくしのものなのだから」

手で彼をにぎりしめ、しごきだす。女は上目づかいでその昂りを待っている。

「抵抗しないと確信できたら、鎖を外してあげる。屋敷からは出さないけれど、自由に歩ける権利をあげるわ」

女は、付け根のほうから先のほうまで、べっとりと彼の局部を舐めとった。

「でもね、娘に会うのはぜったいだめよ。夫はね、ほかの男があの娘と会うのをよしとしないの。殺されるわ。いままでね、何人の男が殺されたと思う？　庭に何人埋まっていると思う？　あの人、一見、無害そうに見えて嫉妬深いのよ。……夫はね、娘が初潮を迎えたら、跡継ぎを産ませるつもりなの。あの人とわたくしの子としてね」


それからというもの、彼は服すら与えられずに、毎日ベッドの上だった。昼と夜を意識するのは、むなしくなるからやめていた。明るくても暗くても、行為になんら変わりはない。人としてではなく、動物のように命を繋ぐ毎日だった。

心は血を流していた。持ち合わせていた矜持はとうにずたずただ。彼は己を殺すことに徹していた。たやすくなどなかったけれど、たやすくできると言い聞かせた。

そんな彼に女はたびたび問うてきた。

「妖精さん、わたくしを愛している？」

殺意を覚えた。けれど、枷を取りたいがために、彼はその都度ささやいた。

「愛していますよ」

鎖を外されたのは、それからふた月ほど経ってからだった。彼の真っ白な肌は枷にこすれて赤くなり、ただれていたが、それも半年ばかり経過したころにはなくなった。

女はふだんから奇怪だったが、とりわけ子爵が屋敷にいるあいだはすさまじく、狂気を全面に出していた。脱出の機会を模索して、女を観察していた彼は、だんだんそのわけを理解した。彼は裸身にシーツを巻きつけ、静かに部屋を移動して、一家の声を盗み聞く。

「おとうさま、わたしはアルミロに噛まれていないわ」

舌足らずな声は、ジゼラという名の娘のものだ。彼はいっそう壁に耳を押しつけた。

「処分したってどういうことなの」

「あら、あの犬、噛んだじゃない。最近ようやく傷が消えたところだわ。それよりあなた」

己を閉じこめている女の、虫唾が走る猫なで声に、彼は吐き気をもよおした。

「お土産話を聞きたいわ。あちらへ行きましょう？　ほしい宝石もあるの。すばらしいのを見つけたのよ。それに……そろそろあなたと愛し合いたいわ」

「疲れている。宝石は好きに買えばいい。――ああ、ジゼラ、なんて顔をしているんだ。おいで。きみを抱きしめさせてくれ。わたしを癒やしてくれないか」

この家は狂いきっている。

女は夫との行為を望んで夜にベッドへしのぶものの相手にされず、消化しきれない肉欲を〝妖精〟に激しくぶつけてくる。一度では終わらず何度も。勃たない彼の不能をののしりつつも、口で猛らせ、無理やりに跨がって、腰を振る。行為のさなか、喘ぐ女が口にするのは〝ベルトルド〟――女の夫の名まえだった。

女が寝入った隙に移動して、子爵の私室をうかがえば、ガウン姿の子爵は夜毎《よごと》、娘の部屋に行っているようだった。娘の部屋は、むわりと香が焚《た》きしめられていた。あれが焚かれた夜は、娘の眠りがやけに深い様子であった。子爵はガウンを脱ぎ捨てて、娘の裸を堪能しはじめる。そこかしこに口づけながら、手の先から足の先に至るまで、どこもかしこもあますところなく舐めまわすのだ。ちいさな胸や、脚を広げさせた奥にある秘部を、とりわけ丹念に舐め尽くす。ジゼラ、ジゼラとつぶやきながら、自身の雄をにぎりしめ、欲をたぎらせては、娘の上に解放し、汚していた。

荒ぶる画家は、夫の異様な行為を知っている。知るからこそ娘を激しく憎んでいるのだ。

壮絶と言える狂気のなかで、二年の歳月を耐え忍び、ようやく外の空気を吸えた彼の腕のなかには、ひどい怪我でぐったりしている、子爵の娘の姿があった。

背後にある屋敷からは、全裸に剝いて放置してきた画家のさけび声が轟いている。彼は繋がれていた枷を女に嵌めて、その隙に逃げ出したのだ。

屋敷に押し入った借金取りのごろつきどもが、裸の女を見ればどうなるか。繋がれている女を見ればどうなるか。想像に難《かた》くない。命があれば、運がいい。

ごろつきに殴られていたジゼラ・バーヴァを助けたのは気まぐれだった。やつらと交渉のすえ、こうして外に連れ出した。娘は怪我が治れば、今後、親がこさえた借金を返済するためだけに生きる運命だ。身体を売るしかない貴族の娘。——いい気味だ。

その後、彼が向かったのは、二年前、自由を手にして縁もゆかりもない町で勢いまかせに買った家だ。長い間放置していた家は、目もあてられないくらいに埃《ほこり》にまみれて荒れていて、すぐに片づけられたのはベッドのまわりだけだった。

ちいさなベッドにすっぽりと埋まった娘を、彼は無感情に見下ろした。苦しそうに顔をゆがめて、額に汗を浮かべている。ほほと目は腫《は》れていて、口と鼻には血がこびりついている。

ごろつきに犯されそうになっていた娘がいま身にまとっているのは、かつての彼のようにシーツだけ。だからだろうか、似ても似つかぬというのに、あわれな娘に己の姿が重なった。

彼はシーツを剝いでいく。いまいましい子爵家のシーツなど汚らわしい。

けれどそうしてあらわになった身体を見た刹那、彼の心に風が吹き荒れた。

娘の裸体なら、助けたときに見たはずだった。しかし、このざわめきはなんなのか。

幼さの残る華奢な体軀。わずかにふくらんだ胸の頂につく、発達過程にある薄桃色。脚のあいだ、固く閉じられた毛のない陰部は、いままで見た女のものとは別物だった。

気づけば手がのびていた。

女の股間など吐き気がするほど触りたくないものなのに、彼は少女の割れ目をなぞりあげ、二本の指で押し開く。つつましやかなちいさな芽、二枚の花弁、こちらも薄い桃色だ。入り口に人差し指の先をあて、入れてみようと試みる。けれど少女の身体に拒否された。あれほど実の父親にもてあそばれていながらも、少女は無垢だった。

彼は娘の身体に新たなシーツをかけてやり、じっとその顔を見る。黒く長い髪に手を差し入れて、上から下まで梳いてみる。まるで絹のような手触りのそれは、さらさらと流れて落ちていく。こぼれるさまは、儚さを象徴するかのようだった。

彼は静かに目を閉じた。

実に二年のあいだ、ほぼ全裸を強いられ生きてきた。一日に何度も女を抱かされた。それより以前の、いまいましい男爵未亡人とのまぐわいまでよみがえる。いずれの女も貴族の女だ。貴族に踏みにじられてきた。自分は生きながらに死んでいた。

それなのに、どうしてこの娘は無垢なのか。

――そうだ。

娘のすべてを奪えばいい。

汚れたこの身で汚せばいい。

復讐だ。

貴族に生まれた娘がわるい。


身をかがめ、彼は唇を寄せていく。

少女の口の血のあとを、舌でぺろりと舐めてみる。なぜか甘く感じられた。

そのときだ。黒いまつげのすきまから、みどり色が垣間見えた。

汚れを知らぬ、純真な――

「気がついた?」

顔を離しつつ様子をうかがった。思ったよりも気遣わしげな声が出た。

みどりの視線が彼のほうにゆるりと流れて、白い姿を写し取る。

とまどいを見せる少女を見つめ、息をつき、彼は言う。

「はじめまして、ジゼラ」

7. 光が落ちている

上流階級に属する者が居を構える新市街のなかでも、運河をはさんだ王宮にほど近い地区には、由緒正しい貴族の屋敷が建ち並ぶ。広い土地を用いて整備された庭、歴史を感じさせる建物は、補修を重ねて昔の姿をいまの世に残している。

なかでもとりわけ大きな屋敷の前に、伯爵家の紋章が刻まれた馬車が停車した。馬車から降りた青年を、二階の窓からたまたまみとめた屋敷の主は、不機嫌に眉をひそめてみせた。

「ふん、フロリアーニ伯爵のせがれがなんの用だ」

独りごちたクレメンテ侯爵は持ちまえの気むずかしさを隠そうともせず、居留守を決めこもうとカーテンを閉めた。が、家令から、かの青年の用向きを聞くなり、歓迎の姿勢をあらわした。四年ものあいだ、必死に捜しもとめた孫娘が見つかった報《しら》せは、この堅物の男を大いによろこばせたのだった。

「アレッシオくん、ほんとうかね。ジゼラが見つかったのかね」

応接間にて、老クレメンテ候に手厚く迎え入れられたアレッシオは、己の従者に待機を命じ、侯爵の勧めのままにダマスク織の椅子に腰かけた。すぐに侯爵の秘蔵のワインが振る舞われ、ふたりはグラスを掲《かか》げ合う。

「はい。ジゼラ・バーヴァ嬢を見つけました。わたしが」

侯爵は、バーヴァの名まえを聞くなり、黒檀《こくたん》のつえで床をどんと突いた。

「すぐにジゼラを我が養女に迎える。バーヴァの名は捨てさせる」

クレメンテ侯爵は、ジゼラの父に良い思いはみじんも抱いていなかった。自身の娘ルクレツィアが亡くなってから、いまいましいあの男――ベルトルド・バーヴァは、孫のジゼラを閉じこめて、誰にも会わせないようにしたからだ。使いを出しても門前払いにされていた。そのうえ侯爵の血縁者とジゼラの縁談を勝手に破棄して、侯爵の顔に泥を塗ったのだ。それはゆるしがたい暴挙であった。

やがてどこの馬の骨ともわからぬ女と再婚したベルトルドは、長きにわたり音信不通であったにもかかわらず、四年前、金を無心してきた。当然すげなく断った。直後、ジゼラと一緒に消息を絶ったときには、八つ裂きにしたくなったほどだ。返す返すもいまいましいあの男のせいで、長年孫に会えずにいた。

侯爵は、亡き娘の忘れ形見をいまでも愛している。

「ジゼラに会わせてくれ。――あの子の婚約者だったダリエンツォ家のリドルフォはまだ独身だ、ちょうど良い」

アレッシオは、ワインをかたむけようとしていた手を止めた。

「お待ちください、リドルフォ氏とジゼラ嬢をまた婚約させるおつもりですか」

侯爵は答えず、グラスを透かしてワインの澱《おり》を見ている。

アレッシオは、負けじと背すじをのばして堂々たるさまで起立した。

「クレメンテ侯爵。ジゼラ嬢はわたしが見つけなければ、行方知れずのままでした」

たちまちぎろりとにらまれるが、アレッシオは動じない。

「なにが言いたい」

アレッシオは胸に手をあて足を引き、きれいな振る舞いで礼をする。

「ジゼラ嬢の夫の座を、どうかわたしに。次期フロリアーニ伯爵のこのわたしに」

侯爵は低くうめいて、不敵な青年をいかめしく見すえる。

「ご無礼をどうかおゆるしください。ですがわたしは恋する男……あなたのうつくしいお孫さんに夢中なのです。彼女の存在を知り、ひと目見たときから、夜毎夢に見るほどに」

侯爵は聞きながら薄く目を開け、ワインの香りを楽しんだ。

「ふん、当然だな。ジゼラの母、我が娘のルクレツィアはうつくしい娘だった。ジゼラはちいさいながらも母親によく似ていた。まるで幼いルクレツィアを見ているようだった。黒い髪、みどりの瞳は我が侯爵家自慢の色だ。魅《み》せられて当然だろう」

アレッシオは大げさにうなずいて、侯爵を満足させようと試みる。

「ご一考くださいませんか。恋焦がれてなにも手につかない、あわれなわたしにどうかお慈悲を。……失礼ながらリドルフォ氏は三十五。ジゼラ嬢とはいささか歳が離れすぎています。その点わたしはまだ二十六です。末長く彼女をそばで愛せます。年齢的にもちょうど良い。ぜひジゼラ嬢を伯爵家に、このわたしの妻に迎えさせていただきたいのです」

もう一度侯爵はつえで床を突き、「気に入った」と短く口にした。気むずかしい侯爵に萎縮せず、意見を言える者はすくなかった。侯爵は、そのわずかな気骨ある者を評価する傾向にあった。

「いいだろう。ただちにジゼラを連れてきてくれ。まずは我が養女にし、その後に婚約を認めよう。リドルフォには別の相手を用意する」

帰路につくアレッシオは足を組み、満足げにほくそ笑んでいた。あの朝市で偶然見つけたうつくしい娘が手に入る。そのうえ名門クレメンテ侯爵家との繋がりは、貴族としてはのどから手が出るほどほしいものだ。幸運にも、そのふたつがまんまと転がりこんできたいま、にやけずにはいられない。

アレッシオは従者に命じ、新市街一と謳《うた》われる宝石店に立ち寄った。その店はアルファーノ商会が取り仕切る店で、王侯貴族がこぞって利用するほど評判だ。

「おい、エメラルドの品をすべて見せてくれ」

高圧的に言い放ち、やがて店員にうやうやしく見せられた品物から、まばゆいエメラルドの首飾りを選びとり、ついでにあごで指示をして、サファイアのブローチをも購入する。高額だが、銀山を保有する裕福なフロリアーニ伯爵家は金に糸目はつけない。

「アレッシオさま」

店を出るなり、従者は主人にいぶかしみの目を向けた。

ちょうどアレッシオは、白い素肌に首飾りをつけたジゼラ・バーヴァを妄想していたため、じゃまをするなとしかめ面で応えた。

「なんだラウロ」

「エメラルドの首飾りは、みどりの瞳のジゼラさまにというのはわかりますが、サファイアのブローチは……」

アレッシオは、無粋な質問をするなとばかりに、従者を横目でねめつけた。

「ガブリエッラのもとに行く。三日は屋敷に戻らない。向かってくれ」

「三日間も愛人のもとに入りびたるのですか……」

非難をにじませる従者をしり目に、アレッシオは栗色の髪をかきあげた。

「だまれ、だからこその別れのブローチだ。抱き倒して最後の日にあの女に渡せば、不満は残らない。女は宝石が好きだからな、後腐れなく別れられる」

「なんと……」

ふんと鼻をならしたアレッシオは、ステップを踏みしめて馬車に乗りこんだ。

「婚約してから結婚までどれほど時間がかかると思っているんだ。ラウロ、ぼくは健全な男だ。聖人君子じゃないんだぞ。最後に発散してなにがわるい。おまえはジゼラをつかまえて、ぼくの屋敷に案内しておけ。いいか、三日以内にだ」

◇

幼少期より、自我を抑えるのが美徳として育てられてきたジゼラは、自己主張するすべを知らずに生きてきた。だから不自由さを強いられたとしても、特段不満は感じない。感じたとしても秘めている。自分にできるのは、言われたとおりに従うことなのだと考えている。そんなジゼラにできるのは待つことのみだ。だからいつも待っている。

感情をあらわすのはもともと得意ではないけれど、父と生みの母が、ジゼラの笑顔が好きだと言ってくれていたから、どんなときでもジゼラは笑顔を心がけていた。笑える気分でないときも、口のはしを上げている。過去、新しい母に理由なく叱られたときも、大好きなアルミロがいなくなったときも、毛布のなかでは泣いたけれど、極力笑顔でがんばった。

四年前より始まったヴィクトルとの生活は、ジゼラにとってとても大切で、かけがえのないものだった。彼は常に一緒にいてくれる。「いい子だね」と、やさしく髪を撫でてくれる。ジゼラは彼のそばで毎日しあわせに過ごしている。心から笑うことができている。彼といるのは楽しくて、どきどきするけれど、安心もする。ジゼラはおにいさまが大好きだった。彼になら、なにをされてもうれしくて、どんなことにも応えたい。

けれど、自分の気持ちを深く考えずに生きてきた。ジゼラは、抱える気持ちの答えを出せぬまま、秘めたまま、彼を見つめるだけの毎日だ。それしかできずに待っている。

彼がいないときにジゼラが思い出すのは、決まって四年前のことだ。

ごろつきに襲われて、怪我をしたジゼラが治るまで、彼は寝る間も惜しんで看病してくれた。彼が作るごはんは、作り慣れていないとひと目でわかるものだったけれど、とてもうれしいものだった。焦げていても残そうなどとは思わずに、きれいに食べた。

ジゼラが大人になったのは、怪我が治ったあとのことだった。脚のあいだから血が流れるジゼラにあわてた彼は、心配そうに必死に対応してくれた。風邪をひいたときもそうだった。親身にいたわってくれていた。

大きな屋敷に住んでいたときは、孤独に身を置くジゼラはひとりで耐えていた。でも、いまはおにいさまがいるから、寂しさなんか感じない。ひとりでいるより、ふたりがいい。彼がいればそれでいい。

いつのころからか、黄昏どきから真夜中にかけて、おにいさまが夜毎かかさず出かけるようになった日のことだ。彼は自身の名まえをジゼラに耳打ちしてくれた。

――ぼくはヴィクトル・アルファーノ。

その名はジゼラの宝物だ。秘密の多い彼が、唯一教えてくれたもの。あのときのことを思い出すたびに心のなかがあたたまる。

彼が夜にどこに行くのかは知らないけれど、自分がいい子でいればかならず帰ってくると、彼を信じて待っている。おにいさまが好きだから、いつだってジゼラは待っているのだ。

ひとりで寂しくないようにと彼がジゼラに買ってくれる本は、植物や動物の図鑑もあるけれど、ほとんどがおとぎの国の物語だった。貴族の子女にもかかわらず、父に閉じこめられて育ったジゼラは、文字の読み書きはできても学がない。だから、やさしい本が好きだった。

おとぎ話の結末は、大抵同じものだった。主役のふたりは降りかかる困難をのりこえて、うんとしあわせになっていく。

〝王子さまと娘は皆から祝福されて結婚し、末長く仲良く暮らしました〟

ジゼラは物語を読むときは、王子さまをおにいさま、娘を自分に当てはめる。物語のなかで、ジゼラは彼と手を取り合って、皆の祝福のなかで結婚する。そのとき脳裏には花が舞い、どきどきを抑えるのに苦労する。王子さまへの想いが募り、ほほを染め、足をぱたぱた動かして、甘やかなしあわせにひたっている。

けれど、王子さまがむすめの唇に口づけをするときに思うのだ。

現実のおにいさまは、抱きしめて、やさしくしてくれるのに、ジゼラの唇にキスをくれたことが一度もない。

ジゼラは本を閉じて考える。

わたしの王子さまはどこにいるのだろう。おにいさまが王子さまならすてきだけれど、キスをしてくれないおにいさまは、ジゼラの王子さまではないのかしら？　でも、もしもキスをくれたなら――

だからジゼラは、毎日彼が身を清めてくれるとき、夜ふたりでちいさなベッドで眠るとき、彼の顔が近づくと、ひそかに胸をおどらせる。目を閉じて、キスを待つ。けれど彼の口づけは、いつもジゼラの額やほほに落ちるばかりだ。

そこじゃないのに。唇にほしいのに。

そのたびに胸がちくりと痛むけれど、ジゼラができるのは待つことだけだ。

ジゼラは想いを秘めて、今日も彼に笑顔を向けるのだった。


「ジゼラ、ただいま」

ろうそくの光は、彼を幻想的に見せている。

ジゼラは彼に組み敷かれつつ、近づいてくる顔に期待する。

ジゼラの身体をまさぐる彼の顔がさらに寄り、その水色が広がって、そして額がじわりと熱を持つ。ほほが、まぶたが熱を持つ。次に耳に移動する。やさしいキスがたくさんだ。けれど、唇は変わらず冷たいままだった。

「ヴィクトル……」

ジゼラはおにいさまに手を回し、その身体をぎゅっと抱きしめた。すると彼の腕の力が強まって、ぎゅっとジゼラに返してくれる。

しあわせだ。

抱き合いながら、ジゼラは思う。

いつの日か、おにいさまはわたしの口にキスをくれるかしら？

彼の形の良い唇を見つめて、願いをこめる。

――いつかわたしにキスをしてくれますように……。

平穏に続くと思われていた日常は、ある日いきなり終わりを告げる。

この日もジゼラはかごを片手に朝市へ向かっていた。追い風があまりにも気持ちがいいから、また走ろうかとも考えていた。

「ジゼラ！」

マレーラの声だった。ジゼラは帽子を押さえて振り返る。

「おはよう、マレーラ」

走り寄ってくるマレーラはひとりではなく、彼女と同じ年ごろの娘を連れていた。ジゼラは軽く会釈して、「はじめまして」と小声であいさつをした。

「紹介するわ。彼女、いとこのベアータ。ベアータ、こちらのすてきな人はね、ジゼラよ。前に話したでしょう？　ジゼラのお兄さんったらね、とってもすごいの。人じゃないみたいにきれいなの。わたし、あんなにきれいな男の人を知らないわ」

「ああ、白い妖精みたいって言っていたわね」

「そうなの。雪の王子さまみたいなの！」

「想像できない。会ってみたいわ！」

きゃあきゃあとはしゃぐマレーラたちを見ながら、ジゼラは複雑な気分になっていた。なんとなく、おにいさまの話題を出してほしくない気がしたからだ。それはたしかに仄暗い感情で、ジゼラはそんな自分の気持ちにとまどった。どうしてこんな気持ちになるのだろう。

「ジゼラさん、よろしくね」

ベアータと握手を交わしたジゼラは、両隣をふたりに固められ、話しながら朝市へ向かうことになってしまった。外出を制限されて、人と話し慣れていないジゼラにとって、そわそわする出来事だ。

若い娘がそろえば、おのずと話題は恋の話になっていた。けれどジゼラははじめてのため、ふたりの会話は未知のものだった。

「ジゼラさん、マレーラはね、いま付き合っている人が五人もいるの。恋多き女でしょう？　そのうち恨みを買ってしまうわ。でね、そればかりかあなたのお兄さんのことも狙っているのよ。すてきすてきって毎日うるさくて、耳にたこができそうなの」

ベアータの言葉に悪びれもしない様子でマレーラが身を乗り出した。

「だって、ジゼラのお兄さんったらほんとうにすてきなんだから！　彼がわたしの恋人になってくれるなら、いまの恋人たちとよろこんで別れるわ。全員きれいさっぱりね」

「なんてあきれた悪女なの！」

ベアータはジゼラに視線をすべらせる。

「ジゼラさんはどうなの？　付き合っている人はいるの？」

付き合っている人——その概念《がいねん》がわからない。ジゼラは答えにとまどった。

「……いないわ」

「そうなの？　こんなにきれいなのにいないだなんて、信じられないわ」

続けて恋の経験を聞かれたけれど、ジゼラは答えられずにまごついた。ジゼラはおにいさまのことは大好きだけど、この想いは恋なのだろうか。そんな煮えきらないジゼラの反応は、ふたりを驚かせたようだった。

「あなたったら、いままでひとりもいい人がいないだなんて、信じられない。当然キスもまだなのね？」

　マレーラの言葉にしりごみをしたけれど、うなずけば、となりでベアータも同調した。

「キスのすばらしさを知らないなんて……。わたしたちがいい人を紹介してあげるわ」

「そうよ、任せてちょうだい！」

　マレーラはすこし思案して、ジゼラの腕に手を回した。

「あのね、伝えわすれていたんだけど……前にあなたのことを根掘り葉掘り聞いてきた男の人がいるのよ。ラウロって名乗っていたわ。この辺では見かけない顔だったけど、なかなか仕立てのよい服を着ていたわ。知ってる？」

　ジゼラは首を横に振る。

「知らないわ」

「そうなのね。そこそこ整った顔立ちだったけれど……でもだめ。ジゼラは清純だから、うんと吟味しなくちゃね。はじめてなんだから、すぐに手を出してくるような男はだめよ」

　マレーラは豊かな胸を自信ありげに突き出した。

「ベアータはね、わたしが紹介したフランコと三日前から付き合っているの。わたし、縁結びが得意なのよ。だいたい合うだろうなっていう人がわかるの」

　ベアータはうっとりしながらうなずいた。

「そうなの。あのね、マレーラが紹介してくれたフランコはすごくいい人で。実はね、昨日ね、月がとってもきれいだったでしょう？　あの月明かりのなかで……彼、わたしにキスしたの。熱い言葉もくれたのよ。ロマンチックな一夜を過ごしたわ……」

マレーラまでもがうっとりする。

「キスっていいわよね。キスをする寸前の、あの時間がたまらなく好きだわ。甘酸《あまず》っぱくて……触れてほしくて、うずうずするの。見つめ合って、唇と唇がそっと重なり合うの。目を閉じて、彼を感じて、……言葉がなくても、愛を交わしている気がするの」

ジゼラは聞きながらどきどきした。おにいさまとのキスへの想いがふくらんで、止められない。

「キスの味が好きだわ。愛しているって言われたあとのキスってすてき。わたし、フランコを愛してる」

ベアータが言えば、マレーラも同意した。

「あれは好きな人や愛している人とじゃないとできないわ。どうでもいい人とキスするなんて、ぞっとしちゃう。とくに舌なんてからめられない」

ジゼラはかごを持ち上げて、顔を隠しつつ考えた。彼の姿が頭に浮かぶ。

……キスは、好きな人、愛している人とするもの。

ジゼラはふたりと別れたあとも、市場で買い物をしているときも、ずっと考え続けていた。

好きな人。ジゼラの答えはすぐに出る。ジゼラはおにいさまが好きだった。やさしくて、うつくしいおにいさま。ジゼラを抱きしめてくれるおにいさま。清めてくれるおにいさま。頭を撫でてくれるおにいさま。ふるえがくるほど大好きだ。おにいさまはジゼラのすべて。これを愛と呼ぶのなら。――愛している。

けれど、おにいさまは？　物語の王子さまのようには、ジゼラの唇にキスをしてくれないおにいさまは、わたしを好きではないのかしら。愛してくれてはいないのかしら。ぐるぐるとめぐり続けて、ジゼラの思考は暗い霧に包まれるばかりだ。

物思いにふけるあまりに遅くなってしまったジゼラは、焦りながらも家路を急ぐ。彼に許可されているのは三十分の外出だ。けれどゆうに二時間は経っていて、彼女はついには駆け出した。走るのは好きなはずなのに、いまばかりは苦しくて泣きそうだった。

くねくねとした迷路のような細い道の先に、家がある。途中、言いつけどおりに人につけられていないかの確認は忘れない。しかし、最後の角を曲がろうとしたときに、突然腕を強く引かれて、縮み上がったジゼラは短く悲鳴を上げていた。

「ジゼラ、ぼくだ」

それは深く帽子をかぶったおにいさまだった。彼の腕が、ぎゅっとジゼラを包みこむ。

「……おにいさま。驚いたわ、でも」

ジゼラはあたりを見回して、降りそそぐ陽の光をあおぎ見る。

「太陽が出ているのに外出をなさってはいけないわ」

「太陽なんてどうでもいい。きみが遅いから出たんだ。なにをしていたのか言って」

まっすぐ射ぬいてくる水色の瞳に気圧されて、ジゼラはふるえるまつげを伏せた。しかし、彼に肩をつかまれて、視線を合わされる。見えたのはけわしい顔だった。

「きみは約束を破ったね」

剣呑な、するどい目。ジゼラの背すじがぞくりと冷えてくる。思わずつばを飲みこんだ。きらわれたくない、ぜったいに。

「おにいさま、遅くなってしまって……ごめんなさい」

「おしおきだ」

とげを感じる横顔だ。ジゼラは彼に手を引かれ、そのまま家のなかに連れこまれた。扉は固く閉ざされて、光はもう届かない。

「わたし」

言葉の途中で、のびてきた手にあごを持ち上げられていた。とたんに頭のなかが白くなる。次の瞬間、唇が熱くふさがれた。噛みつかれているようだった。なにが起きたのかわからずに、ジゼラは目をまるくする。

「わるい子だね、ジゼラ」

しぼり出された声から感じられるのは、強い怒りだ。

けれどいまのはキスだった。彼から受けるはじめての口づけだ。荒々しいけれど、想像とは違うけれど、まぎれもない口づけだ。

ジゼラの心に火が灯る。うれしくて、身体のそこかしこが歓喜にわなないた。

たとえいましめだとしても、彼からのキスはジゼラに言葉を紡がせる。

「おにいさま。………………すき？」

答えは返らなくても、あふれる思いは止まらなかった。

「……愛してる？」

ジゼラはどきどきしながら返事を待った。

しかし。

こちらを見下ろす凍てつく美貌が、きびしい冬のような目がジゼラを射ぬき、拒絶の意思を伝えてくる。

彼に押されて、扉に背を打ちつけた。ジゼラの思考はたちまち停止する。

「きみが、言うのか」

これまで聞いたことのない声だ。低く冷たい声だった。

「ふざけるな……」

憎しみすらこめられた、やさしさのかけらもない声だった。

「愛なんて、くだらないことを言うな！」

放たれた大声に、ジゼラの肩は跳びはねた。彼の顔は、あからさまな憎悪に満ちていた。

こんな顔ははじめてだ。

ジゼラの顔からは血の気が失せて、身体は小刻みにふるえだす。

「きみまで——二度とそんなおぞましいことを言うな！　ぼくを幻滅させるな！」

彼の言葉は、容赦なくジゼラを突き刺し、絶望を植えつけた。それはジゼラを〝愛していない〞と言っているも同然だ。

「……ごめんなさい」

視界がにじむ。

唇へのキスは、好きだから、愛しているからするのだと思っていた。なのにうそだった。彼はジゼラを愛していない。

ジゼラはおにいさまに愛されたいと願っていた。すこしは愛されていると思っていたのに、うぬぼれだった。それればかりか、愛を拒絶され、伝えることすらゆるされない。

「おにいさま……」

涙がこぼれないように、ジゼラは顔を上向けた。

「二度と、言わない」

けれど、まぶたを閉じれば涙がこぼれ、すじをつくって滴った。

——愛してる。

「ごめんなさい、おにいさま」

ほほを這う彼の唇に、涙は受け止められていく。その仕草はひどくやさしいものだった。

でもジゼラは、いま、そのやさしさがつらかった。

「泣かせたいわけじゃない。あやまらせたいわけじゃない」

彼は自嘲するかのようにほほえんだ。

「きみを、汚すよ」

とたん、唇にまた熱がのせられる。それは触れるだけのキスだが、先ほどのようなとげとげしさのない、まごころが感じられるキスだった。

ふたりはゆっくりまぶたを閉じていく。まつげがかすかに触れ合った。

――愛してる、おにいさま。

「抑えたいのに抑えられない」

ジゼラは彼の言葉の意味がわからずに、目を開けた。すぐに水色とかち合った。

「むかむかする」

顔を離した彼は、くしゃりと帽子を握って投げ捨てた。白銀の髪があらわれる。

「どうしてだろう、腹が立つ」

たちまち、彼の両手は荒々しく、立ちつくすジゼラのスカートをたくしあげ、すぐにお尻を包みこむ。わしづかみされて、うしろから、指がジゼラの秘部にあてられた。

くぼみにくちゅりと沈められ、こすられる。そのままますべり、上部の突起に到達すると、するどい刺激が駆けぬけた。ジゼラは眉をひそめて口を開けたが、彼の浮かべた表情は、声を上げるのをゆるさない、というようなきびしいものだった。

ジゼラはふるえながらも、息とともに声を飲みこんだ。けれど唇のすきまから、かすかにうめきが漏れていく。

「ふ……」

「どうして濡れてるの？」

彼に顔を覗かれて、ジゼラはとまどいを隠せなかった。

「びしょびしょだよ。おかしいね、まだなにもしていないのに。しかもここ、ふくれている気がするけど、なんで？　自分で触るわけないよね。ぼくが禁じているんだから」

指で細かく芽をつつかれる。そのあいだ、するどい瞳はジゼラをとらえて放さない。

「わからな……」

「へえ、わからないんだ。それとも外で男と会っていた？　ぼくに断りもなく二時間以上も家を出て、会っていた？　ぼくがきみの時間を買うと言っているのに。ねえ、どうして濡れているのか言って。……まさかここ、いじられた？　男に、こんなふうに！」

液にまみれた手で繊細な箇所をつままれて、ジゼラは顔をゆがめて、甘く大きく声を出す。痛みとも官能とも言えない感覚が、身をつきぬけた。

「……違うか。これはぼくのせいなのかな」

じっとりとした汗に濡れ、ジゼラは肩で息をしながら彼を見る。水色の瞳は暗い陰を含んでいて、それを感じたジゼラは背すじを凍らせた。

「――おにいさま、わたし」

「ジゼラは朝、ずっと気持ちよさそうにしていたね。ぼくの舌であえいでいた。もう一度しようか。きれいかどうか確かめよう？　ぼく以外の味はしないよね？　ねえジゼラ、たくさん果てさせてあげる。十回？　二十回？　どれだけいける？　数えきれないくらいに、たくさん善がらせてあげる。すべて見せてよ、ぼくだけに」

脅すように襟もとをつかまれて、ジゼラののどはひくりと鳴る。すぐさま力のかぎりに服を左右に裂かれて、ボタンは弾け、胸がふるりと飛び出した。つんと上向く薄桃色に、彼はむしゃぶりついてくる。ジゼラは恐怖に引きつった。

ふくらみは、彼により絶えずみだらに形を変えている。

ぴりりとした苦しみと内側から燃やされるような官能にふらついて、ジゼラは背後の壁に手をついた。

「あ」

「気が狂いそうだ」

「ん……おにいさま……ごめんなさ」

「ジゼラ、今日もまた胸当て《ブラシエール》をつけずに外に出たよね？　無防備だよね。それともこれは男を誘惑しようとしてわざと？　男たちはきみの胸を見ていたのかな？　ぼく以外には見せてはいけないって言ったはずだけど。たとえ布ごしでもよく見れば形がわかるよね？　卑猥だよね？　どうしてこんなことができるの」

「おにいさま、わざとじゃないの。服の生地が厚くて見えてなかったから、だからわたし」

彼は強く胸の頂に吸いつくと、ジゼラに言った。

「見えてなければいいってものじゃないよね。――今日、朝市でなにがあった？」

「おにいさま……」

胸の右のつぼみは彼に甘噛みされて、左は指でこりこりとねじりながらいじられて、ジゼラは目を閉じ、必死に耐える。次第に立っていられないほど足がおぼつかなくなった。

「マレーラに……会ったの。あとは彼女のいとこのベアータ、さん……。おにいさまのことを聞かれたわ」

彼がわずかに顔を上げれば、色づくつぼみは灯りでぬらりと光を帯びた。

「なんて？　ぼくの名まえは言ってないよね」

「言って、ない」

「きみの名まえも誰にも知られたくないのに、どれだけ言い聞かせてもきみは人に名乗るよね。そういうところ、いらつく。むかつくよ。どうして人に関わるの」

彼の歯の先が、ジゼラの尖りを引っかいて、片側は爪を立てられる。

「あっ！」

「強いのが、好きだよね。気持ちよくしてあげる。……続きを話して」

鼻先を突きあげて、ジゼラは天をあおぎ見る。ひび割れて剝がれかけた天井が、妙にぼやけて見えていた。

「ん、……は。……あのね、わたし……付き合っている人が……いるのか聞かれて……いないって。そうしたら……あっ……いい人を、紹介してあげるって」

彼にきゅっと噛まれて、ジゼラのひざは耐えられず、折れてかくんとくずおれてしまう。それを、彼の腕が受け止めた。

「紹介なんてだめだよね、わかるよね？」

「おにいさま……」

「続けて」

また刺激がジゼラをさいなんだ。胸の先から快感が身体の奥まで伝わって、口を閉じられずにいるジゼラから、とろりと唾液が落ちていく。それはすかさず彼の唇で拭われた。

「……あとはベアータさんとマレーラの……恋の話を、聞いたの」

ジゼラの脳裏に彼女たちとのキスの話が浮かんだけれど、言ってはだめだと考えた。話せばきっと、彼はひどく怒ってしまうだろう。

「恋の話？　くだらないね。ほかには？」

「それだけ。……それだけなの。おにいさま」

彼はぴたりと行為を止めて、ジゼラを見ることなく問いかける。

「それで二時間も？　そんなにかかるものなのかな。うそをついてる？」

次の瞬間、ジゼラは抱き上げられていた。そのまま奥の部屋へと運ばれて、すぐにベッドに下ろされた。とまどいを隠さずにいるジゼラに、彼が上から被さった。

残りの服は性急に、すべて剝ぎ取られて、まとうものはなにもない。

背に感じるシーツは冷たくて、ジゼラの素肌は粟立った。

緊迫した空気のなか、ジゼラの胸は荒く上下に揺れている。ふだんのものから逸脱した彼の行為に、心臓がはちきれそうになっていた。

「散らしておこうかな」

耳もとで彼がささやいた。

「このままじゃ、気が狂いそうだから……」

彼はなかば投げやりに、引き裂くように自身の服を脱ぎ捨てて、裸になった。彼の欲望にたぎった股間を目にしたジゼラは、後ずさろうとしたけれど、両の足をとらえられてままならない。白く優美な身体の中心にある見慣れたはずの象徴は、今日ばかりはやけに邪悪に見えていた。

暗い部屋のなか、燭台の灯りに照らされたそれは、いつもよりもかさを増し、先がぬらぬらと濡れていた。ジゼラは顔をゆがませた。

怖いおにいさまよりも、やさしいおにいさまが好き。

「おにいさま……」

いつもの彼に戻ってほしいと、ジゼラはまた彼を呼ぶ。

「おにいさま」

だが彼は、その声に応えることなく、ジゼラの脚のあいだを凝視する。

その目は獲物を狩るけもののようにぎらついていた。

「……きみは、ぼくがどれほど入れたかったのか、知らないでしょう？　いつもきみのここに入れることばかり考えていたんだよ。四年も前からぼくは、きみに！」

白銀の髪が目に落ちて、彼の顔に濃く影が差す。それはジゼラの知るおにいさまの顔ではなく、欲望をむき出しにした男の顔だった。においすら、いつもの彼の香りではない気がして、ジゼラの鼓動はさらに速度を増していた。

「……怖い」

思わずジゼラがつぶやくと、彼はしばらくジゼラを見下ろして、髪をくしゃりとかきあげた。

「ジゼラ……」

力なく首をかしげて、彼は困ったように微笑する。

「怖くないよ、……怖くない。やさしくするから……」

ジゼラがまつげを伏せれば、いたわるように、額に唇が落ちてくる。

「練習したでしょう？　十分にほぐしてあるから平気。怖くないから。……返事は？」

ジゼラはしばらく目を泳がせていたが、彼の視線にたまらなくなってきて、意を決して彼を見上げた。

――おにいさま…………好き。

「……はい」

このたどたどしい返事を皮切りに、彼の手は、限界までジゼラの脚を割り開くと、動きをじゃましないように押さえつけ、たぎった雄をあてくる。彼のぎらつくまなざしが、その情欲をあらわにした面ざしがやはり怖くて、ジゼラはぎゅっと目を閉じた。

まなうらに、いつものほほえむ彼を描き出す。——やさしいおにいさま。

「だめ。目を開けて」

逆らおうとは思わずに、おそるおそるまぶたを開ければ、たちまち彼の強い視線に囚われる。白いまつげの奥にある、色をのせた虹彩に、ジゼラは釘づけになっていた。

「ジゼラ、見ていて」

目前で、秘部にぐりぐりと押しつけられている灼熱は、いまにも突き刺さろうとしていて、ジゼラはか細くうめき声を上げた。

「汚れたこれをね、いまから全部入れるよ」

彼は自身に手を添えて、固定した。

「一緒に汚れて」

彼のするどい目は断固とした意志を持ち、ジゼラに食らいついている。それは壮絶なうつくしさと危うさをまといつつ、ジゼラを焼き尽くすかのようだった。

「いくよ」

熱い猛りがジゼラの入り口を、慣らすように往復する。ジゼラからにじんであふれたものと、彼の先走りがくちゅりくちゅりとまじり合う。狙いすましたかのように、先のふくらみがつぷりとジゼラのなかにめりこんだ。ジゼラは目を大きく瞠って固まった。

「……力を、入れちゃだめだ」

けれど力の抜き方なんてわからない。

硬い雄に浮かぶ血管はどくどくと脈打っていて、振動が膣口にも伝わった。明らかに以前よりも肥大《ひだい》していておののいた。

それはジゼラを侵食する。もだえるジゼラの下腹は悲鳴を上げつつ、彼の猛りを受け止める。

「あっ……。あ！」

「ジゼラ」

白いまつげで瞳を隠し、彼は甘やかに息を吐く。

「やっぱりいいね。ジゼラのなか、熱い……。でもまだ半分だけだから……全部、いくよ」

強引に押し入る彼を感じつつ、ジゼラは歯を食いしばり、涙をこらえた。猛烈な痛みが牙を剝いて襲いくる。

「力を……ぬいて」

「……おにい、さ」

見れば、彼も苦しげな表情をしている。

「だめだな、入れただけなのに……」

ジゼラを見下ろす彼の額には、玉の汗が浮いている。それはしずくとなってこぼれ落ち、ぽたりとジゼラに滴った。

「ジゼラ、奥まで……もう、すこしだから」

彼はわずかに己を引き抜いて、深々と呼吸をくり返す。腰を離していきおいづけて、ぐちゅりと一気に奥に押しこんだ。

「ああっ！」

それはジゼラを激しくつらぬいて、苦痛とともにうずかせた。彼の下腹とジゼラの下腹がぴたりとくっついて、ふたりの肌が合わさった。

いまだに続く衝撃にあえいだジゼラは、はくはくと口を動かした。まなじりからは、たまった涙がつうとこぼれて流れていった。

仄暗い部屋に荒い息が充満し、そのなかで、彼に強くかき抱《いだ》かれる。

「汚れちゃったね、ジゼラ」

つぶやきに似た声だった。ジゼラのなかは彼を包んでうごめいて、収縮を続けている。

「ぼくのものだ。……こうしているから、慣れて……」

応えられずに、ジゼラはただただ呼吸をくり返した。

おにいさまのもの？

――わたしは、おにいさまのもの。

ごろつきに襲われていたジゼラを助けてくれたおにいさま。

両親に捨てられたジゼラを拾ってくれたおにいさま。

父や母を思い出して泣くジゼラに、彼が言ってくれた言葉をジゼラは忘れたことがない。

〝ひとりじゃないよ、ぼくがいる〟

妖精のような人。絵から抜け出たような人。うつくしいその人は、いつもやさしく頭を撫でてくれた。ジゼラの汚い黒髪を、価値のない黒髪を、きれいだねと言いながら。だからジゼラの寂しさは、いつだって霧散した。

ジゼラのなかの一番は、おにいさま。大好きなおにいさま。

きらわれたくない、ぜったいに――


ジゼラは空気を求めて大きく息を吸って吐きながら、呼吸を整えようと試みる。圧倒的な質量の彼を受けている秘部はぎちぎちで、入り口は裂けそうになっていた。

けれどジゼラはいやではなかった。なかにいる彼を生々しく感じられてしあわせだ。せつなさが募り、胸の高鳴りがさらに激しさを増していた。

たくさんの秘密を抱えたおにいさま。いつか消えてしまいそうな儚さをまとう彼を強く感じられてうれしかった。いつにも増して近くに感じてうれしくて。繋がりがうれしくて。たとえ妄想だとしても、好きだと、いらない子じゃないと、言われている気がして心が熱くなる。

彼を見れば、額にそっとキスをされ、ジゼラは彼に愛されている気さえした。

——そんなことは決してないとわかっていても……

彼は、最奥まで己を入れたあとは動かさず、ジゼラを抱きしめてくれていた。

ジゼラは彼のやさしいぬくもりに、夢見心地で身をゆだねた。


「ジゼラ、外に出てくるから」

ジゼラに己を埋めたままで、彼は言う。

彼に形を教えこまれてから、ゆうに一時間は経っていた。彼は腰を固定して、ジゼラの髪を梳いている。

「ぼくがいないあいだ、いい子にしていられるね？」

ジゼラはひそかに落胆した。

もっとなかで彼を感じていたい。こうして抱きついていたいのに。

「おにいさま、まだ明るいのに……お出かけになるの？」

「うん」

彼はジゼラの身体をずらして己を引き抜くと、すぐにジゼラの秘部に手を押しあてた。

「ここ、ぼくのだから」

つやめく彼の視線に、かっと血がかけめぐる。ジゼラはほほを染めてうなずいた。

「誰にも見せてはだめだよ。触れさせたり舐めさせたり、入れさせるなんて論外だ。ジゼラも触れちゃだめ。とくにこの芽……」

つんと突かれ、ジゼラは甘やかな刺激に、吐息を漏らして身じろぎした。

「これはぼくのだ。わかった？」

口のはしがきれいに上げられる。うっとりとほほえむ彼に見つめられ、ジゼラはきゅうと胸が苦しくなった。息さえできない。

「……はい、おにいさま……」

——わたしの心臓、おかしいわ。

◇

貴族が居を構える新市街の一角に、ひときわ輝きを放つ派手な屋敷が建っている。金《きん》がふんだんに使われた館は、太陽をぎらりと反射して、遠くからでもそれとわかるほどだった。ここ数年で、目覚ましい発展を遂げた、アルファーノ商会の長ブラスコ・アルファーノの屋敷だ。

貴族を凌駕《りょうが》するほどの財を築いた男には、もはや恐れるものなどないと思われた。だが、ブラスコを悩ませる事案はふたつある。

ひとつ。ブラスコはいまだに子に恵まれない。いくら妻を替えてもだめだった。結婚と離婚をくり返し、すでに五人めの妻がいるが、まるで呪いのように子が生まれない。愛人とのあいだにすら生まれない。商会を引き継ぐ後継者がいないのは由々《ゆゆ》しき事態だ。そのうえ最近知り得たことだが、さかのぼれば、先祖にはたびたび髪や肌の真っ白い子が生まれていたという。以来、ブラスコは物思いにふけるようになっていた。かつて捨てた妻と子を思い出す。グリセルダは狂って死んだが、その息子は手もとに置くべきだったのではないだろうか。

ブラスコはグリセルダを捨てたとき、愛も捨てていた。もはや誰も信じられなかった。人は裏切る生き物だ。裏切られてたまるものか。そう言い聞かせて生きてきた。だが、グリセルダが無実だったとしたら――……グリセルダは、幼なじみの女の子だった。はじめて口づけをしたあの日のことを、いまでも時折夢に見ていた。そのたびにブラスコは、たまらなくむなしい気持ちになるのだ。

そしてもうひとつの悩みは〝ルキーノ・ブレガ〟の存在だ。五年前、彼は突然ブラスコにある手紙をよこしてきたのだが、その得体のしれない男の話に乗ったのを、ブラスコは後悔している。彼には弱みを握られていて、首に縄《なわ》をかけられている錯覚に陥ることもしばしばだ。悪夢に悩まされる日も多々あった。ルキーノは、とにかく厄介すぎる存在なのだ。

そのうえ謎の多いルキーノ・ブレガは、婦人のあいだでまことしやかにささやかれている〝美貌の男娼《だんしょう》〟と同一人物であるようだった。妻も愛人たちも、〝美貌の男娼〟をこぞって買っている。法外な金額を聞いたときには目が飛び出るほど驚いたものだ。なぜ同一人物だと思うのか。それはブラスコが妻や愛人たちを抱いた夜、同じ名まえをそろいもそろって寝言で言っていたからだ。〝ルキーノ〟と。

ブラスコは、実際彼に会ったことはない。ルキーノ・ブレガからの連絡は、かならず手紙で来るからだ。毎回無理な頼みをされるのだ。そしてそろそろ連絡が来ると踏んでいるのだが――

「だんなさま。お客さまがいらっしゃいました」

執事の声に、ブラスコは、手に持つワイングラスを書き物机に置いた。気分的にはぞんざいに音を立てて置きたいが、グラスは外国から取り寄せた一級品だから我慢した。

「おい、今日は人と会う予定は入れてないぞ！」

ブラスコは、気分が乗らない日は人と会わないことにしている。舌戦《ぜっせん》で負ければ商売に影響が出るからだ。商人たるもの、常に勝っていなければ。

「ですが、至急お会いしたいと……その、ルキーノ・ブレガと名乗っておられますが」

「なんだと？」

いまは贅沢三昧《ざんまい》で太ってしまって見る影もないが、かつて絶世の美男と謳われたブラスコの眉間にしわが寄る。

憎々しげにこぶしを握り、ブラスコは低い声で「通せ」と命じた。

ほどなくして、扉が二度ノックされた。

「お連れしました」

ブラスコが余裕を見せられたのはここまでだ。

ルキーノ・ブレガなる青年が入室したとたん、心臓が止まるほどに驚いた。

白いフロック・コートを着たその姿は、息をのむほどうつくしい。端麗な絵画から抜け出たような、妖精めいた白銀の青年だ。

特筆すべきはその容姿ばかりではない。歩く姿も立ち姿も洗練されている。

「おまえは……」

感情を見せない彼の水色の瞳がすがめられる。

「おまえ、などと言われる覚えはありませんが。まずははじめましてと言うべきでしょうか」

彼は足を引き、胸に手をあて、ゆったりと一礼する。

「アルファーノさん、はじめまして。ルキーノ・ブレガです」

「ルキーノ……きみは」

力なくブラスコはつぶやいた。

このうるわしい青年は、色の白さに惑《まど》わされるものの、よく見れば、若いころの自分とグリセルダの美を寄せ集めて、欠点をすべて無くした顔をしている。あの白い子どもが生きていたならば、いくつになっているだろう。おそらく二十前半だ。彼と同じ歳のころだろう。

「きみは、いくつだ」

「我々の関係において歳など問題にはならないと思いますが」

「きみは……グリセルダの息子ではないのか」

問われた彼は、表情なく首をかしげる。

「さあ、聞いたことがない。アルファーノさん、本題に移ってもよろしいでしょうか。ぼくを待っている人がいますから、早く戻りたいのです」

ブラスコが椅子を勧めると、彼は品よく腰かけた。彼の姿に意匠を凝らした背もたれと、贅を尽くした壁や天井が合わさると、まさにそれだけで芸術的で、絵になった。もはや嫌みの域にある。それをブラスコは舐めるように凝視する。

「五年前のぼくの手紙は、あなたを富豪《ふごう》にしたようですね。どうです、ぼくと出会えてよかったでしょう」

五年前、ブラスコは事業で失敗し、破産の憂き目にあっていた。打つ手がなく、途方に暮れていたときだった。ちょうど狙っていたかのように届いたルキーノ・ブレガの手紙に従って、そのとおりに動いたところ、一年が経過したころには、信じられないほどの巨万の富を手にすることができていた。

ブラスコは舌打ちをした。

「わたしは後悔している」

「なぜ？」

「なぜなどと……」

真っ赤な顔で、ブラスコは机をどんと叩いた。けれど声はひそめられている。

「きみの話にさえ乗らなければ、あんなことには……わたしは罪を犯すことはなかった」

「後悔しているのなら自白すれば済む話でしょう。ぼくのせいにするのはばかげている。はじめに選択をゆだねたはずです。いまのあなたの状況は、あなた自身が選んだものだ」

彼は足を組んで言い添える。

「ぼくの目には、あなたは現状を楽しんでいるようにも見えますが。服、宝石、屋敷、女。過去なくしては、すべてそれらはまぼろしです。とくに女は、金のない男には冷たいものだとあなたは知っているでしょう。五年前のあなたは妻にも愛人にも去られて孤独でしたから。ところが、いまはどうです。若くてうつくしい妻、愛人。大勢に囲まれて……あなたの犯した罪といまとを比べて、それでも後悔していると言えるのですか」

低いうめきとともに、ブラスコはうつむいた。

「もういい」

ブラスコを見ることなく、彼は静かに立ち上がり、大きな窓に寄っていく。窓からは貴族や成功者たちが住まう屋敷が一望できる。沈みゆく太陽にすべてが赤く染められて、彼にはそれが火に見えた。仄暗く、街全体が炎で焼き尽くされてしまえばいいと考えた。

そのときはかったかのように、教会の〈お告げの祈り〉を知らせる鐘が轟いた。

しかしながらその音は、彼にとっては別の意味をもたらすものだ。黒く閉じられた夜を、否が応でも思い出させて苦しめる。

余韻が残るなか、まつげを伏せて、彼は吐き捨てるようにつぶやいた。

「耳障りで、いまいましくて、くだらない」

「なにか言ったかね」

悠然と彼は振り返る。夕暮れを背景にたたずむ彼は、その白い輪郭《りんかく》に色をのせ、天使か悪魔か、ブラスコの目にはこの世のものではないように見えた。

「今日、ぼくが来たのは、以前あなたに立て替えていただいた金を返すため。全額、銀行に預けてあります。ようやく先日そろいましてね」

ブラスコは目を見開いた。

「全額？　あの大金を四年で……まさか！」

逆光のなかで、彼はブラスコを冷ややかに見ていたが、視線をすべらせ、赤々とした窓に向き直る。

「物事にはかならず終わりがあります。今日、ようやく終わりを迎えました」

「終わり？　なんのことだ」

「ぼくは今日、堂々とこの館に馬車で乗りつけた。この白いフロック・コートで、あなたのもとに」

ブラスコは眉をひそめた。

「見ればわかるが、なにが言いたい」

「その意味を、あなたは後日知るでしょう」

ふたたび彼は振り向いて、今度は唇をゆがませた。一見それは、きれいな微笑だ。

「対応を頼みましたよ、アルファーノさん」

8. 扉は閉じている

夜が深まりを見せたころだった。葉がこすれてざわめいて、木がしなり、ぶつかり合って揺れていた。同調したように家までぎしりときしみ出し、古い家屋はことさらに、すべての音を拾い集めて、不気味に変えてひびかせた。

晴れていた昼間から一転、陽が落ちてずいぶん経つ空には重い雲がはびこって、いっそうあたりを暗くした。カーテンを割った窓に映るジゼラの面ざしは、ひどく心細いものだった。無理もない、生みの母が倒れた日もまた、こんな嵐の夜だったのだから。

すきま風がろうそくの火をねぶって一本吹き消した。部屋がじわりと黒ずんで、ますます恐怖をあおり立てる。ジゼラの頭はわるい予感で占められた。

目を開けなくなって、徐々に冷たくなった母を思う。もう、ジゼラの名まえを呼んでくれない。笑ってくれない。死んでしまっては、二度と会えない。

外をうかがうジゼラの前で、硝子に雨がひと粒落ちてきた。その後数滴ついたあと、おびただしい数が打ちつける。あっという間に土砂降りだ。ジゼラはしばらく、窓を流れる雨を見つめた。

――おにいさまが無事に帰ってきますように。

ひとしきり祈ったあとで、カーテンをしめきった。ジゼラはいつものとおりに家事を終わらせ、本を読もうと手に取った。姿勢よく足をそろえて椅子に座り、大好きなおとぎ話にとりかかる。けれどページは一向に先に進まない。

雨粒が家を打ち、風がごうごうと鳴りひびく音は、まるでけもののうなり声のようで、ジゼラはとうとう本を放棄した。恐れる気持ちに勝てなくて、自身の身体を抱きしめる。

いつもそうだった。実母が亡くなってからというもの、ジゼラは嵐が怖くてたまらない。ほかのことを考えて、気をまぎらわせようと試みる。こんなときに思い浮かべるのは、決まっておにいさまのことだった。脳裏に浮かぶ彼は、やさしいまなざしで笑んでいる。

ジゼラはゆっくり目を開けて、声にする。

「おにいさま……」

するとふしぎと縮み上がる心に火が灯り、やわらいでいく。

「おにいさま」

まだ下腹部には違和感があり、熱をじくじく持っていた。彼のくれた熱だ。

今日、彼がジゼラのなかにずっといた。いつになく近かった。ひとつになった。彼がなかに入っていたなんて、信じられないけれど、たしかにいた。またジゼラのなかに入ってほしい。彼をずっと感じていたい。

ジゼラはスカートをたくしあげ、おそるおそる覗きこむ。毎日彼が清めてくれているそこにそっと触れてみる。指がわずかに食いこんだ、そのときだ。

鍵を外す音が聞こえて、ジゼラは肩をびくりとはね上げた。たくしあげていたスカートをあわてて整える。どうしていいのかわからずとまどっているうちに、やがて錆びた蝶番がぎいと鳴き、あらわれたのはずぶ濡れの彼だった。まとう帽子やストール、服からも、水がぽたぽた落ちている。

「――おにいさま」

彼がこんなに早い時間に帰宅するなんて、いままで一度もなかったことだ。ジゼラは彼に駆け寄ろうとしたが、彼が歩み寄る方が早かった。力のかぎりに抱きしめられて、胸がきゅうと締めつけられる。雨が染みこんできて、ジゼラの服もまたたく間に濡れていく。

「おにいさま……冷えていらっしゃる」

「あたためて」

「はい」

深く被った帽子から垣間見える水色の目。それはいっそう濃く見えた。

「ジゼラ、しようか」

最初は意味がわからなかったけれど、性急な手つきで服を脱がされて、ジゼラも気がついた。彼は昼の続きをしようとしているのだ。また、ジゼラに入ろうとしている。

ジゼラが一糸まとわぬ姿になれば、彼も服を脱いでいく。びしゃり、びしゃりと帽子や上着が床に無造作に投げ捨てられた。

すでに彼のそれは勃っていた。ジゼラは視線を外して横を向く。なんとなく、見てはいけないような気がしたからだ。

手を引かれて暖炉のそばに移動して、ジゼラは椅子に腰かけた彼のひざの上に、跨るように座らされる。ふたりは向かい合わせで見つめ合う。雨に濡れた彼はふだんよりもやけに艶めかしくて、立ちのぼる色気に圧倒された。

ただでさえどきどきしていたジゼラの胸は、さらに高鳴りを増していき、いまや壊れそうになっていた。

「さむい?」

問われてジゼラは首を振る。

「さむくない。おにいさまといるから……」

「うん」

ジゼラは彼の肩に手を置いて、その形の良い唇を悩ましげに見つめた。

おにいさまとキスしたい。キスがほしい。

けれど彼の顔は動かずに、ジゼラの目をじっと見ている。

やがて、彼の視線はジゼラのみどりの瞳から、流れるように下へ向かう。薄く色めき、つんとつつましやかに立った胸から、白くすべらかなおなかへと進んでいき、そして、ジゼラの秘めた箇所に留められた。

だしぬけに指が埋められて、くちゅり、くちゅりとかき混ぜられる。

耳に届く卑猥な音は、ジゼラの色情を否応なしに煽っていった。

「あ……」

身体の奥が、彼を欲してうずまいて、ジゼラはとぎれとぎれに吐息をこぼした。

「おにいさま……」

「ずっとぼくのこと、考えていた？」

彼は埋めた指をずるりと抜きとって、ジゼラの前に見せつけた。白く長い指はてらてらと光を反射して、つやめくしずくが垂れてくる。彼はそれを赤い舌で受け止めて、指の付け根から先までべろりと這わせていって、愛撫を思わせるように、音を立てて舐めしゃぶる。そのあいだ、彼はジゼラから目を離さずにいた。

ジゼラはいたたまれなくなってきて、おなかのあたりで組んだ指をもぞもぞいじくった。

「恥ずかしがらないで。ジゼラ、ぼくを見て」

「おにいさま……」

「あれからずっと考えていたの？　こんなに濡らして……ぼくのことを、考えていたんでしょう？」

ジゼラはぴくりとあごを上げ、すぐさまうつむいた。色気をふりまく彼と目が合うと、息が止まりそうで苦しい。鼓動が速くなりすぎていて、なにも話せなくなる。

ジゼラはまごつきながら、ななめ下に視線を落とした。

「ジゼラ、言って」

彼がこちらを見すえたままで静かに待つから、ジゼラはやっとの思いで口を開いた。

「……おにいさま。わたし……」

「うん」

「考えていた。おにいさまのことを、ずっと考えていたわ」

彼の瞳が細まった。

「いい子だね。ちゃんと言えたね」

「ん……」

ジゼラは素直にうなずいた。その後、ぽつりと彼はつぶやく。

「殺してきたから、もう平気」

それは、声とも言えないちいさなひとりごとだった。うまく聞き取れなくて、ジゼラがふしぎそうに彼を見やれば、額に口づけが落とされる。

「ジゼラ、いっぱいしよう。抱かせて」

ジゼラの晒け出されている秘部を、彼はやさしい手つきで整える。すでにぬかるみ、ぴちゃぴちゃと彼の動きに合わせて水音が立っている。つつましやかな粒は、ぬるつく液を塗りこまれればすぐに咲く。指の腹でこりこりと回すように泳がされ、ジゼラはわずかな時間で高みに押し上げられていた。

とろとろと、ジゼラの蜜のような液が、お尻を伝って彼にこぼれ落ちていく。

絶えず与えられる刺激にこわばるジゼラは、反射的に脚を閉じようとするけれど、彼に跨がっているため閉じられずに、息つくひまさえもらえない。敏感になったそこに深く触れられて、ジゼラはびくりと、背をしならせた。

汗がそこかしこから吹き出して、ジゼラに淡い光をまとわせる。

「あっ、……あ！」

熱すぎる快楽のうずに耐えかねて、ジゼラが胸を突き出せば、彼は色づく頂にキスをして、そのままちゅうと吸いついた。

彼の白い頭頂部を、ジゼラはあえぎながらも見下ろした。ちゅくちゅくと音がして、胸をむさぼる彼がかわいくなって、ジゼラは両手で彼の頭をかいこんだ。

「は。おにいさま……」

快感と同時に彼を抱く力が強まった。

「おにいさま、おにいさまっ！」

彼が笑った瞬間に、ジゼラの胸に短く息が吹きかかる。

「ねえジゼラ、そんなに強くぼくを抱えないで。動けないから。それとも、きみに入れさせてくれないの？」

言われて手をゆるめれば、ジゼラの腰が持ち上げられた。

ジゼラは秘部に熱い塊を感じて、ぴくんと腰を引こうとしたが、逃がさないとばかりに両手で腰をしっかりつかまれ、彼の昂りに身体を下ろされていく。

「あ」

「痛む？」

ジゼラは首を横に振った。痛くても、もっと深く、彼を感じたかった。

「ジゼラ……だいじょうぶ、怖くないよ」

やさしい声とは裏腹に、彼の手は強引にジゼラの腰を導いていく。

「ん、おにいさま……熱い」

「いまからもっと熱くなるよ」

「あっ」

おなかに徐々に侵入する。ジゼラの秘部がどくりとうごめき、彼の猛りを締めつけるたび、彼を強く意識した。

ジゼラのなかに、彼がいる。

すべての彼をくわえこみ、ずくりとしたわずかな痛みにもだえながら、ジゼラはせつなく息を吐いた。

「……は。おにいさま……」

「全部入ったよ」

「ん……今夜のお戻りは……早かった」

「そうだね」

「わたし……怖かった。でも、おにいさまが……早く帰っていらして、うれしい」

白い手が、ジゼラの両ほほを黒い髪ごと包んで引き上げる。ジゼラははにかんだ。

「こうしていられて……わたし、うれしい」

「ぼくはもう出かけなくてもいいんだ。ずっといる。ここにいる」

「いてくれるの？　どうして？」

彼の唇がジゼラの眼前で、妖艶な笑みをかたどった。

「ジゼラに復讐したいから」

「……え？」

まるで時が止まったかのようだった。ジゼラから、あふれていた思いが消し飛んだ。

みどり色の瞳はたちまち見開かれ、その視界はぼやけて、ゆらいでいった。つい先ほどまで気にも留めずにいられた嵐の音が、急に耳に入ってくる。

復讐――？

復讐は、恨んでいる人にすることだ。

ジゼラの胸は早鐘を打ち、心は張り裂けそうだった。言葉が頭のなかで反響し、ちくりと胸を刺してくる。

「……わたし」

彼につらぬかれたまま、ジゼラは身をふるわせた。

しかしながら、彼はうっとりと笑っている。その真意がわからずに、ジゼラはますます

混乱した。

「わたし、おにいさまに……わるいことを、したの？」

「あきらめて」

「おにいさま、あやまるわ。わたし、わるいところをなおすから、だから」

ジゼラは必死になっていた。不安でいっぱいで、どうしようもなく悲しくて、いまにも声を上げて泣きそうだった。失いたくない。彼がいなければ……彼はジゼラの命なのに。自分よりも、大切な命なのだ。

ジゼラはありったけの力をこめて、べたりと彼にしがみつく。

「いい子にする。いい子にするわ、おにいさま！　だからジゼラを」

——きらわないで！

だが、最後まで言葉を紡ぐ前に、ジゼラの上体は彼の手で引きはがされる。

「おにいさま！」

出たのは浅ましくすがりつく声だった。

彼の水色の目はジゼラを映しとる。やがてきれいな瞳はまつげに薄く隠されて、ジゼラにゆっくり近づいた。わななくジゼラの唇を、彼の吐息がくすぐった。ふたりの唇は、いまにも触れそうで、けれど触れない位置にある。その距離が、ジゼラには果てしなく遠くに感じられた。

「きみはぼくなしでは生きられない」

言葉はかすれていて、しぼり出しているかのようだ。彼が近すぎて、ジゼラにはその表情が見えない。

「自由はない」

ジゼラはあごを動かして、ごくりとつばをのみこんだ。

「ぼくのもの」

「おにいさま……」

「違うでしょう。ぼくはきみのおにいさまじゃない」

ジゼラは目をせわしなくさまよわせ、息を吸い、か細く吐き出した。

「……ヴィクトル」

声はやけに虚空にひびいて消えてしまいそうだった。だからジゼラはまたささやいた。

〝ヴィクトル〟と。

「ジゼラ」

彼の額がジゼラの額にこつりとあてられた。それはあたたかくて、心地いい。

「もう限界。ぼくの首に手を回して」

言われたとおりにすれば、彼はジゼラの両脚を抱えて、楔《くさび》を穿ったままで立ち上がり、歩きだす。その一歩一歩がジゼラのなかを刺激して、感じる奥をさいなんで、そのたびに、ジゼラはもだえて甘いうめきを上げた。

時折彼も苦しげに立ち止まっては息をつく。

ふたりがたどり着いたのは奥の部屋、ちいさなベッドの上だった。毎日ふたりで眠る場所。彼はジゼラをそこに下ろすなり、腰を引き、先端が出きってしまう直前に、また最奥まで打ちこんだ。

「ああっ！」

ごつりと深くに押し当たり、快感がほとばしる。彼は腰をぐるりと回して、ジゼラのなかをかき混ぜた。

「あっ、あっ！」

「感じる？」

「……んっ」

「動くよ」

ジゼラの顔の両わきに手を置いて、彼は唇を噛みしめると、腰を激しく振りたくる。肉壁を硬い猛りでえぐられて、ジゼラは襲いくる官能に、大きく身体をしならせた。

毎日触れられている粒とは違い、奥深くに淫靡《いんび》な愉悦が積もって蓄積されていく。

すこしでも刺激を逃がしたくて足を上げれば、そのまま抱え上げられて、ひざをついた彼に上から強く重く穿たれる。奥のさらに奥が圧迫されて、より深く暴かれる。ジゼラの口からうめきが漏れた。彼からも。それでも彼は同じ動きをくり返し、ジゼラは何度も何度も追い立てられて、やがて絶頂に到達する。

「ふ、あ！　お……にいさまっ！」

「……気持ちいいね、ジゼラ」

「んっ！」

ふたりの結合部は、とろとろと液があふれていた。

彼はジゼラに覆い被さった。しかし休むことなく律動し続け、ただでさえもだえるジゼラを追いつめる。ちゅっと音を立てながら、ジゼラの肌のそこかしこに唇を寄せていく。

時折上体をずらしてジゼラの胸をもてあそび、首すじを甘く噛んではジゼラをふるわせる。

そのあいだも楔は打ちつけられている。

彼を抱きしめようと、ジゼラは白い背中に手を回す。けれど彼から吹き出た汗につるりと手がすべる。どこもかしこも彼は濡れていた。ジゼラの肌も、濡れていた。

ふたりのにおいと熱が満ちた部屋のなか、ひびくのは、ベッドのきしむ音と、卑猥な水音と、そして荒く甘い息づかい。

ジゼラは激しい抽送によって与えられる快感にむせびながらも、彼を見ていたくて目を開けていた。

汗を浮かべたきれいな彼が、時折つやめく声を出すから、うれしい気持ちになっていた。

復讐されるほど恨まれているのは悲しいけれど、このまま身体が壊れても、このまま死んでしまっても、本望なのだと考えた。なぜならいま、彼の脈動、息づかい、汗、におい、すべてをこの上なく強く感じて、しあわせなのだから。それをずっと、覚えていたい。

彼の濡れた髪が時々ジゼラをかすめることや、荒らげたふたりの呼吸の音が、たまに重なるのすらよろこびだ。

ジゼラが彼の顔に視線をやると、かならず水色の瞳とかち合った。彼は、ジゼラを見つめているようだった。

——おにいさま。

ずっと彼を見ていたいのに、強すぎる悦に負けて、とうとう開けていられなくなり、目を閉じた。鼻を突きあげ、熱くうずまく快さに身を任す。秘部がひくりひくりと収縮し、身体がこわばり小刻みに揺れ、その後、なにかが奥から噴き出した。

「は。……あ」

官能に支配されて、喘いでいるときも、ジゼラはひそかに願っていた。唇にキスをしてほしいと。たとえ彼に愛がなくてもジゼラは愛を感じられるから。

けれど、それがかなえられることはなかった。ジゼラが好きな彼の唇は、額やほほ、耳、鎖骨や胸の先にしか触れてくれない。

「……くっ」

やがて彼の昂りがジゼラの奥でさらにふくれ、直後、おなか深くに熱の広がりを感じる。

ジゼラはふしぎに思ってまたたいた。

「おにいさま……」

「うん。出した」

彼の熱い息がジゼラに吹きかかる。彼はその美貌に憂いをのせていた。

「……ジゼラ、もうやめてあげない。……覚悟して」

力を抜いた彼がのしかかり、火照った肌が重なった。外もなかも、ふたりはひとつになっている。そのぬくもりと重みを、ジゼラは身に刻みこむ。

ぎゅっと抱きしめられて、ジゼラもまた抱きしめ返せば、またぎゅっと仕返しされて、とろけそうになる。こんなにしあわせなのに、泣きたくなるのはなぜなのだろう。

どうしよう、愛してる。おにいさまを愛してる。

口が裂けても言えないけれど、ジゼラは彼に愛されたいと思った。


朝、目が覚めて、ジゼラはとなりの彼をうかがった。けれどすでに彼は起きていて、ひじをついてこちらを見ていた。いつもはジゼラのほうが早起きで、しばらく彼を見つめているのに、今日は立場が逆で恥ずかしい。ジゼラは肩をすくめてはにかんだ。

「おはよう」と紡いだ薄い唇は、ジゼラの額に運ばれて、そこがやさしく熱を持つ。

冷たいままの己の唇に、寂しいなどと思うひまはない。ふいにジゼラに被さってきた彼は、なんのためらいもなしに、ジゼラの脚のあいだに身を置いて、いまだぬかるむ入り口に猛りきった自身をずぶずぶと押しこんだ。もっとも、ジゼラが拒むわけがない。ジゼラは彼のものだからだ。

彼は艶めかしくくねりくねりと律動し、ジゼラの感じるところを突きあげて、まだ起きっていない身体を絶頂に向かわせる。たまらずジゼラの内がわななないて収縮すると、彼はぴくりと反応し、熱いため息を吐いていく。緩急をつけて腰を動かし、何度もジゼラを追い立てる。そして、ぶるりとふるえた直後にジゼラを固く抱きしめて、欲を一気に解放する。ジゼラの秘部から、ふたりのまざり合う液があふれてこぼれていった。

それで終わると思っていた。しかし彼は、ジゼラを抱きしめたまま、出て行こうとはしなかった。やがて力を取り戻すと、またゆるゆると抽送しはじめる。

「あっ……」

「ジゼラ……気持ちいい?」

汗を滴らせた彼が覗きこんでくる。

与えられた快感にふるえながら、ジゼラは涙を浮かべて必死に答える。

「……おにいさま……きもち、いい」

「ん。ぼくも……」

四年のあいだ清めと称して彼に触れられ続けたジゼラの身体は、いともたやすく果てていく。そのたびに彼を締めつけて、うごめきながらしぼりとる。

清純なジゼラは本人のあずかり知らぬところで、みだらな身体に変えられていた。彼を見ただけで身体は勝手に欲情するのだ。ジゼラは切羽詰まった顔をして、「だめ」と口にするときもあるけれど、彼を受ける身体は正直で、いつでも歓喜した。彼はそれを知っているのか、〝だめ〟に一切応えることなく手をゆるめることもしなかった。

彼は外へ出かけることなく、ジゼラのそばにいてくれた。暗く閉じられた空間で、彼と身をからませて、大半の時を情事に費《つい》やした。

朝になり、昼になり、そしてふたたび夜が来る。彼はそのあいだずっとジゼラのみに集中する。ジゼラは彼から与えられるもののすべてを、あますところなく受け止めた。

けれど唇は冷たいままだった。

流れ続ける日々のなか、それでもジゼラはひそかに彼のキスを待っていた。

◇

「おい、どうなっている！」

小高い丘に建つフロリアーニ伯爵邸では、怒りに任せた大きな声がひびきわたり、仕える使用人たちは怖々と遠巻きに様子をうかがっていた。伯爵家の嫡男であるアレッシオは、ひどくご機嫌ななめであった。原因はクレメンテ侯爵の孫娘、ジゼラ・バーヴァにほかならない。いるはずの彼女の姿がないのがゆるせないのだ。

矢面に立つ従者は、アレッシオの怒りをすべて受け入れるしかない状況だ。

「ですがアレッシオさま」

「なにが〝ですが〟だ、この役立たず！　ジゼラを連れて来いと言っただろう。もうかれこれ一週間だ。一週間だぞ！　一体なにをしていた！」

結局アレッシオが愛人のもとから帰宅したのは、一週間後の今日のことだった。下世話な話、アレッシオはジゼラに欲情しないよう、いやになるまで女を抱きつぶしたのだ。

帰路の折、馬車のなかでいつになく真剣に、求愛と求婚の言葉を吟味してきたというのに……肝心なジゼラがいないとはふざけている。

「早く町へ出て連れて来い！」

「アレッシオさまお聞きください。わたしは毎朝町へ出向き、手を尽くしましたが、ジゼラさまは最近朝市にはいらしてないご様子。マレーラ・ベルージなる女に聞いてみても見ていないと言っておりました。思うにジゼラさまは、買い物の時刻を変えられたのやもしれません」

「愚か者！」

アレッシオはさけぶばかりか、どんとこぶしを机に叩きつけた。

「毎朝手を尽くしているだと？　ふざけるな！　おまえのそれは捜しているとは言わない。そんなもの、ただの散歩だ！　おまえは朝市を楽しんでいただけだろう！」

従者は頭ごなしの言葉を不満に思うが、なにも言い返そうとはしなかった。現にジゼラを捜しついでに、屋台で物を買ってはおいしく食べていたからだ。

「朝だけ捜すなど無能の極みだ！　一日中ジゼラを捜してこい！　そのマレーラ・ベルージなる女に金を渡してジゼラを呼び出せばすむ話。もしくはジゼラの家を聞け。いいか、そのあきれたばかな頭を休むことなく働かせて結果を出せ！　いますぐにだ！」

そんな興奮冷めやらぬなかで、部屋の扉が二度叩かれた。人払いをしてあったというのにどういうことだと、苛立ちを隠さずアレッシオは声を張り上げる。

「誰だ！」

「あらいやだ、お兄さま。ひさしぶりに来てみれば、ずいぶんと荒れていらっしゃるのね」

ひょうひょうとした顔つきで、若い娘が勝手に扉を開けて顔を覗かせる。すでに他家に嫁いでいる、妹エウフェーミアだ。

「いまは立てこんでいる。あとにしてくれ」

エウフェーミアは鼻をつんと上向けた。

「わたくしも急いでいますの。夫の目を盗んで来たのよ。お兄さまに頼みがあって」

アレッシオは低くうめいて、妹の入室を許可して長椅子にいざなった。頼みと言われてしまえば、ここで話を聞かないと、エウフェーミアはすぐに母親につげ口し、ただでさえ話の長い母から、くどくどと嫌みを言われてしまうのだ。

「なんだ。話してみろ」

妹はドレスを優雅にさばいて、エスコートされるがまま腰かける。扇で口もとを隠して内緒話でもするかのように話しはじめた。

「人を捜していただきたいの。お兄さまなら優秀な探偵をご存じでしょう？」

「知るわけがないだろう。なぜぼくに頼む。きみの夫か父上に言えばいい」

「だめなのよ。これは内緒にしたいの」

眉をひそめたが、アレッシオもまた妹の向かいに腰かけた。そのうしろで従者も聞き耳をたてている。

「わたくしね、じつは好きな殿方が……愛している方がいますの。ああ、当然夫ではありませんわ。あんな唐変木《とうへんぼく》、愛せるわけがないですもの」

アレッシオは足を組んだ。貴族にとって結婚は、家同士の事業と言える。大抵は条件のみで相手を選び、恋愛は愛人とするのが通例だ。

「ふん、たしかにきみの夫や父上には知られたくないだろうな。で、そいつは愛人か」

「愛人という言葉は無粋だわ。彼はわたくしが愛している人。……本題に移りますわ。愛しいあの方はね、どんなに早くても二ヵ月に一度しか会えないお方なの。三日前、わたくしはやっと彼と会える予定だったの。だからその日は早朝からいまかいまかと首を長くしてお待ちしていましたわ。でも、あらわれなくて……。どうやら、あの方はこつぜんと姿を消してしまったようですの。一週間ほど行方不明で、ほかのご婦人方もとまどっているようですわ。もう、それからというもの、心配で心配でこの胸が張り裂けてしまいそうで、わたくし、食事ものどを通りませんの。お兄さま、どうか彼を捜してくださらない？」

「ほかの婦人方？　……は。複数の女がいる男だと？　話にならない。愚かにもそんなだらしのない男に惚れているのかおまえは。そんな輩《やから》とは別れてしまえ！」

「お兄さま！」

エウフェーミアは眉根を寄せて抗議する。

「お兄さまはなにもご存じないからそのような暴言が吐けますのよ。彼は崇高な方。うつくしいあの方は、どれほど望んだとしても、誰のものにもなってはくださらないの。どんなにほしくても、焦がれても……」

あごをさすったアレッシオは、思いをめぐらせた。聞いたことがあったのだ。世の婦人方をとりこにしている男がいると――

しかし、高貴な生まれの妹が、そのようなうさんくさい男にのぼせ上がっているなどと、頭が拒否して受けつけない。なにせ相手は下衆《げす》な輩だ。

アレッシオは、鼻先を見るようにして、目を伏せた。頼むから、違っていてくれと願いながら。

「……男の名は？」

エウフェーミアはあごを引き、そして、愛おしげに口にする。

「ルキーノ・ブレガよ」

「ばかな！」

アレッシオは目を剝いた。一気に妹に詰め寄った。

「きみまであのルキーノ・ブレガを買っているのか。あいつは世の貴族の敵だ！　おぞましい。どれほどの男が妻を取られたとうわさの的になっていると思っているんだ。おそろしいほど高額な金を取ると評判の男娼だぞ。やつのせいで没落した家もあると聞く。いいか、男娼だ！　目を覚ませエウフェーミア！」

「まあお兄さま、ひどい侮辱ですわ！　お兄さまは、ただルキーノを捜してくだされば結構です。わたくしは、彼だけを愛していますの！」

「ふざけるな、恥を知れ！　誰が捜すか！」

さらに妹を指差して、きつく言いつのる。

「いいか、そんな下衆な男など忘れてしまえ！　次にそのいまいましい名を言えば、わかっているな？　父上はもちろんのこと、きみの夫に言ってやる！　どうせ夫の金でルキーノ・ブレガを買っていたのだろう。やつはとんでもない額を取るはずだ、どれほど使ったんだ！　露見《ろけん》すればどうなるか。大変なことになるぞ！」

「やめてお兄さま！」

アレッシオは、従者に向かってあごをしゃくる。

「ラウロ、妹がお帰りだ。とっとと馬車まで連れて行け！」

鼻息も荒く、妹と従者の背中を見送って、アレッシオはぐしゃぐしゃと髪をかきむしる。

思い出すのは忘れもしない、ここ一週間をともに過ごした愛人ガブリエッラの別れ際の捨て台詞だ。ガブリエッラはサファイアのブローチに口づけながら、邪悪に笑んでいた。

ジゼラに会うまでは、大切にしてきてやったというのに。

『ねえアレッシオ。あなた、わたしを捨てると思っているでしょう？　でもね、それはうぬぼれかもしれないわ。わたしはね、この別れをすこしも悲しんではいないんですもの。あなたはわたしを楽しませてくれたけれど、彼ほどではなかった。……ああ、彼を思うだけでうずいてきちゃう……。わたしはね、愛している人がいるの。最後に彼を見せてあげるわ』

ガブリエッラはしなりしなりとお尻を振りつつ部屋の奥まで歩んでいって、置かれた絵の前に立ち、上にかかるビロードを愛おしげに持ち上げた。

あらわれたのは、幻想的な絵画であった。白い髪に白い肌。水色の目を持つ妖精が、木の根もとに全裸で寝そべるその姿は、ふしぎと引きこまれるものがあった。この独特なタッチをアレッシオは知っている。

『アレッサンドラ・アルティエリの〝白き妖精〟じゃないか』

右はじにアレッサンドラ・アルティエリのサインが施されている。彼女はジゼラの父親と結婚し、四年前のバーヴァ家の没落時から、こつぜんと姿を消している。この行方不明の気鋭の天才画家の絵は、アレッシオの家にも一枚あるが、いまや値が高騰し、手に入れるのはむずかしい。

『なぜ〝白き妖精〟がここにあるんだ。アレッサンドラ・アルティエリは五枚の〝白き妖精〟を描いたが、国内での販売を頑なに断り、海外でしか売られなかったはずだが』

ガブリエッラは肩をすくめた。

『入手ルートは聞かないで。すこしわるいことをして手に入れたの。どうしても彼がほしかったから』

アレッシオはしばし〝白き妖精〟に魅入っていたが、ガブリエッラを嘲《あざけ》った。

『は。これがきみの愛している人とはね。きみは不毛にも絵のなかの妖精を……』

アレッシオは耐えきれずに吹き出した。

『夢見ることはわるくはないが。この妖精を思うだけでうずくなんてね。せいぜいこの先、自慰に励《はげ》むことだ。なんならうちのラウロを貸してやろうか。やつに突いてもらうといい』

聞く耳を持たないとばかりに、ガブリエッラは絵画の妖精をうっとりと見つめ、アレッシオに向き直る。

『なんとでも言えばいいわ。彼はね、妖精などではないの。この絵、まちがいなくモデルは彼よ。……とろける雪のようなあのキスは、すてきすぎてしびれるわ。キスだけで濡れてしまう。あなたの雑な前戯とはわけが違うのよ。わたしね、三週間前に彼に抱いてもらったわ。夢のような時間だった……。早く会いたい。待つ時間は地獄だわ』

身もだえながら語るこの女は、つい先ほどまでアレッシオに股を開いて善がっていたくせに、もうほかの男に焦がれている。しかも、待つ時間が地獄とは、半年も前から愛人関係にあるアレッシオとの情事の時間はなんだったのか。
おのずとアレッシオのこめかみに血管が浮き上がり、その目は絵画をぎっとにらんだ。
『誰なんだこいつは！』
ガブリエッラの唇が、官能的に開かれて、その名まえが吐息まじりに告げられる。
『ルキーノ・ブレガよ』

9. 影が差している

『愛してる』

　どれほど言われ続けてきただろう。

　つややかに紅をひいた唇がうごめくさまが目に焼きついていて、離れない。半開きの目で、あまたの女は訴えるのだ。

『キスして』

『どうすればわたくしのものになるの』

『愛しているわ』

『わたくしを愛して』

それらの言葉は彼にとっては呪詛《じゅそ》となんら変わりなく、聞くたびに心は冷えていく。

そして女はまやかしの名を告げる。〝ルキーノ〟と。

彼は己に言い聞かせる。

ヴィクトルは死んだ。いまここにいるのはぼくではない。

この身体や思考、感覚はぼくのものではない。

このいまわしく、おぞましい言動は、ぼくであるわけがない。

すべてルキーノ・ブレガという名の男がしていることだ。


「おにいさま？」

声が聞こえて意識が浮上する。目を開けてゆっくりと視線をあたりにさまよわせる。ろうそくの光でおぼろげに浮かぶのはみすぼらしい壁と見慣れた天井だ。それは悪夢のなかをさまよっていた彼に落ち着きをもたらした。

身体にひたりとくっついているのは、やわらかさをもつ人の肌。彼はそれに手を這わせ、腕をからめて抱きしめる。彼女の瞳を見つめたあとに、黒い髪をかき分けて、そのまるい額に口づけた。

「ジゼラ……おはよう」

出した声はしゃがれていた。目の前にあるちいさな可憐な唇が、「おはよう、おにいさま」と動かされ、ほほえみのあと、続いて心配そうに声をかけてくる。

「ひどくうなされていらしたわ。また、わるい夢を見たの？」

「そうだね」

彼が白い髪をかきあげて額の汗を雑に拭えば、彼女は気遣わしげに目で追ってくる。ジゼラと暮らしはじめて四年経つが、ひんぱんにうなされているらしく、そのたびにジゼラは彼の背中に手を回し、ぎゅっとする。

「……怖かった？」

彼はちいさく笑んで言う。

「ジゼラ、なぐさめて」

「おにいさま」

ジゼラを組み敷きながら、彼はいっそう笑みを深めて、至近距離で言い聞かせる。

「ぼくはね、きみのおにいさまじゃない。いつになったら慣れるの」

ジゼラは黒いまつげを伏せて、「でも」ととまどいながらもつぶやいた。

「夜じゃないのに……？」

「朝でも呼んで」

まぶたが上がり、無垢なみどり色があらわれる。

「いいの？」

彼はジゼラの身体をまさぐって、張りつめた胸にほおずりしたあと、唇で食む。

「呼んで。ずっと」

目を閉じて、淡く色づく頂を舌でねぶりながら声を待つ。

「ん。……ヴィクトル」

「もう一度、言って」

「ヴィクトル」

彼は薄く目を開けた。

「ジゼラ……もう一度」


白いフロック・コートを身につけて、己という個を消していた。

果てのない宵の街で鐘を聞く。

意匠を凝らした彫刻が施された窓から仰いだ夜空は、たとえ星々がまたたこうとも、ただ黒ずんで見えていた。

絢爛豪華な天井のもと、火を受けてきらめくシャンデリア。そこから光が落ちてくる。

裸の女。あえぎ声。毒々しい香水と、化粧のにおいが鼻をつく。

宝石が彩る手が、こちらに向けてのびてくる。首にまとわりついてくる。

キスをせがむいまわしい赤い唇がうごめいて、愛を言う。

悪夢は色とりどりの派手な色だった。


「あ、……あ。ヴィクトル」

ジゼラが名まえを呼べば、悪夢は霧散する。ここには鐘の音も目を焼く極彩色《ごくさいしき》もない。

ルキーノ・ブレガはもういない。――ぼくはぼくだ。

ほのかなやさしい香りを放ち、彼を受け入れる支度を済ませた彼女に、深く楔を埋めていく。

もう行為には慣れただろうに、ジゼラからわずかに感じる緊張と、清廉な彼女の快楽への渇望《かつぼう》をじかに感じて一気に歓喜がわき上がる。猛りで敏感な部分を突《つつ》けば、内壁が収縮して包んで締めつけられていく。まるで抱きこまれているかのようだった。押し寄せる淫靡な波に、どくりと血が沸き立ち、全身をかけめぐる。

本能のおもむくままに動きだした。ちいさなベッドがそれにあわせて、きしむ音を上げている。

奥を突くたび、強烈な愉悦が身をつんざいた。

ふくりとしたちいさな唇が開かれて、ジゼラが甘い声で鳴く。

決して離れないように、ジゼラの両手に手を重ね、すべての指をからめて握る。

やがてふくらみきった欲望がはじけて、彼女のなかであふれ出す。

「う、……は。ジゼラ」

黒いまつげの奥に見える、情欲に濡れたみどり色。

見つめれば、名まえは淡い薔薇色の唇から、荒い息とともにあらわれた。

「……ヴィクトル」

◇

ヴィクトル・アルファーノ。

彼はなにももたない青年だった。誰かのうしろ盾もなければ学もない。力もないし、頼れる親すらいなかった。あるのは陽のもとで歩けない、不自由すぎる色味のない身体だけ。生まれたときから、普通には生きていけない境遇で、先に広がる道は、たとえ選択肢があろうとも、いずれもいばらの道だった。歩くたびに血が流れ、するどい痛みをともなった。

そんな彼ができるのは、持ちまえの美貌を利用し、己の身を売りつけることだけだった。彼にとって、女を操るのはたやすいことだった。じっと見つめれば、ほほを染めてのぼせ上がり、口づけをすれば意のままになる。交接したならなおのことだ。愚かで浅はかで——女とは、くだらない存在だ。

画家に囚われていた十七歳の彼は、ほどなくそれに気がついた。

バーヴァ邸にて、隠れて子爵一家の動向を盗み見ていたときのこと。

彼は用心深く人を避けていたにもかかわらず、偶然通りがかった侍女とはちあわせしてしまい、いまにもさけびを上げそうな女の唇に、己の口でふたをした。裸体の上にまとうシーツを両手で押さえていたために、なかばやけくその行動だった。しかし、そこで彼は気がついた。女のとろりとしたまなざしに、あからさまな下心が宿っていることに。利用されるくらいなら利用する。陥れられるくらいなら陥れる。以降、彼は女という生き物を、道具とみなすようになった。

屋敷につとめる侍女で、彼の口づけを受けていない者はいなかった。巧みに誘って引きこんで、柱の陰で唇をむさぼった。

裸にシーツをまとっただけの彼は、普通はあやしく見えるだろうが、人間らしくない容姿のおかげか、すんなり溶けこみ受け入れられた。現実離れした美はまるで妖精のよう。侍女は、たちまち彼に魅せられた。

侍女たちは進んで彼の手足になっていた。憎い画家のその夫、ベルトルド・バーヴァの事業の書類を巧みに盗んで写しをつくったのは彼女たちだ。ヴィクトルの父親、ブラスコ・アルファーノを巻きこめたのも、手紙を届けられたのも、彼女たちが動いたからだ。

四年前のあの日——バーヴァ家は彼の目論見どおりに没落した。憎い画家の家は破滅したのだ。復讐は成し遂げられた……はずだった。

思えば彼の気まぐれは、ごろつきがバーヴァ家に押し入る一週間前にはじまったと言えるだろう。彼は、外国にいたベルトルド・バーヴァが娘のジゼラにあてた手紙と、そこに添えられていた船の片道切符を、ひそかに破り捨てたのだから。

もう娘はどこにも逃げられない。

ジゼラ・バーヴァ。

彼女は毎日ひとりきりでおとなしく刺しゅうをして、あるいは椅子に座って童話を読むような娘だった。貴族令嬢として身につけておくべきことを学ばせてもらえていないどころか、地図すら読めずに、世俗と切り離されていた。

ただ、なにも知らされていない分、十三歳になるというのに、その身体や精神は従順で無垢だった。疑うことや逆らうことも教わっていなかったのだ。

子爵がこよなく愛した娘は、時間をかけて父の思い通りの娘に仕上がっていた。

ジゼラは子爵の娘であり、同時に子爵の未来の妻だった。

その、かごのなかの鳥に一度、呼びかけてみたことがある。

「ジゼラ」

布に針をさす手がぴたりと止まり、大きなみどり色の目がまたたいた。

「だあれ？」

はじめて会ったときよりもすこし成長が見られるが、相変わらずの舌足らずな声で、実際の年齢よりもひどく幼い印象だ。声の主を探して目をさまよわせている。

「どこなの？　わたしは……ジゼラはここよ」

ラベンダー色のドレスのすそを持ち、ジゼラは部屋のなかを歩き回っている。

彼はその呼びかけには一切答えなかった。そのとき、胸の奥にわき上がった気持ちは、彼しか――否、彼とて知り得ないものだった。

◇

「ジゼラ、ひさしぶりね。どうしていたの？　最近まったく見かけないから、そろそろあなたの家に行こうと思っていたのよ。心配したんだから」

かごを片手に朝市に向かったジゼラは、目当ての屋台にたどり着く寸前に、マレーラに出くわした。たしかに朝市に来たのは十日ぶりのことだった。最近は、朝から彼に抱かれているため、外に出るとしても昼過ぎだ。今日も今朝方まで彼と重なり合っていたのだが、ようやく解放されてここにいる。

マレーラは人なつこくジゼラの腕に手をからめ、顔を覗きこんでくる。その目はわずかに大きくなった。

「あら、顔が赤いわよ。熱でもあるの？」

マレーラの手がのびてきて、ジゼラの額にあてられる。すぐに、「ないみたいね」と手を引くが、彼女はジゼラを見つめたままで、眉をついと持ち上げた。

「ジゼラ、なにかあった？」

心当たりのないジゼラは首を横に振る。

「なにもないわ」

「そうなの？　あなた」

ふいに息を吸いこんで、マレーラは唇を笑みの形にゆがませた。

「すこし見ないあいだにうんときれいになったわ。もしかして、恋人ができた？」

恋人。その言葉はジゼラをたちまちせつなくする。頭に浮かぶのはおにいさまのことだ。けれど彼は恋人ではない。ジゼラがどんなにそうなりたいと思っても、なりえないのだ。愛を疎む彼からは愛されはしないし、ジゼラが愛するのすら拒まれる。

「……できていないわ」

ジゼラはいまの彼との関係がわからずにいた。でも、これだけは言えるのだ。ジゼラは彼のそばにいる。ずっといつまでも離れない。ジゼラは彼が大好きだ。

つとめて明るく装って、顔をほころばせて口にする。

「きれいなのはあなたよ、マレーラ」

マレーラはうれしそうに鼻を鳴らして、ちいさくうなずいた。

「わかる？　わたしね、常に恋をしているの。母さんや姉さんがね、女は恋をするときれいになるって言っていたわ。ジゼラも恋を知るべきね。あ、まだ間に合うかもしれない」

ジゼラは首をかしげた。

「間に合う？　なにかあるの？」

「あのね、あなたのことをたくさん聞いてくる人がいるのよ。前に言ったでしょ？　ラウロさんっていう人なの。こうまで聞いてくるなんて、ぜったいにあなたの知り合いだと思うわ。もしくはあなたに恋をしている人」

毎日家からほとんど出ることがなく、彼以外に人と接する機会を持たないジゼラは困惑するばかりだ。

「心当たりがないわ」

「わるい人ではなさそうよ。まだ近くにいるはずだから会いに行きましょう」

手を強く引かれて、ジゼラは目をまるくする。

「いまから？　マレーラ、だめよ。わたし行けない」

おにいさまが待っている。今日も三十分以内に帰らなければいけないのだ。

「わたし、ラウロという方を知らないわ」

しかし、マレーラはいつになく強引だった。彼女のポケットには、ラウロから手渡された、きらりと光る銀貨がひそかに入っていた。

「彼、毎日あなたを捜していたのよ。話だけでも聞いてあげて」

「マレーラ、だめ。やめて」

抵抗むなしく、マレーラに無理やり連れて行かれたのは、屋台がひしめく通りからひとつ奥に入った、人気のない小道であった。ジゼラはその先の暗がりに、見知らぬ人の姿を認めて、するどく息を吸いこんだ。ほかの男性に会うのはおにいさまに禁じられているというのに――壁に背をもたせかけてお仕着せを着た青年が、りんごにかぶりついている。

マレーラは手を振りながら、青年に呼びかけた。

「ラウロさん、ジゼラがいたわ！」

ラウロという名の青年は、ジゼラを見るなり、りんごをぽろりと落としてしまう。

青年はごくりとつばを飲む音が聞こえてきそうなほど、のどを動かした。ジゼラは怖々視線を向けた。けれど、まったくもって知らない人だ。

「マレーラ・ベルージ、ご苦労だった。下がっていいぞ」

町娘を小馬鹿にするような、ぞんざいな物言いだった。

「え？　でも……ジゼラをひとりになんて……」

「早く行け！」

となりのマレーラが、とまどいながらもきびすを返して去っていき、ジゼラはあわてて追いかけようとしたけれど、だしぬけに強い力で手をつかまれた。

「ジゼラさまですね」

頭上から降る陽光が威圧をともなって、青年に落ちている。

「手を、はなしてください……」

毅然《きぜん》としていたいのに、か細い声しか出せなくて、ジゼラは己のふがいなさに身をふるわせた。そもそも彼女は、おにいさま以外の男の人には慣れていないのだ。

「……おねがいです。はなして」

みるみるうちに、視界がにじんで、心のなかで彼を呼ぶ。

――おにいさま。

「どうか怖がらないでください。わたしはラウロと申します」

ジゼラは何度も何度も首を振り、懇願する。

「はなしてください……」

「決してあやしい者ではありません。わたしはフロリアーニ伯爵家に仕えています。話を聞いてください」

ジゼラは緊張のあまり、同じ言葉をくり返すことしかできない。

「はなしてください」

「おい、ラウロ！　貴婦人の手をつかむとは何事だ！」

ぴしりと飛んできた声に、ラウロは肩をびくりとはね上げた。

「アレッシオさま、いらしたのですか！」

贅沢に刺しゅうが施された藍色のフロック・コートを身にまとい、堂々たるさまで貴族の青年があらわれた。

「手を放せ」

その言葉であっさりと解放される。ジゼラは数歩うしろへ下がり、逃げようとしたけれど、次の言葉がジゼラをその場に縫いとめた。

「ジゼラ・バーヴァさん。ぼくはフロリアーニ伯爵家の嫡男アレッシオです。あなたの行方を捜していました。あなたの母君のお父上、クレメンテ侯爵も捜しておられます」

ジゼラはまばたきも忘れてアレッシオを凝視する。そして、アレッシオのさわやかな笑みを見た。

「ぼくとともに、侯爵に会いに行っていただけませんか」

クレメンテ侯爵――おじいさま。

消えかけた記憶のなかに、威厳にあふれた祖父の姿がある。母が生きていたころには、よく屋敷を訪ねてきてくれた。たくさんの贈り物をしてくれたし、犬のアルミロをジゼラにくれたのも祖父だった。

しかし、思い出したなら、ちくりと胸を刺すつらさもよみがえる。祖父は母が亡くなってから、ジゼラに会ってはくれなくなった。家にすら来てくれなくなって、遠くの人になってしまった。

ジゼラが思いをめぐらせるさなか、アレッシオは歩み寄り、彼女の手を掲げ持つと、その甲に口づけた。

「ジゼラさん、お会いしたかった。こうしてお話をしてみたかった。ぼくは、以前あなたを見かけたことがあるのです。ずっと気になっていました」

アレッシオに握られた手から感じられるのは、逃がすまいとした強い意志だった。

ジゼラはどうしていいのかわからずに、目をうるませることしかできずにいた。言い知れぬ怖さが彼女の心を占めていた。

「うつくしい方。ぼくはあなたをひと目見たときから、あなたに夢中なのです。夜毎思うのはあなたのこと。寝ても覚めても……あなたのことばかり」

ジゼラにひたむきなまなざしが向けられた。

「まさかぼくが恋に落ちるなんて」

「……恋?」

「ええ」

アレッシオはジゼラの黒い髪を持ち、芳醇《ほうじゅん》なワインの香りを嗅ぐように鼻先に近づけて、毛束にそっとキスをする。

「ジゼラさん。ぼくは、恋の病に冒されています」

続けて、ジゼラの揺れる瞳を見すえて言った。

「あなたが好きです。愛しています」

——愛。

その言葉に、ジゼラは固まったまま動けずにいた。

「ぼくの妻になってください」


突然の出来事に、ジゼラは驚きすぎて思考が鈍くなっていた。朝市で買い物をしているあいだも家に帰り着いてからも、上の空になっていた。

自分に恋をしていると言う。ほしかった言葉を聞いた。けれど、それを与えてくれたのは見知らぬ人だ。ほしい人からは決してもらえない言葉。そう思えば、うれしさよりも、悲しみが重くのしかかる。

あれからアレッシオに明日も会ってほしいと迫られて、断りきれなかったジゼラは途方に暮れていた。アレッシオは一見さわやかで、おだやかそうな青年だったが、うなずかなければ家には帰してくれないほどの、底知れぬ気迫を持っていた。

ジゼラは遠くを見つめて、ため息を吐きだした。

おにいさまに断りもなく、約束してしまうなんて……

明日どうしようかと悩むジゼラを、おにいさまは時々覗きこんできた。そのたびにジゼラはつとめて笑顔を見せてごまかした。どうしても、彼に伝える勇気が持てなくて後回しにしていたのだが、時間の経過とともに、どんどん罪悪感に追いつめられていった。

ジゼラはベッドの上に連れられて、いつものとおりに身を清められようとしているいまも、ずっとふさぎこんでいた。脚を大きく開かされたジゼラは、下生えに刃をあてられて、さりさりと剃《そ》られているあいだ中、伝える言葉を探していた。

「ジゼラ」

彼はジゼラの股間に息を吹きかけ、顔をうずめて、つるりとした剃り跡を舐めとった。

「……染みる？」

我に返ったジゼラはあわてて顔をはね上げた。

「いいえ、おにいさま」

答えれば、彼の舌が秘裂のなかをなぞりあげ、上に向けて這いずった。ぞわりぞわりと快感がしびれをともない責めてくる。おへそを通り、くぼみを舐めて、吸いついた。そのままおなかを流れてカーブを描き、胸の淡く色づく頂へ。ふくらみをつかまれて、彼のわずかに開いた唇が、先を食む。

流れてくる官能は、ジゼラの下腹をうずかせた。甘噛みされてはたまらない。

「あ」

「考えごとをしているでしょう？　朝市から帰ってずっと上の空だよ」

ジゼラの胸を吸いながら見つめてくる彼の水色の目は、きびしさを孕んでいる。

「わたし……」

「言って。隠しごとはゆるさない」

彼はジゼラの胸先に爪を立て、ふくらみを強く押しこんだ。

「あっ」

「言って」

「おにいさま……ごめんなさい」

「どうしてあやまるの。わけを話して」

「わたし……明日、出かけなければなりません」

彼の眉間にしわが寄る。

「どういうことかな」

ジゼラは申し訳なさそうにまつげを伏せて、ため息に似た息を吐く。

「……約束、してしまいました。おにいさまに、断りもなく……ごめんなさい」

「誰と約束したの」

「アレッシオさんという方です」

ジゼラの胸をむさぼる手がぴたりと止められた。彼は眉をひそめたままだ。

「男？」

「……はい。ジゼラをおじいさまのもとに……明日連れて行くと、おっしゃいました。支度を今日、すべて整えておくようにって……言われて」

ジゼラは彼の瞳を見ていられなくなり目を閉じた。

ほんとうにジゼラはわるい子だ。

「おにいさま、ごめんなさい」

「それで？」

すげない声。だが、彼が服を脱いでいるであろう衣ずれの音を耳にした。

彼は怒っているのに、抱いてくれるのだろうか。それとも抱いてくれるということは、怒っていないのだろうか。ジゼラをゆるしてくれるのだろうか。

ジゼラはまぶたを閉ざしたままで、期待にこくりとつばをのみこんだ。

「はじめてお会いしたのに、アレッシオさんは、わたしに……」

すこし離れていたはずなのに、ごく近いところで彼を感じて胸が高鳴った。彼の荒い息づかいを感じる。けれど確かめる勇気はなくて、目を開けるのをためらった。

「ジゼラ、話を続けて」

ジゼラは黒いまつげをふるわせた。

「……はい、わたし……アレッシオさんに求婚されました。おにいさま、どうしたら……」

刹那《せつな》、肩に力が加わりうしろに倒される。足は反動で高く持ち上がり、左右に大きく開かされた。秘部までもがぱくりと開き、あますところなく晒されて、ジゼラはなにが起きたのかわからない。曲げられたひざは、それぞれシーツにつきそうだった。

驚いて、ジゼラは目を瞠って彼を見た。

ジゼラの脚のあいだから、こちらを見下ろす彼の、白い髪のすきまから覗くするどい目。刻まれる濃い陰影が壮絶なまでの迫力を生み、そのなかで仮面のように無表情でいる彼が際立った。

まだ十分潤っていないのに、押しつけられたそそり勃つ雄が、ぐりぐりとジゼラに押しこまれる。いつもは彼に寄り添いながら包んでむかえる花びらは、いまは硬くひきつっていて、彼を拒絶した。が、それでも無理やり、ジゼラの見ている前で、根もとまで一気に楔が埋められた。

「……あ……」

痛みにさいなまれて、ジゼラは顔をしかめずにはいられない。

だが彼は止まることなく、ジゼラを抱えて上から下にがつがつと腰を振りたくる。荒々しい、いたわりも想いもなにもともなわない、それはただの乾いた陰部への出し入れだ。

「う……、待っておにいさま、痛い……、痛い」

けれど、さらに腰の動きは速まり、力強く穿たれる。

ベッドは壊れそうなほどにきしんであわれな音を立てていて、振動で近くの燭台までもが揺れている。

「ああっ！」

「罰だからね。勝手に、男をあさった罰」

ジゼラは彼の瞳を直視できなかった。彼はいま、燃えたぎる激しい怒りのなかにいる。

「痛ければ泣けばいい。わめけばいい」

ずんと奥をえぐられて、子宮が衝撃に圧迫される。

「止めないけどね」

乱暴な音が鳴る。彼は、ジゼラをよくするためにいつも触れてくれる秘芽や胸の先にはまったく触ってくれない。

いつものようにしてほしいのに。

彼のことが大好きな心とは裏腹に、彼を恐れるジゼラの秘部は、ますます彼を拒絶した。乾いたまま、肉襞も固くなるばかりだ。

それでもこじ開けられて、奥を穿たれて、入り口がこすれて痛くてたまらない。

ジゼラはもう、限界だった。首を大きく横に振る。

ジゼラが苦痛にのたうてば、彼もまた、玉の汗を浮かべて、苦しげに眉をひそめて息を吐く。

そんな彼の表情が脳裏に焼きついて、胸がつぶれそうになる。

いままでジゼラに見せたことがない顔だ。

「……くそ、どうしてきみは……」

「おにいさま……」

「ぼくが抱いているのに、どうして濡れない」

上下にゆすられながらもジゼラはつばをこくりと飲みこんだ。濡れないのは、きっとジゼラのせいなのだ。だって、ふだんのように気持ちがいいとはすこしも思っていないのだから。そればかりか、早くやめてほしい、終わってほしいとずっと願い続けている。彼との行為は好きなのに、うれしいはずなのに。

やがてくしゃりと顔をゆがませて、ジゼラは言った。

「……ごめんなさい」

彼はジゼラの足を肩にかつぎながら目を剝いた。

「うるさい！　あやまるくらいなら……そんなにあやまってばかりいるなら、はじめから勝手なことをするな！」

大きな声に、ジゼラののどはひゅうと鳴く。

「この家から出られると思っているの？　ぼくがゆるすと思っている？」

ジゼラはぐすぐすと洟《はな》をすすった。いつの間にか涙があふれ出していた。

「おにいさま……」

呼びかけても彼は答えてくれずに、ただ律動のみが激しくなった。

けわしい面ざしの彼のうしろに、いつもの見慣れた景色が見えていた。色あせたみすぼらしい壁に、剝がれかけた天井の——ここは、おにいさまとジゼラの世界だ。

ジゼラのなかで、先ほどの彼の言葉がめぐり続けて、早く濡れなければと考えた。これ以上、彼にきらわれたくない、ぜったいに。いい子だと思われたい。

うめきながらも己の秘部に手をのばし、指で萎縮した芽をさして、懇願する。すこしでも濡らして彼を受けたい一心だった。

「おにいさま、ここ……さわっても、いいですか。ジゼラの」

だが、無情にもジゼラの手はぴしりと払われる。

「勝手に触るな！　これはぼくのだ」

その目が孕むのは危険な感情だ。

ふいに、ずるりと彼の猛りがジゼラから出て行った。けれど足は固定されたままだった。

やがてジゼラの秘部に息が吹きかかり、そこから抑揚なく彼は言う。

「そんなにこれがいいなら、嫌というほどしてあげる」

すぐに芽に舌がのせられる。舌先に力がこめられ、うしろからまえに向けて、割れ目のなかも、粒も関係なくなぞられる。彼は時折こわばる芽に執着し、舌と指でいじめぬく。

ぎりぎりと押しつぶして弾いて追い立てる。それはやさしさのない行為だったが、あっけなくも、ジゼラは果てさせられていた。

秘部がびくびくうごめいたが、行為はやめてもらえずに、さらに激しくなっていく。身体が陸に打ち上げられた魚のように跳びはね、小刻みにふるえる。短い頻度で、ジゼラは達してばかりいた。

ジゼラは彼にすべてを知られすぎていた。感じるところはあますところなく刺激され、舐められ、吸われ、甘噛みされて、引っかかれては、指でかき混ぜられていた。絶えず絶頂に押し上げられて、のたうち、さけんでばかりいた。

一連の行為は、ふだんとはまったく異なるものだった。雑で力任せでやけくそとも感じるものだった。ジゼラをいたわる気持ちなどそこにはない。達するたびに苦しくて、快楽を感じるはずなのに、痛かった。熱がうずまく下腹が痛かった。ジゼラの心にとげを刺し、血を流させる。

「ああ……おにいさま。も！　……あ。やめて」

ジゼラは声を上げて泣きだした。こんなおにいさまはいやだった。離れたい。見たくない。怖くて怖くてしかたがない。そんなふうに大好きな彼に思ってしまうのが悲しくて、つらかった。

「……やめてください……」

でも、やめてはもらえない。彼はジゼラを果てさせることばかりに執着した。

「あ！　おにいさま……もう」

しゃくりあげて、ジゼラは顔を手で覆う。

「……誰が顔を隠していいって言ったの。ぼくを見て」

ゆるゆると手を外せば、冷えたまなざしにかち合った。彼は濡れた口もとを甲で拭ってから言った。

「わがままだね、きみがさわれと言ったんだ。やめないよ」

またジゼラの秘部にむしゃぶりついた。

部屋にひびくジゼラの声。官能と悲痛がごちゃまぜだ。

時が経ち、ジゼラのむせび泣く声がかすれるころには、あふれて噴き出したジゼラの液をまともに浴びた彼の髪や顔は、雨に降られたようにべったりと濡れていた。

「逃がしてやらない、ぜったいに」

瞳に険悪な色をのせ、彼はゆっくり舌なめずりをした。

彼は力がまったく入らないジゼラをうつ伏せにさせていた。腕でおなかを上に上げ、ひざを曲げさせ、ジゼラにお尻を突き出させた。

視線を感じてジゼラが弱々しく目で追えば、彼は仄暗い表情で、ぐずぐずな秘部と、うしろのすぼみを見つめていた。

「ここ、まだぼくを知らないいね。……知るべきだよね、どこもかしこもぐちゃぐちゃに犯してあげる」

ジゼラのぬかるみに、張りつめたこわばりがぴちゃぴちゃと押し当たる。

「離れるなんてゆるさない」

秘部にぬちゃりと反り勃つ彼を穿たれて、子宮近くをこすられて、ジゼラはすぐにけいれんし、また高みに追いやられていった。口から唾液がこぼれるほどのすさまじすぎる衝撃だ。けれど、同時に彼の指がジゼラの後孔に侵入し、固い肉壁をかき分けていく。無理に埋められ、ジゼラは痛みに恐怖した。

「あ、……あ……！」

ジゼラはそこは違うと言いたいけれど、うまく言葉にできなかった。

「汚してあげる」

彼は笑う。底冷えするほどの、凍てつくうつくしい笑みだった。

「二度と出られないように、壊してあげる」

ジゼラは彼の冷たさに、凍えて身をふるわせた。やさしさのかけらもない言葉が、行為が、まなざしが、ジゼラを切りつける。

そして、さらに。

「……きみが憎い」

ジゼラの瞳は見開かれた。

みるみるうちに視界がにじんで見えなくなった。ぼたぼたと、ジゼラの目からこぼれるものは、シーツに染みを作っていった。とめどなく、あふれて伝って落ちていく。

「復讐だ」

彼が吐いた復讐という言葉は、呪縛のようにジゼラの心をがんじがらめにした。固くこぶしをにぎりしめ、ふるえながらも、ジゼラはいまなお続く律動に耐えている。

一体なにをしてしまったのかがわからない。でも、これは復讐なのだ。ジゼラは彼に憎まれている。だからしかたがないことだ。

ジゼラは視線をさまよわせ、ちょうど燃えつきそうなろうそくに目を留めた。簡素な燭台の上では、すうと儚く火は消えて、芯からけむりが立ちのぼる。部屋が一段と暗くなる。

ジゼラは過去を思い出す。

孤独のなかで、胸にひびいたやさしい言葉、手のぬくもり。大好きな、きれいな目。彼との生活はしあわせすぎるものだった。

だからこそ彼の無体が、ジゼラをしたたか打ちのめす。

ジゼラは声を殺して泣いていた。背後から耳に届くのは感情なく彼がジゼラに重なり打つ音だ。止む気配のない乱暴な抽送と、後孔に侵入している指がジゼラの内部を圧迫し、苦しめる。

本来は、受け入れる機能をもたない固い肉が、無理やり二本の指で広げられている。秘部は彼の陰部に突かれてきしみを上げている。

涙が次々と伝ってくるのは、つらぬく痛みからではない。

胸が苦しくて、せつなくて張り裂けそうで。

彼がいない。つかめない。触れ合う肌のぬくもりは、ジゼラのおなかに巻きつき、動かぬように押さえる腕と、秘部を穿つ彼の熱い一部だけ。

寒かった。

いま目の前に彼が見えなくて、あの大好きな瞳が見えなくて、顔が見えなくて、ぎゅっと抱きつくことができない。ジゼラの手が触れられるのは、冷たいシーツだけだった。

ジゼラはシーツをわしづかむ。

目を固く閉じれば、またほほに涙が滴った。止まらない。

「う……うう」

むき出しの背中に、熱い息が降りかかる。

彼が一瞬こわばって、ジゼラのなかに熱がはじけて広がった。

すぐに彼が出て行った。しかし彼はジゼラをシーツに縫いとめて、ぬかるむ秘部に指を入れて、そのぬるつく液を後孔にしきりに塗っていく。ぐちゅりと卑猥な音をともなって、なかの肉をかいている。

ジゼラは身をよじり、彼と向き合おうと考えた。向き合って、話したい。ゆるしを乞いたい。ぎゅっとしたい。彼のためになんでもしたい。

もう、うしろはいやだった。彼が見たい。目を見たい。

だが、身じろぐジゼラの行動は、別の意図ととらえられた。彼にさらなる狂気を植えつ

けた。

「離れるつもり？　……逃がさないって、言ったはずだ！」

とたん、ジゼラは首を押さえつけられて、ひゅっと、のどから声が漏れる。ベッドに身体が沈みこむ。

鼓動がどくどくと、壊れそうなほど脈打った。

怖くてしかたがなくて、恐怖に駆られて彼から離れようとした。

けれどすぐに思い返して動きを止めた。

目のはしにとらえた彼の顔は、かつてのジゼラのようだった。

まったく同じ、孤独が見えた。


腕が、きりきりときしんでいる。ジゼラは腕を縄で縛り上げられていた。

手首が痛い。秘部が痛い。

うつ伏せに寝かされて、腰を上げさせられ、入れられる。小刻みに揺すられる。背後からの交接は、まるでけものそのものだ。無感情の往復は、傷に塩をぬりこむようだった。

ひたすら彼によってこすられる。

ジゼラはほほをシーツにつけたまま、しゃくりあげて泣いていた。

熱を帯びた塊が、ジゼラにひたとあてられた。いままでとは違う穴。雄を受け入れるようにはできていない器官に侵入しようと、陰を宿した彼が笑った。

やさしさも、官能も、みじんもない。

だが、最もジゼラが悲しくなったのは、いつの間にか彼が名まえを呼んでくれなくなったことだった。


昼と夜の境目のない部屋のなか、空気はよどみきっていた。

時の感覚はもはやなく、どのくらい時が経過しているのかわからなかった。

部屋を満たすのは、彼のにおいとジゼラのにおい。

ろうそくは灯らないときが多かった。彼が火をつけても時間の経過とともにしぼんでいって、部屋は闇に包まれた。目は、暗がりに慣れていた。

狂ったように彼は行為をやめようとはしなかった。ずっとジゼラのなかにいた。

己をジゼラに刻みつけながら、ジゼラの肌を強く吸い、存在を植えつける。

終始性器はぐずぐずだ。あふれた彼の精液とジゼラの液がまざって垂れて、下腹と足は濡れていた。

はじめてうしろに入れられたあと、すぐに意識を失った。けれど、目を覚ますと、今度は彼はジゼラの膣のなかにいて、腰を振っていた。彼は果てても抜こうとはしなかった。

力を取り戻したなら、すぐに行為は再開される。それからは、疲れ果てたジゼラが気を失うことはしばしばだ。頭のなかは、常に霞がかかっているようだった。

ジゼラは意識があってもなくても、ずっと思いをめぐらせた。

彼がジゼラに渡してくれた、おとぎの国の物語。

さながら王子さまみたいな彼が、うっとりとジゼラに笑みを向けてくる。つられてジゼラも笑顔になって、差し出された彼の手にそっと自身の手を重ねれば、すぐにふわりとあたたかな腕に包まれる。

それは〝しあわせ〟のお話だ。

足もとではアルミロが元気に走り、遠くから、なつかしい歌声が聞こえてきて、ジゼラも一緒に口ずさむ。鼻腔に届くのはいつかの薔薇だ。

陽がきらきらと降りしきるなか、仰いだ空は、彼の瞳のような澄んだ色。白い鳥が飛んでいく。

やさしい声で名まえを呼ばれて彼を見れば、目があって、見つめ合う。

やがてジゼラの唇は、やさしいぬくもりで満たされた。

大好きな、彼の唇を感じて目を閉じる。

——おにいさま、ジゼラはあなたを愛しています。

◇

旧市街にそびえる公衆浴場にて。

　コリント式のフリーズをくぐり、足音をひびかせながら、彼はあわただしく先を急いだ。大股で目指す先は、ステッラ婆さんだ。

　朝も早い時間にあらわれた彼に、老婆は口に運ぶスープをこぼしそうになっていた。

「驚いた。なんだいヴィクトル坊や」

　尋常じゃない様子の彼に、ステッラ婆さんは浮かべていた笑みを消した。

「……あんた、ひどい顔色だ。どうしたんだい」

　彼はだしぬけに老婆の腕をつかみとる。

「婆さん、一緒に来て。ジゼラが……」

「ジゼラ？　嬢ちゃんの具合でもわるいのかい」

「いいから来て！」

　ステッラ・ブルグネティは公衆浴場を経営するかたわら、あまり人には知られていないが、貴族専門の医者でもある。四年前、ごろつきに襲われてぼろぼろになったジゼラを、彼に乞われて診たのは、この老婆だ。

　老婆は拝金主義と言えるが、ヴィクトル坊やの頼みだけは別だった。朝食を放棄して、お気に入りのカメオを胸に装着すると、さっそく出かける支度を調えた。

「わたしの荷物はあんたが持ちな。もう歳だからね、重いものを持っちまうと骨がぽきりと折れかねない。もはや死にかけの年寄りだからね、いたわってもらわないと困るよ」

　彼はだまってステッラ婆さんの荷物を持ち、ふたりは辻馬車に乗りこんだ。彼女はあまりの車体の揺れに、早々に悪態をつく。

「は。これは寿命が縮むほどのとんでもない揺れだね！　なんだってんだい、尻の骨が粉砕しかねない。もっとまともな馬車はないのかい！」

「そうだね」

にべもなく答えた彼に、老婆はため息をついた。

「ねえヴィクトル坊や。あんた、父親にひどい仕返しをしたそうじゃないか」

「どうかな、記憶にないよ」

「しらばっくれてもむださ。いまね、あんたをこぞって買っていた顧客らが、ブラスコ・アルファーノの屋敷に殺到しているんだよ。大変なさわぎさ。ルキーノを返せってね、わめき散らしている。なにを思ったのか女たちはあんたを隠したのはブラスコだと信じている。あの男、妻や愛人たちにも責められている始末さ。ブラスコはね、切羽詰まってわたしにも直接聞きに来たよ。ルキーノはどこにいるんだってね。あいつはあわれにも禿げて狂いかけている。髪は二度と戻らないからね。あんなに豊かだったのに、あのとぼしさはなによりも残酷な仕打ちだよ。まさに悪魔の所業さ」

老婆は楽しげに鶏がらのような足をぶらぶらさせた。

「盛りのついた女ほど怖いものはないよ。股を濡らしながら血眼になってあんたを捜す姿は滑稽だけどね。女はひとりじゃひ弱だが、徒党を組んだとたんにおそろしい力を発揮する。女たちはね、いま、アルファーノ商会の品をボイコットしているんだよ。あんたを返すまではゆるさないってね。あんたもやるじゃないか。父親に天国と地獄を一気に味わわせるなんてね。こんなに楽しけりゃ、おちおち死んでいられない。これだからわたしはあんたが好きなんだ。ほんとうに容赦がない」

彼は流れる景色を見ていたが、その実、ぼんやりしていていてなにも映していなかった。

「ぼくはどうやらあの男がしあわせになるのは、我慢ができないみたいなんだ」

「だろうね。あんたはあいつに捨てられたんだ。悲惨な過去を思えば、あんたがどう仕返ししようと誰も責められやしない。わたしは応援するね。ところで気になる話を聞いたよ」

彼の視線が老婆へ移動する。

「あんた、クレメンテ侯爵を知っているね？　わたしの旧友でね。あの男、近々孫を養女に迎えるって言うんだ。孫というのはね、やつの亡き娘ルクレツィアの子のことさ。ルクレツィアはベルトルド・バーヴァと結婚した。……つまり、わかるね？　孫はジゼラだ」

彼の水色の瞳に、あからさまな動揺が走った。

「警告するよ。嬢ちゃんを手放したくないなら気をつけな。ひとたび侯爵家に行こうものなら二度とあんたのもとには帰らない。帰れないと言ったほうが正しいね。ルクレツィアは主人に逆らわないように育てられた箱入り娘だ。あんたの話を聞くに、嬢ちゃんも母親と同じだね。逆らうことを知らない。なんでも受け入れちまうんだ」

彼はステッラ婆さんの声を聞きながら、ゆっくりまぶたを下ろしていった。

この数日ジゼラを縛り上げ、怒りの衝動のままに犯し尽くしていた。無理やり行為におよび続けて、前からも、うしろからも。朝も、夜も、関係なく一日中責め立てた。まるでバーヴァ邸で画家の女にされたように、欲望のかぎりを尽くしていた。ジゼラの身体をむさぼって、己の快楽だけを追っていた。

このとき彼は初めて男の性を強く意識した。背徳感にもぞくぞくした。気持ちがよすぎて興奮した。おぞましいほどわき立った。それはまぎれもない狂気だ。同時に己のなかのけものを思い知り、吐き気がするほど嫌悪した。激しい後悔がうずまいた。死にたくなるほどの。

うしろからはじめてジゼラを犯したとき、彼女は黒い髪を波打たせ、ふるえながら耐えていた。きっと恨まれるだろうと考えた。思いやりを排除した、自分本位な行為だったから。

けれどはじめは泣いていたジゼラは、その後は一切泣かずにいた。そればかりか目があうたびに、おにいさまと口にして、はにかんだ。そのみどり色は清く澄んだままだった。

見ていられずに目をそらし、ろうそくを吹き消したときもある。

両手を固く縛られて無体を働かれているというのに、ジゼラが彼に言った言葉は正気を疑うものだった。

『おにいさま。縄を、外してくださいますか……』

『逃げるつもり？　言ったでしょう、逃がさない』

『逃げません。でも、この手では……抱きしめられない。わたしは、おにいさまと抱き合いたい……』

そのとき、黒いまつげにふちどられたジゼラの瞳に、みにくい顔が見えた。

まぎれもない、自分の顔だ。

『おにいさま。あなたを抱きしめても、いいですか？』

ぼくは、きみに復讐している。

きみのいまを、未来を、潰している。

奪っている。汚している。

なのに、どうしてきみは——

10. 罪に濡れている

夢を見ていた。

耳に届くのは、遠い昔の歌だった。薔薇が咲く庭で、母が口ずさんでいたバッラータ。やさしいやさしい歌だった。

色あせてしまってはいるけれど、それは大切にしまいこんでいる記憶——もう、夢でしか会えないおかあさま。

ジゼラはまつげを上げていく。剝がれかけた天井の、いつもの眺めがそこにあった。

起きても歌が聞こえていた。けれどそれはおかあさまの歌ではなくて知らない歌だ。しわがれた、聞きなれない声だった。目をさまよわせると、見知らぬ老婆の姿が見えた。

「うた……」

ジゼラが声を出すと、歌が途切れて、窓辺にたたずむ老婆がゆっくり振り向いた。ただでさえしわのある顔を、さらにくしゃりとゆがめて笑う。

「ああ、これかい。きれいな歌だろう？　でもね、ろくでもないんだ。外国の歌でね。娼婦が男に貢いで捨てられて、あのくそ野郎をぶっ殺してやるってね、そんな恨みがましい歌なんだ。のぼせて貢いだやつがばかなのにね。……でもね、旋律は気に入っているんだよ。ちぐはぐだからこそ好きなんだ」

　老婆の言いまわしがおもしろくて、ジゼラは肩をふるわせた。

「あんたには四年前に会ったことがある。覚えてないだろうがね。わたしはステッラ・ブルグネティ……医者だよ。ヴィクトル坊やに頼まれて、あんたを診に来た。ずいぶんきれいな娘になったじゃないか。あの子が隠したがるのもうなずける」

「おばあさん、覚えていなくてごめんなさい」

　老婆は手を払う仕草をする。

「やめとくれ、おばあさんじゃない。それは老けたばばあに対する呼び名だよ。わたしはステッラ婆さんだ。覚えてないのは無理ないよ。あんたはあのとき朦朧《もうろう》としていたからね」

「ステッラさん、ヴィクトル坊やって言ったわ。……おにいさまをご存知なのですね」

　ジゼラのぱっとひらめく瞳を見ながら、老婆はうなずいた。

「ああ、そうだ。あの子がまだちいさな子どもだったころから知っているよ」

「うれしい。おにいさまのお知り合いの方にお会いするのははじめてです」

　ジゼラは幼い彼を想像し、ほほえんだ。きっと天使みたいにかわいいだろう。

「おにいさまの子どものころ……知りたい」

老婆は、ベッドに横たわるジゼラに近づいて、脇にあった椅子にぎしりと腰かけた。

「いつか機会があれば話してやるよ。あの子は望まないだろうがね」

ふいに笑みを消し、まじめな顔つきをして続ける。

「嬢ちゃん、あんた、そんなしあわせそうな顔をして。ヴィクトル坊やをゆるすのかい？」

ジゼラがふしぎそうに首をかしげると、老婆はジゼラの額に手をあてた。

「熱は下がっているね。あんた、昨日はずっとうなされてて、一日中寝こんでいたんだよ」

ジゼラの腕を持ち上げて、あざを指差しながら言う。

「ごらん、この跡。あんたあの子に縄で縛られていたんだ。無体をされていたんだろう？ つらかったんじゃないのかい？ あんたの身体も調べたよ。まったく、ヴィクトル坊やにはあきれるよ。あんたの身体、あの子の所有の証しだらけじゃないか」

昨日、ステッラ婆さんが彼の家にたどり着いたとき、ジゼラは額に汗をにじませて、熱にうなされている状態だった。彼に指示をしてすぐに着替えさせたものの、老婆はジゼラの白い肌に残る痕跡で、ふたりのあいだにあった出来事を聞くまでもなく看破した。

すべてを知っている上で、老婆はジゼラの面ざしに注視した。しかしながら、ジゼラの横顔は凛としていて悲愴《ひそう》感はすこしも見当たらない。

「わたし、おにいさまに無体などされていません。わたしが、わるいことをしたんです。

なのにおにいさまは……わたしに触れてくださいました。……でも」

ジゼラは寂しげに、黒いまつげを伏せていく。

「でも、いまはおにいさまがいないから、ジゼラは……やっぱりおにいさまはわたしのことを」

ステッラ婆さんは、ジゼラのほほを伝う涙に焦りはじめた。

「嬢ちゃん、やめとくれ。なにを泣いてんだい……ヴィクトル坊やなら市場に行かせたよ。今日は雨だからね、あの子が外へ出られる日だ。すこしは外に慣れさせないとね」

「ほんとうに？　……おにいさまは、帰ってくる？」

「安心おし」

老婆はジゼラの黒い髪を梳く。彼のような手つきで、やさしく毛先まで撫でさする。

「ねえ嬢ちゃん、あんたのその顔。よほどあの子が好きなんだね。愛しているのかい？」

「はい。ジゼラはおにいさまが好きです」

ジゼラの口からよどみなく言葉が出てくる。彼には伝えられない言葉だけれど、声に出すと、あらためて自分の気持ちを思い知り、ジゼラはよりいっそう心をこめた。

「おにいさまを、愛しています」

ジゼラは両手を胸にあて、深い呼吸をくり返す。

「ステッラさん。想いは声にすると、ただ想っているよりも、大きくなるものなのですね。胸がどきどきします。わたし、おにいさまに早く会いたい」

「そうかい。……愚かなあの子をゆるしておくれ。あの子はね、ばかで頑固でわからず屋なんだよ。ただのガキだ。よっぽど嬢ちゃんのほうが大人だよ」

老婆はポケットからちいさな瓶を取り出して、ジゼラに握らせた。

「もうじきあの子が帰ってくるよ。涙を拭いて服を着替えてきな。それからね、この瓶のなかのくすりを塗るんだ。身体の赤いところや痛いところにね。塗ればすぐに治るさ。塗りにくければ、ヴィクトル坊やに頼みな」


ジゼラはステッラ婆さんがハーブを摘みに出かけたあと、言いつけに従って、くすりの瓶のふたを開け、患部に塗ろうとしたけれど、どこに塗っていいのかわからず途方にくれていた。

無理もない、彼とジゼラが住む家では鏡は禁じられていて己を映せない。赤いところがわからなかった。

鏡がない理由は簡単だ。自身の白い姿を心底忌む彼は、鏡を見ると割りたい衝動に駆られてしまう。人になりそこなった色のない身を、一瞬たりとも目に映したくはないと、根強く思っているからだ。

よってジゼラは家が没落して以来、自分を知らずに生きている。この四年のあいだに成長し、魅力を増した顔も、大人になりつつあるつややめく身体も、なんら気にすることなく、すべてを彼にゆだねている。

やがて人の気配を感じて、ジゼラはゆっくり振り向いた。うしろに立つのは彼だった。彼は裸のまま部屋に立ちつくしていたジゼラを見ている。

彼が口を開く前に、うれしくなったジゼラは駆け寄って、ぎゅっと彼を抱きしめた。

「おにいさま」

すぐに彼からも抱きしめられて、ジゼラの胸は高鳴った。よろこびが倍増しだ。

「おにいさま、ごめんなさい」

ジゼラの黒髪に顔をうずめた彼は、苦しそうに吐き出した。

「どうしてきみがあやまるの……」

「おにいさま、ゆるしてくれる？」

「きみはなにもわるくないのに。……くすりを塗るんでしょう？　ぼくが塗るよ」

ジゼラが彼に瓶を渡せば、彼は指で軟膏をすくいとる。しばらく見つめたあとで、ジゼラの手首にすりこんだ。くっきり残る縄のあとを、ていねいに撫でさする。

「痛かった？」

ジゼラはちいさく首を振る。その返答が、彼にはつらいものだとは思わなかった。

彼は暖炉のそばまでジゼラを誘導し、くすりを手に取り、ジゼラの肌に触れていく。きめ細やかで、あたたかい。はじけるような弾力をもつ、毎日触れてきた肌だ。彼の指は、自身が痛めつけたところへ、赤くなったところへ、いたわりをこめてすべらされる。

彼はジゼラの肌につけた、無数の所有の証しにも触れた。誰にも渡したくなくて、はじめてつけた赤い花。くすりをつけて消していく。ジゼラの可憐な胸の先、淡く色づくそこにもそっとすりこんだ。脚を開かせ、これまで何度も清めた秘部にもていねいに。そして、無理やり自身を入れた、ジゼラの後孔。赤くなったそこにもくすりを塗りつけた。

いっそ責めてほしかった。なじってほしかった。でも、ジゼラは逆らうことを知らないのだ。

「……ごめん」

「おにいさま。わるい子だった、ジゼラがいけないの」

「くすり、塗り終わったよ。すこしだけじっとしていて」

彼はジゼラを引き寄せて、両手で包んで抱きしめた。腕に力をこめていく。

背に回されたジゼラの手を感じて、耐えられずに目を閉じた。

「おにいさま、ふるえていらっしゃる？」

「……ふるえてないよ」

「ほんとう？　寒いなら、ジゼラがあたためるわ」

ジゼラの指が、彼の服に食いこんだ。

そんなジゼラが気づかぬところで、彼は激しくうずまく感情を、激情を、必死な思いで

消していた。

走馬灯のようにめぐる記憶たち。

最後によぎるのは、仰ぎ見た子爵邸の階段からあらわれた、出会ったときのちいさなジゼラだ。つややかな黒い髪、汚れを知らないみどり色。花びらみたいなかわいらしい化粧着は、ほんとうのお姫さまのようだった。

彼は、声には出さずに、唇だけを動かした。

――ジゼラ……ぼくから解放してあげる。しあわせに、なるんだよ。

このちいさな家で、はじめておにいさま以外の人を含めて囲んだ食卓は、ジゼラには新鮮で、笑みが絶えないものになっていた。ステッラ婆さんが楽しい人であるのはもちろんのこと、子爵邸で閉じこめられて育ったジゼラは、誰かと一緒の食事が大いに気に入った。言うまでもなく、おにいさまとふたりの食事もとっても大好きだ。

朝食後、公衆浴場に帰ると宣言したステッラ婆さんは、彼ではなくジゼラに見送りを依頼した。老婆が大好きになっていたジゼラは依頼を歓迎し、老婆が馬車に乗りこむまで見送ることにした。いつもは外出を渋る彼も、今日は笑顔とともに同意した。

「ジゼラ、わたしはあんたを気に入ったよ。あんたはいい子だ。ねえヴィクトル坊や、そう思うだろう？」

「ぼくに振るの？　婆さん、あのさ、彼女がいい子なのはわかりきっているよ」

そんな会話にこそばゆくなり、ジゼラはほほを染め、もじもじとまとうスカートをいじくった。

「照れているの？」

彼に指摘されてしまえば、困ったことに、ますますジゼラの火照りはひどくなる。

「……おにいさま、言わないで」

おだやかに流れる時だった。ジゼラはとてもしあわせだった。

彼がくすりを塗ってくれたところは、気のせいかもしれないけれど、ぽかぽかしていていジゼラをあたためてくれていた。いまだに彼の指の感触が残っている気がして、時々顔がほころんだ。

家から出ても、身体はぬくもりに包まれたままだった。まるであの手で抱きしめられているかのようだった。

しとしとと霧雨が降りしきるなかを、ステッラ婆さんとふたりで歩いているときも、馬車が行き交う大通りにさしかかり、老婆が辻馬車を呼び止めたときも、彼を近くに感じて、終始胸ははずんでいた。

ジゼラが我に返ったのは、馬車に乗りこむ寸前に、深々とため息をついた老婆が、独りごちたときだった。

「あの子はばかだ。どうしようもなく愚かだよ……。わたしに、こんな役目を押しつけるなんてね」

ジゼラがふしぎそうに目をまたたかせて、老婆をうかがえば、するどい視線が返された。

ジゼラは息を吸いこんだ。

「ジゼラや、よくお聞き。困ったことが起きたら、旧市街の公衆浴場に来な。いいね、忘れるんじゃないよ、旧市街の公衆浴場だ。ひとりで耐えずに、わたしのところへ来な。……さあ、よく顔を見せとくれ」

言われるがまま老婆の方に近づけば、彼女にしゃがむように指示されて、額に唇がくっついた。まるでおにいさまみたいなキスだと、ジゼラは思った。

「あんたはこの先、逆らうことを知らなければいけない。自分の意志を貫き通すすべを身につけなければいけない。いいかい、与えられたものだけで我慢して、しかたがないとあきらめて生きるのは、生きているようでいて死んでいるようなものなんだ。そんなものは人じゃない、植物だ。水とこやしをひたすら待つだけのただの花だ。せっかく人に生まれてきたんだ、ただの花になるんじゃない。みつばちは来ないよ。ジゼラ、生きるんだ。ほしいものはほしいという気概を見せな。意志の強さを手に入れな。現状に甘んじていてはいけないよ。もがくんだ。この先、なにが起きても。しあわせは人から与えられるものじゃない。自分でつかむものなんだ。わたしの言葉を忘れるんじゃないよ、いいね」

ジゼラは辻馬車に乗りこむステッラ婆さんの背中を見送って、馬車が去るのをちいさくなるまで見届けた。ずっと涙はあふれて止まらずに、何度も袖で目を拭う。どうして涙が出るのだろう。どうしておばあさんはジゼラに言い聞かせたのだろう。どうしてと、思えば思うほど、得体のしれない不安が迫り来る。

——おにいさま。

家の扉が閉まる間際に見えた彼の顔を思い出す。

ジゼラはみどりの瞳を、こぼれんばかりに見開いた。きびすを返して駆け出した。無我夢中で足を動かした。泥がはねてもかまわない。濡れたって、転んだってかまわない。早く家に帰らなければ。早く彼に会わなければ。

おにいさま！

けれど無情にも、ジゼラの願いは絶たれてしまう。

「ジゼラさん、やっと会えた。心配しましたよ」

がむしゃらに走るジゼラのすこし前で、二頭立ての豪奢な馬車が停車した。扉から顔を出すのは、先日はじめて会った、アレッシオという名の青年だ。

ジゼラの心臓は、否応なしに跳びはねた。きりきりする。

「毎日あなたを捜していたのです。昨夜、侯爵からここで待っていれば、あなたが来ると聞いていましたが——うそではなくて安心しましたよ。さあ、乗ってください」

差し出された手をとろうとはせず、ジゼラは首を振って拒絶する。

息が切れて声が出しにくいけれど、必死にふりしぼった。

「わたしは、家に帰ります」

「家？　あなたの家はクレメンテ侯爵邸です。……いいえ、もはやぼくの家があなたの家です。従ってください。ぼくはあなたに約束を反故《ほご》にされ、少々気が立っているのですよ。ずっと待っていたのですから。ね、あなたに怖い思いをさせたくはない」

アレッシオの腕に囲われて、ジゼラは目と鼻の先で見下ろされていた。

ぎらつく目がジゼラを舐めるように見定めて、視線が下へと移動する。ふしぎに思ったジゼラがアレッシオの目をたどれば、己の胸に行き着いた。

いま着ている服はずいぶん着古した粗末なものだ。下着もたよりないものだ。そのため雨に濡れたジゼラの胸は、生地ごしでも突起が己を主張している。

あわててジゼラが胸を隠せば、アレッシオののどの尖りが、音を立ててごくりと動いて怖くなる。

だしぬけに両の腕をアレッシオにとらえられ、そのまま左右に開かされ、ジゼラは真っ赤な顔でうろたえた。裸を見られているような気がして、羞恥が一気にせり上がる。

「……放してください」

「かわいいですね、すべてがぼく好みですよ」

やはり胸に視線を感じて、ジゼラはわないた。アレッシオを見ていられなくて、顔をうつむけて口にする。

「見ないで……」

「ジゼラさん、すでにあなたはぼくのものです。ぼくには見る権利がある」

つんと胸の先に指を置かれて、びっくりしたジゼラは後ずさろうとしたけれど、すぐにアレッシオに腰をとらえられる。

「ジゼラさん、わかっていますか？　そのような服はいけませんね。それを見ていいのはぼくだけですから。これ以上ほかの男にかわいい胸を見られる前に、ぼくがあなたに合う服を選んで差し上げます。さあ、行きましょう」

言葉の途中でジゼラはアレッシオに抱えられていた。

いまだアレッシオの目はジゼラの胸に落とされていて、ジゼラは戦慄した。

「やめてください」

「やめて……」

「うつくしい方、あなたに否定の言葉は似合わない。あなたはその可憐な唇で、ただうっとりとほほえんでいればいいのです。そうすれば、ぼくはあなたのためならなんでもして差し上げる。月とて手に入れてみせますよ」

ジゼラは車内で、降ろしてほしい、家に帰ると訴えかけて、強引に馬車から出ようと試みたが、その都度アレッシオと従者のラウロのふたりがかりで止められて、すべてが徒労に終わっていた。家から距離が遠ざかれば遠ざかるほど、現実を思い知り、ますます追いつめられていた。車窓を流れる景色など、もはや怖くて見ていられない。

無情にも馬車は速度をゆるめることなく走り続け、旧市街を突っ切って、広がる世界は新市街だった。そして、ようやく馬車が停車したと思ったのもつかの間、ジゼラはアレッシオに抱え上げられて、洗練された服飾店に連れて行かれた。

アレッシオは常連客なのだろう。店は貴族の夫人や令嬢たちでにぎわっているにもかかわらず、すぐに店主が応対した。

「まあ、アレッシオさま」

店主はジゼラを一べつし、みすぼらしい格好に表情をくもらせたものの、すぐに笑顔を浮かべてみせた。

「こちらのご婦人は」

「彼女は少々変わった趣味をしていてね。今日は町娘に扮しているが、ぼくの婚約者でありクレメンテ侯爵令嬢だ。そのつもりでふさわしい装いを頼む」

ジゼラはあわてて口をはさんだ。

「アレッシオさん、わたし、ドレスは」

「ジゼラ、きみのおじいさまの前でその格好はだめだ。わかるね？」

威圧的な物言いに、ジゼラは萎縮してしまう。逆らうことを知らないジゼラは、従うしかなくなった。

「では、採寸をいたしますわ。ジゼラさま、どうぞこちらへ」

通されたのは試着室だ。ジゼラは店主とふたりきりになっていた。このとき店主は、笑顔でてきぱきと胸や腰を採寸していたものの、ふるえるジゼラを横抱きにしてあらわれたアレッシオを思い出し、内心ひどく軽蔑していた。

ジゼラの裸を目の当たりにした店主は思う。

一部の貴族はお盛んだと聞くけれど、それにしてもジゼラの身体についた痛ましい痕はひどいものだ。あの好青年然とした伯爵家の嫡男は、婚姻前にもかかわらず、この幼気《いたいけ》な少女を無理やり縛り上げてむさぼったのだ。手に残る縄の跡と、身体中の生々しい情事の跡が動かぬ証拠だ。

店主はさりげなさを装って、ジゼラにちいさく耳打ちした。

「ジゼラさま、今日は準備ができておらず、むずかしいですが、明日以降なら万全に支度いたしますわ」

その言わんとするところがわからず、ジゼラが店主を見つめれば、続けて彼女は口にする。

「わたくしはドミツィアーナと申します。この店には隠し扉がございますの。様々な悩みの相談に応じ、解決できる空間となっていますわ。いまは繁盛期ですからふさがっておりますが。力でかなわぬ婦人が泣き寝入りなどもってのほかです。男性が優位な社会にわたくしは、もう我慢ができませんの。これ以上やつらをのさばらせてはだめですわ」

ジゼラは両手を店主に包まれて、まばたきをくり返した。

「ジゼラさま、いまこそ婦人は立ち上がるときですわ。わたくしが匿《かくま》い、仲間を紹介いたします。婦女暴行はゆるしがたい暴挙ですわ。こらしめてやりましょう」

採寸を終え、ドレスを着つけられているときも、店主はジゼラに未来の国のあり方を熱く説いていたけれど、ジゼラにはむずかしい話であったため、あまり理解できずにいた。

最後に店主はこう言った。

「また、お待ちしておりますわ。明日以降に」

11　風が吹いている

服飾店にてドレスを購入したアレッシオは、そのまま馬車を侯爵邸まで走らせて、レモン色のドレスをまとうジゼラとともに降り立った。ジゼラの黒い髪は同色のリボンでまとめられ、その出で立ちはもはや町娘ではなく、どこから見ても令嬢だ。灰色のフロック・コートのアレッシオと合わさると、さらに品よく映えていて、目にした者は「おふたりはお似合いです」と口にするほどだった。実際、好青年然としたさわやかなアレッシオと、愁《うれ》いを帯びた儚げなジゼラは、その対比が絶妙で、しっくりなじんで目を引いた。

アレッシオはジゼラの手を腕にのせさせて、堂々たるさまで彼女をエスコートする。以前侯爵邸に来た際は、固く閉ざされてなかなか開かなかった重厚な扉も、孫娘を連れているいまは、歓迎されて魔法のように開かれた。数多い侯爵家の使用人たちも、一様に頭を下げてふたりを受け入れた。

玄関ホールに掲げられている大きな肖像画のとおり、常にいかめしいクレメンテ侯爵も、孫の前ではかたなしらしい。アレッシオの目前で、ほがらかに両手を広げてジゼラを抱きしめて、ほほに熱烈なキスを施した。これほどまでにジゼラを溺愛しているとは思わなかったアレッシオは、だんだんといやな予感がしてきてくらくらした。

そのいやな予感は的中した。アレッシオは、ジゼラを屋敷に連れ帰ろうと思っていたのに、侯爵は結婚するその日まで、孫は自身の手もとに置いておくと宣言した。

このくそじじいめと内心思いながら、アレッシオはジゼラの甲にうやうやしく口づけを残すと、しぶしぶ侯爵邸をあとにした。

残されたジゼラは祖父の歓迎を受けたものの上の空になっていた。目の前に広がる絢爛豪華なありさまや、かけられた言葉や抱擁は、なにも心にひびかない。うつくしいドレスもきらめく宝石も興味が持てず、ジゼラにはどうでもいいものだった。彼女の脳裏をよぎるのは、おにいさまの姿だ。ジゼラは彼しかほしくない。彼さえいればよかった。

長いテーブルでいただく食事は銀や白磁の高価な皿にのせられて、贅沢な食材で彩られたコース料理だったけれど、見ばえがよくても冷めていた。ジゼラは食が進まない。やはり、考えるのはおにいさまと暮らした家でのことだ。家で彼と食べる、湯気の立つ作り立ての料理が一番おいしく食べられる。今朝、せまいテーブルで彼とおばあさんとで食べた、熱々のスープやパンのほうが好きだった。

おじいさまは乳白色を基調とするかわいい部屋をジゼラに与えてくれていた。家具も壁に合わせて白く作られ、差し色はごく淡い水色だ。おとぎのような色づかい。奇しくもおにいさまのような色合いだ。けれど居心地がわるかった。たとえどんな部屋でも同じだろう。彼がいないからだ。ジゼラは、陽の当たらないせまい古ぼけた部屋が好きだった。みすぼらしい壁に剝がれかけた天井の、あの家だ。大きなベッドはジゼラにとっては広すぎる。ちいさなベッドで彼とふたり、抱き合いながら眠りたい。

ジゼラは観音開きの窓を開いて夜空を仰いだ。どんよりと、雲で覆われて星は見えない。そんな分厚い雲をつきやぶり、星々にこの想いが届けばいいと願った。——家に帰りたい。しかし、ジゼラはステッラ婆さんの言葉やおにいさまの面ざしから、迎えが来ないとわかっていた。助けは来ないのだ。

ジゼラの着替えを手伝う使用人たちは、ジゼラの身体の情事のあとを知ってはいたけれど、黙々と業務をこなすだけだった。だが、侯爵やジゼラの見えないところでは、ジゼラをみだらな孫だとうわさしているのを知っていた。実際、ジゼラは彼を想い、反論できないことをした。

夜になると、ジゼラは強くおにいさまを思い出し、広いベッドで縮こまり、泣いてばかりで過ごしていた。ベッドの上部にたくさん重ねられたクッションを彼に見立てては、そっと撫でて、キスをした。

時が流れて、ジゼラの身体から、縄の跡や所有の証しが消えたころには、ジゼラは化粘着のなかに手をしのばせて、彼に触れるのを禁じられていた秘された芽を慰めるようになっていた。彼を感じたいからだ。他人から見れば自慰でしかない行為だが、ジゼラにとっては離れた彼と唯一繋がれる行為だった。時には裸になってあお向けで、両手で己をいじめぬいた。

このときばかりはジゼラの手は、おにいさまの手になった。ジゼラの息づかいは彼のもの。彼をそばで感じられた。声が聞こえる気さえした。ジゼラは目を閉じ、会いたくて、狂いそうで、むせび泣いてばかりいた。ずいぶん涙もろくなっていた。

己の体液で濡れた手を見たジゼラは、彼がすすっていたのを思い出し、ぺろりと舐めてみたことがある。でも、ぜんぜんおいしくないと知り、悲しくなってまた泣いた。

おにいさまに会いたい。つながりたい。キスがしたい。

離れてみて、よりいっそう気持ちが大きくなっていた。

ジゼラはおにいさまが好き。大好きだ。愛している。心の底から愛している。

次におにいさまに会えたなら、ぜったいに離れない。そう心に決めていた。

毎日かかさずアレッシオから贈り物が届けられ、そればかりか祖父からもたくさん贈られて、ジゼラの部屋は色とりどりのプレゼントであふれていた。花、お菓子、宝石、人形、ドレス、くつ……いずれも洗練されていた。けれどジゼラはそれを見るたびに、おにいさまが遠くなる気がして、触れることはおろか近づくことさえできずにいた。

ジゼラはステッラ婆さんが残した言葉をたびたび思い出しては反芻《はんすう》した。その言葉はこれまでジゼラに植えつけられたものとは真逆のもので、言葉のもつ意味をじっくり考えた。あきらめてはいけないと、自分自身に言い聞かせた。

日中は、祖父と庭に出て、散歩をすることが多かった。家に帰りたいと訴えなければ、祖父はジゼラにとてもやさしい人だった。残りの時間はひたすら学びに費やした。家庭教師も数人いた。きびしい教師たちからは、なにもできない娘だとなじられることもあるけれど、自分は近々このお屋敷を去って家に帰るのだからと、おにいさまを励みにがんばった。

ジゼラは日々逃げ出すチャンスをうかがった。しかし機会はなかなか訪れなくて、焦りだけが降り積もる。どうすれば帰れるだろう。良い考えがすこしも思いつかずに、ジゼラは今日を過ごしていた。

とはいえ虚無ばかりを感じていたわけではない。ジゼラには、侯爵邸で好きな場所がふたつあった。

ひとつは、母の肖像画が置いてある回廊の間。ジゼラは絵の前でたたずみ、母に思いを馳せていた。色あせていた思い出は、色あざやかに開花して、ジゼラは遠い記憶を描くことができていた。

ふたつめは庭にある薔薇園だ。生家であるバーヴァ邸の薔薇の庭は、侯爵家のものを再現していたと知り、ジゼラはうれしくなっていた。父の想いを感じられたからだ。きっと母が寂しくないようにしていたのだろう。

　おとうさまはおかあさまを愛していた。まちがいなく、そう思う。やはり愛はとてもすてきだ。

　ジゼラは祖父と訪れた薔薇園で、母を思い出しては、うろ覚えの歌を口ずさむ。なつかしい旋律を。つまったときは、その都度祖父がジゼラの記憶を補ってくれて、ふたりで歌うこともしばしばあった。時折ベンチに腰かけた祖父に、ひざに乗るよう指示されて、歌をせがまれるときもある。ジゼラは母のまねをして、さも祖父のほんとうの娘のような気持ちで応えていた。

　そんな日が続いていた午後のこと、祖父に応接間に来るよう申しつけられたジゼラは、本を読むのを中断しておもむいた。が、入室するなり目をまるくする。ジゼラを侯爵邸に連れてきた張本人、アレッシオが椅子に座っていたからだ。

　立ち上がったアレッシオは、帽子をとって礼をする。満面の笑みを浮かべて言った。

「ジゼラさん、お会いしたかったですよ」

　ジゼラはちっとも会いたくなかったが、ぎこちなくスカートをつまんで会釈する。そのさまを、初々しい乙女の恥じらいと見た侯爵は、満足げに黒檀のつえをするりと撫でた。

「ジゼラ、おまえの未来の夫、アレッシオが見せたいものがあるそうだ。わたしはいまから来客があって出られないが、おまえは見せてもらいなさい。供には侍女をつけるから、安心して出かけなさい。アレッシオによく従うように。おまえは妻になるのだから」

ジゼラが青ざめてアレッシオを見やれば、ウインクが返された。ジゼラのドレスに隠れているひざは、がくがくとふるえていた。

「さ、行きましょうジゼラさん。――あなたを、ジゼラとお呼びしても？」


アレッシオのエスコートを受けて、ジゼラは馬車まで連れて行かれた。拒否する権利はもはやない。まずはジゼラが、続いてジゼラの侍女ジーノが乗車した。

車内ではアレッシオが上機嫌で話していたが、ジゼラは緊張していて、声は右から左へ素通りしているだけだった。以前、侯爵邸に連れて来られた際に、胸の頂を押されたジゼラは、否が応でもアレッシオを警戒する。

目当ての場所に到着したのだろう、馬車は静かに停車した。

アレッシオはラウロとジーノに待機を命じて、ジゼラのみが連れ出される。

瀟洒な家のノッカーを打ち鳴らしたアレッシオは、ジゼラにそっと耳打ちをした。

「あなたの耳に入る前に伝えておきますが、ここはぼくの元愛人の家です。ああ、誤解しないでくださいね、とうに別れていますから。いまぼくに愛人はいません。この先、あなたひとりですよ。……愛しいジゼラ、あなただけと約束します」

アレッシオが言い終える前にこげ茶の扉がゆっくり開き、なかから艶めかしい婦人が顔を覗かせた。顔つきも身体つきも、性的な印象を人に与える豊満な女性だ。

「アレッシオ、こちらが例のあなたの婚約者？」

不躾にも婦人はジゼラを舐めるように見定める。ジゼラは視線にいたたまれずに、首をすくめてちいさくなった。

「ふうん、初々しい。かわいらしいけど……幼すぎるわ。どうしたの？　あなたの趣味とは思えない。あっちのほうは試してみたの？」

「ガブリエッラ、やめろ！」

笑い声のあと、ガブリエッラは官能的に片眉をつり上げた。

「だってあなた、巨根なうえに絶倫じゃないの。どう見ても華奢なこの子じゃ壊れちゃう」

「よせと言っているだろう！」

ガブリエッラは己のドレスの襟につく、サファイアのブローチを持ち上げて、宝石に音を立ててキスをした。目はアレッシオに向けたまま。

「ねえ、入ったら？　絵を見に来たんでしょう？」

ガブリエッラはなかへといざなうように身をずらした。ほのかに危機を感じたジゼラは入りたくなくて、足をつっぱっていたけれど、抵抗を知ったアレッシオにより、ひょいと抱え上げられて連れて行かれた。心臓がばくばくといやな音を立てだした。

香水が鼻につく。ゆらめく赤いろうそくが、妖しく部屋を照らしていた。

赤い壁、家具はすべて黒で統一されていて、男性的でもあり女性的。どこか退廃的でもある奇妙な部屋だった。とても落ち着かない気分にさせられる。

ジゼラはアレッシオに長椅子に座らされて、そのとなりにぴたりと寄り添うようにして、アレッシオも腰かけた。ジゼラが身じろぎすれば、不埒な手はすぐにジゼラのひざにのびてきて、ジゼラは息をするどく吸いこんだ。

「ぼくはこの先あなたのとなりに座る際、こうして手を置きます。早く慣れてくださいね」

「そんな……わたし」

「慣れてください」

ジゼラは目を伏せ、アレッシオの手を見下ろした。じわりとひざに伝わる体温が、不気味なものに感じられた。

「そんなに緊張しないでください、かわいい方。ぼくはあなたの未来の夫です。触れるのは当然ですからね。妻は夫に触れられてこそです。愛情だと思ってくださいね」

ジゼラにさわやかに笑むアレッシオは、ガブリエッラが向かいに足を組んで座るのを見届けると、ぞんざいにあごをしゃくって指図した。

「ガブリエッラ、ルキーノ・ブレガの話をしてくれ」

ジゼラは心当たりがない名まえに、眉をひそめてアレッシオをちらと見た。

視線に気づいたアレッシオの目は、楽しげにすがめられた。

「ルキーノ・ブレガは上流階級のご婦人方がこぞって買う男娼ですよ。しばらく行方知れずになっていますが……。ここにいるガブリエッラも買っているのです」

「……アレッシオさんは、わたしもそのルキーノさんを、買えばいいと思っているのですか？　だからお話を聞かせるのですか？　でも、わたしは」

「まさか！　ジゼラに男娼などゆるすはずがないでしょう？　ぼくはあなたを愛しています。あなたの相手は夫であるぼくだけですからね。心配せずとも、あなたを欲求不満に陥らせる気はないですよ。毎夜あなたを放しません」

ますます話が見えなくなり、困惑するジゼラをしり目に、アレッシオはガブリエッラに流し目をして言った。

「ジゼラにもわかりやすく詳細を話してくれ」

「セックスについて話せばいいのね」

ジゼラがセックスの言葉にこわばっているかたわらで、ガブリエッラは絶世の美貌を誇る青年、ルキーノ・ブレガと自身のまぐわいを、うっとりと己の豊かな乳房に触れながら語りだした。抱擁と、接吻と、口淫と……

ジゼラはなぜいま自分がこの場にいるのかわからずに、ずっと顔をうつむけていた。早くここから立ち去りたい。心のなかで、おにいさまのことを考えて、彼に助けを求めていた。ほほえみながら、もうだいじょうぶだよと、頭を撫でてほしかった。

ようやくガブリエッラの話が終わりを迎えると、ジゼラのひざに置かれたアレッシオの手が、ひざから腿《もも》へとねっとりと撫であげ、ジゼラの足を露出させた。突然の出来事に、ジゼラは反応できずに固まった。

「ジゼラ、立ってください。絵を見せてもらいましょう」

「……結構です」

「むだですよ。ぼくはわがままなあなたも好きですが、抵抗をゆるす気はないんです」

ジゼラはふたたびアレッシオに抱え上げられてしまった。

「こうしてしまえばいいのですから。いつだって抱いて差し上げる。ぼくには権利がありますからね」

「アレッシオさん、下ろしてください」

「あなたはずいぶん細くて軽い。もうすこし肥《こ》えていただかなければ。あなたは最低でもふたりの男児を産まねばなりませんからね、体力をつけていただかないと」

「放してください」

アレッシオはジゼラの言葉を無視してガブリエッラとともに歩きながら続ける。

「クレメンテ侯爵があなたの結婚を急いでいるわけをご存知ですか。彼のご長男一家が三年前に事故で亡くなられ、いまや侯爵の血を引く孫はジゼラだけです。侯爵はあなたの子に爵位を継がせたいのですよ。あなたを愛していますから。そしてぼくもあなたを愛している。ぼくはフロリアーニ伯爵家の嫡男ですからね、こちらも跡継ぎが必要です。ぼくとしてはにぎやかな家庭にしたいですから、たくさん子どもがほしいのです。……ねえジゼラ、ぼくたちは早く睦み合わねばなりませんね。すぐにでも」
恐怖を感じたジゼラは逃げ出したくて身をよじったけれど、見た目以上にがっしりとした腕に捕われてかなわない。覗きこむアレッシオの顔が、にやりと笑みをかたどった。

「さあ、到着しましたよ。ジゼラ、さっそくルキーノ・ブレガの絵を見てみましょうね」

「放して……」

「夫の言うことは聞くものですよ。彼が、ルキーノ・ブレガです」

見たくはないのに、ジゼラの前にはビロードがかかる絵があった。アレッシオの合図によって、ガブリエッラは愛おしそうに、舐めるようにビロードを持ち上げた。

ジゼラは瞠目した。

幻想的な絵画であった。この絵をジゼラは知っている。新しいおかあさまが描いた絵だ。描かれているのは、白い髪、白い肌。水色の目を持つ妖精だ。いつか見た描きかけの絵とは違うけれど、うつくしい妖精……

——おにいさま！

ジゼラはがく然とした。記憶と現実がいま合わさった。信じられない。でもこれは、まちがいなくおにいさま。全裸で横たわる彼だった。

どうしておにいさまの絵が、ジゼラの家にあったのだろう？

どうしておかあさまは、おにいさまを描いていたのだろう？

「ねえジゼラ」

アレッシオは歌うように口にする。

「あなたの友人マレーラ・ベルージは、あなたに兄がいるなんて言っていたのですよ。それはおかしいと思いませんか？　あなたはひとりっ子のはずなのに。ですが、彼女はその兄を見たことがあると言ったのです。気になりましてね、彼女に特徴を細《こま》かく聞いてみたのですよ。とても、細かくね。するとどうでしょう。ぼくのなかで、あなたの兄とこのルキーノ・ブレガが見事にぴたりと重なりました。これはどういうことでしょうね、ジゼラ」

ジゼラはがくがくとふるえはじめた。混乱していてなにも考えられない。ぐちゃぐちゃだ。けれど、いま、ジゼラのなかでは、ガブリエッラが語った情事の話が事細かによみがえっていた。

「興味深いのはこの絵を描いた画家です。あなたの継母、アレッサンドラ・アルティエリ。彼女は四年前に、あなたの家が没落してから消えている。あなたの父上、子爵も。そしてあなたも消えていた……はずでしたが、あなたは男娼ルキーノ・ブレガと住んでいた。ねえジゼラ、子爵邸にルキーノ・ブレガがいたのですか？　あなたたちの関係は？　経緯を聞かせていただきますよ。ぼくは嫉妬深いですからね、あなたに関しては」

ジゼラはなにも答えられずに、放心した。一体、なにが起きているのかわからなかった。

「ちょっと、この子……様子がおかしいわよ」

ガブリエッラはジゼラに顔を近づけて凝視した。反応がなくてほほをつねるが、それでもジゼラは動かない。

「話が違うわ！　ルキーノの居場所を言ってもらわないと……協力した意味がないわよ。わたしのルキーノなんだから、なんとかして！」

アレッシオは猛烈なしかめ面をしてガブリエッラを「だまれ！」と一喝すると、ジゼラを抱えて寝室に移動した。

「アレッシオ、なにをするつもりなの！」

アレッシオは、ついてこようとするガブリエッラが入室するまえに、彼女の鼻先で勢いよく扉を閉めた。


気がつくと、視界に広がっていたのは赤だった。毒々しい赤い色の天井だ。ジゼラは黒いベッドでドレスを着たまま横たわっていた。けれど両ひざは立っていて、脚を大きく開いている。

下腹部が熱を持つ。どくりとうねって熱かった。この感覚を知っている。しかし、激しい違和感を覚えた。

あわててジゼラが身を起こせば、スカートのなかから顔を出したアレッシオが、指をべろりと舐めていた。彼の口もともぬらぬらと妖しく濡れている。

ジゼラは恐怖に駆られて後ずさり、がたがたと身をふるわせた。絶望が襲いくる。

「かわいい方だ、そんなに縮こまって……怯えないでくださいね、ぼくは夫です」

アレッシオはベッドに手をついて、さながら猛獣のようにジゼラににじり寄ってくる。顔に浮かぶのは妖艶な笑み。持ちまえのさわやかさなど、とうに失せている。

「どうしてそれほどまでに怖がるのです。侯爵はぼくたちの外泊を許可していますよ。つまりは、ぼくたちの関係が深まるのを望んでいる。ね、ぼくの手をとって」

差し出された手からジゼラは顔をそむけて、みどりの目をうるませた。

「聞きわけのない子ですね。でもね、ぼくはそんなあなたを愛しています。ああ、そうだ。あなたは男娼と住んでいましたからね、当然調べさせていただきましたよ。指を入れてみました。はじめは一本、次は二本。すぐに根もとまで入りましたよ。やはりあなたは純潔ではなかった」

ジゼラは足首を大きな手でつかまれて、短くさけんだ。

「安心してください、ぼくは処女にはこだわりません。時間をかけてあなたをほぐそうと思っていましたが、いますぐできますね。……あなたはどれほど抱かれたのですか？　なかに出されてしまいましたか？　でもね、すべて塗り替えて差し上げます。ルキーノ・ブレガを消してあげます。あなたはぼくのものですから、早くぼくでいっぱいにしないと。こう見えてもぼくは何度も勃つのです。たくさんしましょうね、ジゼラ」

今度はジゼラは両足首をとらえられ、一気に左右に裂かれた。

「いやっ、やめて！」

ジゼラは足を動かしてもがくけれど、足首を固められていて逃げられない。

アレッシオの顔に、淫猥な笑みが広がった。

「いや！」

「ほら、あなたの性器……見事な薄い桃色です。ぼくはこんなにもうつくしい性器を見たことがない。あなたが目覚めるまでずっと見つめていたのですよ。お尻の穴も、陰核も、陰唇も、なにもかも……あなたはきれいだ。つい先ほどね、舐めてみたのですが、すこし甘みのあるぼく好みの味でした。ずっと奉仕していたくなる……。ぼくに舐められて、ぴくぴく感じてほしがっていて愛らしかったですよ。あなたはすばらしい。感じやすい身体にしたのがあの男娼だと思うと、実に腹立たしいですが」

「いや……いや……」

ジゼラは真っ赤な顔で、やめてとさけびながら、耐えられなくて泣きだした。

頭のなかでは、おにいさま、おにいさまと呼び続けている。

「あなたをいますぐに抱きたい。ぼくの男の象徴は、張りつめて痛いほどですよ。でもあなたは泣いている。ですからジゼラ、取り引きしませんか？　ぼくはいま、あなたの胸が見たいのです。どうしても確かめたい。見せてくれるならこのまま引き下がります。でも見せてくれないのなら、いまから入れます。……どうします？」

ジゼラは激しく首を振って拒絶する。どちらもどうしようもなくいやだった。

「選ばないなら入れますよ。――ね？」

ジゼラは秘部に、熱くぬめりのある一物を押しつけられて、恐慌状態に陥った。アレッシオは、いつの間にか服からそれを出していた。

「おや、このまま入ってしまいそうです。具合を確かめてみましょうか。……入れますね」

「いやっ！　待って！　見せます。見せますから……。やめて！」

ジゼラはむせび泣きながら、ふるえる手で胸のボタンを外していった。もう、捨てばちになるしかなかった。

強い視線を感じるけれど、ジゼラは怖くて確かめられない。まるで視線で焼かれているかのようだった。

「――ああ、きれいだ。透きとおる白い肌に……やはり乳首も乳輪も……薄い桃色できれいです。形もつつましやかで可憐で、まるであなたそのものだ。ぼくが毎日たっぷりと愛でて大きくしてあげますよ。成長が楽しみですね」

つんと指で胸の頂を押されて、ジゼラは跳びはねた。

「ここにキスをさせてください。いま入れないのですから、いいですよね」

「いや……！　いや！」

「こんなに猛った男にあなたは、おあずけを食らわすのですから」

必死に抵抗したけれど、難なくジゼラの脚のあいだに身体を入れたアレッシオに、両手はいともたやすくとらえられ、縫いとめられてしまった。ジゼラの目には、アレッシオが獰猛《どうもう》な野獣のように映っている。

「やめて……くださ」

「乳首がふるえて……かわいいですね。そそられます」

けものめいたアレッシオの目がすがめられた。

「いかせてあげますね」

アレッシオがジゼラの胸に襲いくる。ぬるぬるとした感触がジゼラをさいなみ、やがて予想外のするどい箇所を突かれて、ジゼラはさけんだ。

「いや――――！」

アレッシオに抱えられたまま馬車に乗りこんだジゼラは、歯をかちかちと鳴らしながら怯えきっていた。もはや錯乱状態だ。

アレッシオは素知らぬ顔をしていたが、馬車で待っていた侍女と従者は、いぶかしみの目を向けた。ふたりはジゼラとアレッシオを交互に見やり、口をすぼめたり、額に手をあてたりしては、沈黙が続く馬車の中で途方にくれていた。

「アレッシオさま……あの」

従者のラウロが静寂を破って口にすれば、すかさずアレッシオは声を被せた。

「服飾店に行ってくれ。ぼくのかわいいジゼラにドレスを仕立てるからね」

ジゼラはアレッシオを一切見ずに、ただうつむいたまま己を抱きしめ続けている。そんなジゼラをアレッシオは抱き寄せて、その頭上にほおずりをしてキスをした。

「屋敷に着いたら……たくさん愛し合いましょう。ぼくで塗り替えてあげますよ」


馬車が停車するなり、アレッシオはまたもやジゼラを抱えて降り立った。服飾店の店主はたまたま窓を見ていたため、ふたりの到着に気がついた。店主はにこやかに扉を開けて、「アレッシオさま、ジゼラさま、お待ちしておりましたわ」と歓迎しながら招き入れたが、その固くにぎりしめたこぶしには、太い血管が浮いていた。

アレッシオは鼻先を持ち上げて、店主にジゼラのドレスと化粧着を用意するよう申しつけた。店主は快く請け負ったものの、化粧着と聞いたとたんに、ほほをひくりとひくつかせた。化粧着が否応なしに連想させるもの。――夜――すなわち性交だ。

あれほど痛めつけておきながら……まだむさぼり尽くすつもりだわ！　と考えながら、店主はうっとりとほほえんだ。ジゼラの手を取り、試着室へ誘導する。それは先日訪れたときとは違う部屋なのだが、椅子に座ってジゼラを待つアレッシオは、まったく気づいていなかった。

アレッシオの死角に入ると、店主の笑みは消え失せた。怒りに満ちてまるで魔女のようだった。店主はおぼつかない足取りのジゼラを支え続けていた。ジゼラの様子は見るからに尋常ではないもので、それはますます店主の闘争心に火をつけ燃え上がらせていた。

「ジゼラさま」

ジゼラはゆるゆると目を上げた。ぼんやりとしたまなざしだった。

店主は冷え切ったジゼラの手を、ずっとさすってくれていた。

「ご安心くださいな。いま、わたくしどものほうで、あの野蛮な輩《やから》に薬をお見舞いしてやりましたわ。これで一時間ほどあの男を夢の世界に旅立たせることができましてよ。あの男はここへは来ませんわ。……さあ、相談がありましたら、わたくしに話していただければ、力になります。遠慮なさらないで。これからは婦女は強くあらねばなりません」

ジゼラは幾度かのまばたきのあと、みどりの瞳からしずくを滴らせた。ほほを濡らすジゼラの肩を、店主はそっと抱きしめた。

「なにかおつらいことがありますのね。なんでもおっしゃってくださいな。わたくしはジゼラさまの味方ですわ。ね？」

ジゼラは甲で涙を拭い、店主のドレスをにぎりしめた。無理やり声をしぼり出す。

「……わたし……家に、おにいさまの」

続けようとして、ジゼラはまごついた。ジゼラは地図も、地名も、方角も、位置すらなにも知らないからだ。

「わたし……」

店主は辛抱強くジゼラの先を待ってくれていた。

そのとき、ぐすぐすとしゃくりながら、ジゼラは唯一知っている場所を思い出した。おばあさんがジゼラに教えてくれた場所だ。

「旧市街の……浴場……」

店主は目をまたたかせた。

「旧市街の浴場？　ああ、広場の向かいの公衆浴場ですわね。あそこのブルグネティの塩と泥はとくに気に入っていますわ。すべすべになりますの。週に一度は通っていますわ」

「わたし、いますぐ行きたくて……、ステッラさんの……」

「ええ、ええ」

店主は何度もうなずき、やさしくジゼラの手を取った。

「いいですわよ、お連れいたしますわ。けれどわたくしは店から離れられませんから、馬車を用意させますわね」

ジゼラはお礼を言う前に、感極まって泣きくずれてしまう。

「……わた、し」

「さあ、涙をお拭きになって。そのかわいらしいお顔をわたくしに見せてくださいな」

ジゼラがうつむけていた顔を上げると、店主はハンカチでジゼラの目を押さえてくれた。

「ねえジゼラさま。母の受け売りですけれど、下を向かずに前を見続けていれば、いつかかならず、幸運は訪れますわ。わたくしはそう信じています。前を見続けて、わたくしはこの店を出すことができたのですから。だから背すじをのばしてみてくださいな。ね？」


ジゼラは店主にお礼を告げるときも、服飾店をあとにしたときも、店主が言ってくれたとおりに涙を拭いて、つとめて前を見続けた。旧市街にたどり着き、見知らぬ街を目にしたときにも、彼女の言葉に従った。頭のなかはいまだぐしゃぐしゃだけれど、それでも前を見続けて、ただ、ひたすら彼のことを考えた。

——おにいさま。

だが、ジゼラの身に降りかかったおぞましい出来事は、こびりついて離れない。気を抜けば、闇に囚われるような錯覚に襲われる。悪夢が思い出されて、考えないようにしていても、ふるえてしまう。ジゼラはいまださめやらぬ恐怖と不安でいっぱいだ。

入り組んでいて複雑なつくりの旧市街は、馬車が通れるのは大通りまでで、あとは歩く必要がある。ジゼラは公衆浴場の位置も方向もわからずに、きょろきょろとあたりを見回した。旧市街は人も多くて大きくて迫力があった。すべてが未知だった。なにもかもがうごめいて、迫りくる気がして足がすくんで進まない。夕焼けの逆光のなかにある街が、黒々とそびえ立つ建物が、さらに恐怖を助長した。

　それでも勇気をふりしぼり、怖々だけれど、ジゼラはなんとか足を前に動かした。人に道をたずねては、ゆっくりながらも着実に、公衆浴場に近づいた。やがて目的地にたどり着いたときには、陽は完全に落ちていた。

　ジゼラはしばらく、見事な切妻屋根《ペディメント》を見上げていた。ステッラ婆さんは軽い口調で公衆浴場と言っていたけど、その浴場は暗がりで目にしても、とても立派なものだった。古い時代を思わせる、壮麗な白亜の建築物だ。

　ジゼラは建物のなかを、疲れた足を引きずるように進んでいった。やがて会いたかった老婆の姿をみとめれば、気が抜けて、ひざからがくりとくずれ落ちた。もう、気力も体力もなにもかもが限界だった。

「嬢ちゃん、だいじょうぶかい！」

　ステッラ婆さんはあわてた様子でジゼラのもとに寄ってきて、身体の大きな男を呼び止め、ジゼラの介助を指示した。ジゼラはびくりと身をふるわせたが、老婆が終始語りかけてくれたから、安心することができていた。

　連れて行かれたのは、落ち着きのある若草色の壁の部屋だった。

「よく来たね、心配していたんだよ。寿命が縮むほどにね」

あらためて話しはじめた老婆は、ジゼラを長椅子に誘導してから、グラスをジゼラに持たせてくれた。ジゼラはちいさくほほえんで、「ありがとう」と口にした。

「疲れ果てているじゃないか。なにがあったんだい？」

たちまち脳裏にアレッシオが浮かびあがって、汗がじわりとにじみだす。ジゼラはくつの先を見るようにしてうなだれた。触れられた箇所がずきずきする。

「いえ……わたし……」

言葉につまり、ジゼラはグラスをかたむけた。それはハーブを煎じた水だった。飲み干せば、水さしを持つ老婆により、すぐに水は注ぎ足された。

「ジゼラや、話してごらん。あんた、いまにも泣きそうじゃないか。困ったことがあったから来たんだろう？　あんたはね、まだ幼いんだ。わたしはあんたの何倍も長く生きているからね、あんたよりも知恵がある。いまはその知恵に頼ってみな」

ジゼラはしばらくグラスに映る自分を見下ろしていたけれど、こらえきれずに肩を小刻みにふるわせた。

泣きながら、ぽつりぽつりと今日の出来事を口にする。どうしても、服飾店の店主には言えなかったことも、ステッラ婆さんには包み隠さず話すことができていた。

ジゼラがすべてを話し終えたとき、老婆はひと言、「そうなのかい」とだけ言った。

しわのある手がジゼラの黒い髪にのせられて、ゆっくり上から下まで撫でつける。

「あんた、なにを落ちこむことがある」

思いがけない言葉に、ジゼラは老婆に目を向けた。

「あんたはフロリアーニ伯爵のせがれと戦ったんだ」

力なくうつむいたジゼラは、赤い部屋を思い出すなりおののいた。アレッシオに抵抗してもむだだった。己の無力さを思い知っただけだった。これが戦ったと言えるのか——

「……でも、わたしは……」

「でもじゃない。いいかい、いまの結果を考えな。普通は犯されているところだよ。あんたは戦った。あんたがいま、ここにいるのがなによりの証拠じゃないか。怖かっただろうに、こうして自分を守ったんだ。誇りに思いな。胸を張ればいいんだよ」

「……ステッラさん」

「あの男に触れられたいまいましいところはね、ここは浴場なんだから風呂で洗い流せばいい。わたしの特製の薬草と石けんさえあれば、なんだってきれいになるよ。落ちないものはないと断言できる。ほら立ちな」

ジゼラは老婆に支えられて立ち上がる。腕に感じるぬくもりは、とても心強いものだった。

「それからあんたが見たという絵のことだけどね、話は風呂に入ったあとにしよう。まずはきれいになってきな。着替えは用意しておくよ」

ジゼラは微温浴室《テピダリウム》と高温浴室《カルダリウム》に案内されて、身を清め終わると、老婆と一緒に食事をした。そのあいだ、心ここに在らずといったありさまだ。そんなジゼラを推し量っているかのような目つきをしていた老婆は、頬杖をついて切り出した。

「あんた、義母のアレッサンドラの絵を見たと言っていたね」

ちょうど絵のことを考えていたジゼラは、わずかに目を見開いた。

「わたしはね、事実がどうであれ、あんたの気持ちが一番大事だと思うんだ。いま、どんな気持ちなんだい？　ヴィクトル坊やがルキーノ・ブレガだとしたら、どうするんだい？あの子をどう見るんだい？」

「わたしは……」

ジゼラは手に持つパンを口に入れずに、お皿に戻してうつむいた。

「わたしはおにいさまに秘密があったとしても……どんな事実があったとしても……おにいさまのことしか考えられなくて、そばにいたくて……」

決意をこめて、ひざの上できゅっと手をにぎりしめ、ステッラ婆さんをまっすぐ見る。

「好きです。わたしはおにいさまが、大好きです。おにいさまが、……おにいさまを……愛しています」

「そうかい」

「でも……」

ジゼラは顔をゆがめて、目いっぱいに涙をあふれさせた。

「わたしは、おにいさまに恨まれているから……」

「なんだって？」

老婆はただでさえしわくちゃの顔をさらにしわしわにして身を乗り出した。

「恨まれているわけがないだろう。どうしてそんなあきれた発想ができるんだい」

「だって、おにいさまは、憎いって……わたしに復讐したいって……言った」

老婆はお手上げとばかりに肩をすくめた。

「は。あれか。あのばかな子はあんたにまで言ったのかい。なんて不器用な子だ。復讐なんて笑っちまうね。……いいかいジゼラ、それはね、単なる理由づけさ。あの子はあんたといることを正当なものにしたかっただけだ。まったく、お粗末にもほどがある」

意味がわからず、ジゼラは目をぱちぱちとしばたたいた。

「ジゼラ……あんた、いまの言葉で納得してくれないかい？」

ジゼラは不安げに老婆を見ている。しかし、みどりの目は強い意志の光をたたえている。

「――その顔じゃあ無理か。できればあんたに知らせたくはないんだけどね。あの子の話をするなら、生い立ちから話さなければならない。おのずとあんたにつらい話になってしまうよ。少なからず関わりがあるからね。あんたがあの子を想う気持ちが強ければ強いほど、耐えられないかもしれない。だからねジゼラ。ここであんたに選ばせてやるよ。聞くかい？　やめておくかい？　知らずに生きる道もある。どうする？」

ジゼラはきゅっと唇を引き結ぶ。

「……聞かせてください」

その言葉は好奇心からではなかった。ジゼラはすでに、なにがあっても彼とともに生きていくと決めている。だからこそ知りたいのだ。寄り添いたいのだ。

ステッラ婆さんは長い息を吐き出した。

「話は長くなるから覚悟しな。先に前提として言わせてもらうよ。あんた、この四年、あの子に閉じこめられて生きてきたんだ。あんたがね、あの子に恋をするのは必然だ。あんたにはあの子しかいなかったんだから。あの子なしでは生きられないようにされてきた」

老婆は席を立ち、窓のほうに歩いていった。黒い空を仰ぎながら続ける。

「でもね、あの子にとってもあんただけだ。あの子はあんたのためだけに生きてきた。もともと生きながらに死んでいるような子だったけどね……あんたと出会ってあの子は変わった」

老婆は振り返り、ジゼラをするどく見すえた。

「さて、話はわたしがあの子にはじめて出会ったころまでさかのぼるよ。あの子は過去に囚われている。——こうなりゃ言っちまうけどね。ジゼラ、ルキーノ・ブレガはもうひとりのあの子だよ。あの子が自分を殺して演じ続けた、もうひとりのあの子だ。なぜルキーノ・ブレガが生まれたのか話してやるよ。あの子は人であっても、人間扱いされなかった悲しい子だ。生きながらに殺されていた子なのさ」

夜は完全に更けていた。ジゼラはただでさえ倒れるほどの疲れきった状態だったが、あれから最後まで老婆の話を聞き続けた。

色を持たないために両親に疎まれていた壮絶な生い立ちを。たぐいまれなる美貌を持つために、女にもてあそばれてきた壮絶な過去を。その加害者のひとりは新しいおかあさまだった。ジゼラの家に、二年ものあいだ彼は閉じこめられてきた。同じ屋敷のなかでジゼラはのうのうと生きていた。そして借金取りのごろつきが屋敷に押し入ってきた際、ジゼラを連れ出してくれたのだ。憎い、仇といえる娘にもかかわらず――

ジゼラは蒼白になり、倒れこむように泣きくずれた。

「ジゼラ、落ち着くんだ」

「そんな、おにいさま……おにいさま、いやです。ジゼラはうれしくありません。おにいさまは、わたしに復讐してくれたらよかった……」

こぶしを作ったジゼラは床に手を打ちつけた。自分を痛めつけたかったのだ。なにも知らずに甘えてばかりいた自分が憎くてたまらない。

「おにいさまが身を売るくらいなら、こんな身体、いりません。売ってくれればよかった。どうなってもかまわない。殺されたっていい……。どうしておにいさまは復讐してくれないの！　どうしてジゼラの犠牲になるの！　どうして！」

「ばかだね、まだわからないのかい。あの子ははじめからあんたに復讐なんて考えちゃいないんだ。そればかりかあんたに恨みなんてこれっぽっちもないんだよ。あの子が言う復讐はね、ただの方便さ。あんたを閉じこめてそばに置いておくための言い訳だ。あんたを縛りつけるための言葉だ。考えてごらん、復讐と言ってしまえば理由がつけられる。復讐していているから閉じこめた、復讐しているから抱いたと言える。……あの子はね、平民が貴族の娘を囲ういびつさを十分理解しているんだ。だからね、己の行動を復讐と呼ぶしかなかった」

涙がこぼれていても拭わずに、ジゼラがゆるゆるとステッラ婆さんに顔を向ければ、彼女の目が諭すように細まった。

「あの子は愚かなんだよ。伝え方をろくに知らないばか者だ。そのうえ、まったく素直じゃない。ただ、あんたといたかっただけなのにね。復讐だなんて、こんなにあんたを悩ませちまって……ほんとうにばかな子だ」

老婆はジゼラの前に座り、その肩に手を置いた。

「当時、子爵邸からあんたを救い出したばかりのときにね、ぼろぼろのあんたを前にしてあの子は言っていた。この娘には借金がある。怪我が治れば引き渡さなければいけないってね。わたしはあの子にこう言ったんだ。初潮も迎えていない娘が身体を売るのは酷だ。せめて初潮を迎えるまで待ってやりなってね。かわいそうだけど、あんたを救うには莫大な金が必要だったから、手の施しようがないと思っていた。わたしが立て替えられる額じゃなかった。当然あの子にも無理な額だ。あんたは身を売るしかなかった」

老婆は鼻を鳴らして笑って続ける。

「あんたが初潮を迎えたときの、あの子ときたら。いま思い出しても笑えるね。わたしのところに飛びこんできてね、ジゼラが死んじゃうっておろおろしていた。わたしはね、てっきりあの子はあんたを手放すと思っていたんだ。でもあのうろたえぶりを見て察したよ。あの子が夜出かけるようになったのは、あんたが初潮を迎えてからだ。葛藤はあっただろうが、あの子はあんたを引き渡さずに、あんたの身代わりになることに決めたんだ。なぜだかわかるかい？」

ジゼラはうなだれながら、首を横に振る。床にぼたぼたと涙が落ちた。

「あんたがあの子にとって生きる理由だからさ。あんたがほしかったんだよ、あの子は。普通に生まれていたなら、とっくにあの子は気づいているだろうが、いかんせんあの子は普通のことがわからない。己の想いと行動を復讐と名付けることしかできないんだ」

老婆は、ジゼラの濡れたほほを包みこみ、顔を上げさせた。

「あの子はなにも持たない子だ。失うのが当然な環境で生きてきた。でもね、あんたがあらわれた。自分を犠牲にしてでも守りたいものができたんだ。失うのを恐れていたんだろう。あんたを閉じこめたのは、怖かったんだろう。この四年間、なくさないように、奪われないように、あの子はあんたを隠し続けた。あの子にとって、宝物みたいなものなんだよ、あんたは」

ジゼラは手の甲でしきりに涙を拭うと、よろよろと立ち上がる。

「どうしたんだい？」

「ステッラさん、わたし……おにいさまのもとに行きます。会いたい。……おにいさまのそばにいたい」

　ステッラ婆さんは、まぶしげに目を細めた。

「いまは夜中だ、明日にしな。言っておくけどね、気づいているかもしれないけど、あの子はあんたを手放した。自分の意志でね。侯爵に手引きをしたのはあの子だ。あんたを貴族にもどすと決めたのはあの子だ。あの子はね、わたしを脅《おど》して協力させたんだ。そうするしかないってね、息巻いていた」

　老婆は深々と息を落とした。

「説得してもね、むだだった。あの子は話を聞きやしない。とんでもなく意志が固い子だ」

　ゆるゆるとしゃがんだジゼラは、老婆の服をくしゃくしゃとたぐり寄せ、すがりついた。老婆の服に、涙がにじんで染みていく。

「……おにいさまに、もう会えない？」

「まったく、なぜそうなるんだ。最後まで話を聞きな。それはあんた次第だ」

　老婆はしわしわの手をのばし、愛おしげにジゼラの頭を撫でつける。

「今度はね、あんたがあの子のもとに行けばいい。話せばいい。いいかい、あんたが自分の意志で動くことに意味がある。あんたならあの子を動かせる。頑固なあの子の心を変えられる。……しょせんあの子はあんたがいないと生きていけない子なんだから」

あくる朝、起きたジゼラはふたたびステッラ婆さんとともに食事をした。昨日の夜よりも、朝食はおいしくて残さず食べられた。

複雑なドレスを老婆に手伝ってもらい、きれいに着こんで支度をした。服飾店の店主の言葉を胸に、ジゼラは背すじをのばしてまっすぐ前を見続けた。

「行くのかい？」

「はい。お世話になりました」

「ジゼラ、屈みな」

言われたとおりに従えば、黒い髪をかき分けて、老婆の唇が額に落ちてきた。

ジゼラはぬくもりの残る額に手をあてて、うれしそうにはにかんだ。

「おにいさまも、よくこうしてジゼラの額にキスしてくださいました。ステッラさん、キスをくださり、うれしいです。ありがとう」

老婆は一瞬目を見開いた。

「そうかい、あの子が額にキスをね……」

そのまま目を細めて遠くを見つめた老婆は、ジゼラに言った。

「あんた、あの子に会えたらここに連れて来な。わたしはずいぶんあんたたちのせいで苦労しているんだ。ふたりでねぎらってもらうよ。そうだね、肩でももんでもらおうか。いいね、約束だ」

ステッラ婆さんは、水色のドレスをひるがえして彼のもとへ向かうジゼラの背中を見送った。老婆の顔には笑みが刻まれていて、唇は満足げにゆがめられる。

「……まったく、あの子ときたら。世話がやける」

うるむ目もとに手が運ばれる。

脳裏に浮かぶのは、はじめて会ったころの、まだ十歳の幼いヴィクトルだ。

虐げられてぼろぼろの、やせ細った彼の白い髪をかき分けて、その額にキスを施した。

『きたない！　なんでしわしわの口をぼくのおでこにつけるんだ！』

ヴィクトルはステッラ婆さんを力のかぎりに押し戻そうとした。

『ふん、汚いだって？　このかわいげのないくそガキが！　しわしわなのは当然じゃないか。わたしはばばあだ！』

『見ればわかる。あんたはどこからどう見てもくそばばあだ！』

『うるさいね！　いいかい、額のキスには意味があるんだ。もっとも、わたしが勝手につけた意味だけどね』

『なんだそれ、どんな意味があるっていうんだ』

『大切っていう意味さ。額は人間の急所だ。ナイフでずぶりと刺されりゃ誰だって死んじまう。だからね、大切で守りたい特別な場所なんだ。ヴィクトル坊や、あんたも大切な人ができたらしてやるんだね。目を閉じて、想いをこめるのがコツだよ』

老婆が手をのばせば、その手はむなしく払われた。ヴィクトルは鼻にしわを寄せて大きな声でわめき立てた。

『なにがコツだ！　ぼくに大切な人なんかできるもんか！　みんな死んじまえ！　一生額になんか、キスするもんか！』

老婆は白銀の髪をくしゃくしゃとかき混ぜた。

『言ったね、じゃあ禁止だ！　ほんとうに大切な人ができるまでキスするんじゃないよ！　犬や猫にももちろんだめだ。どんなにかわいかろうとも禁止だ。わかったね！』

12. 愛を知っている

ジゼラは石畳を歩いていた。朝市で、通い慣れた道だった。おにいさまの言いつけどおり走らずに、右と左の足で意識して地を踏みしめて、前へ前へと突き進む。

重苦しい雲が垂れこめた空の下、風がうなりをあげている。吹き荒れる風は行く手をはばんでいるかのようだった。次第に雨粒をも巻きこんで、まるで嵐の様相だ。気づけば髪もドレスも乱れに乱れて、泥がはね、ひどいありさまになっていた。しかし、ジゼラは立ち止まろうとはしなかった。まっすぐ前を見続ける。

――おにいさま……会いたい。

あれから公衆浴場をあとにして、はじめて辻馬車を自分で呼び止め乗りこんだ。古いにおいが充満する馬車の座席は、とうにスプリングが失せていて、車体は激しく揺れたが、それすら気にならないほどに、ジゼラはおにいさまに想いを馳せていた。

ジゼラの犠牲になった、おにいさま。彼は己を汚れと呼んでいたけれど、おにいさまが汚れなのだとしたら、なにも知らずにただすがりついていた自分こそが汚れだろう。

ごめんなさいと思いかけて首を振る。あやまる行為は、彼のこれまでを否定することだ。おにいさまは望まない。きっと……否、ぜったいに。

ジゼラは目を閉じ考えた。だが考えるよりも、思い出があざやかによみがえり、ジゼラのなかを占めていく。それらすべてが、ぽかぽかとした陽だまりのような記憶だ。

白銀の髪に息をのむほどきれいな瞳――まなうらに浮かぶおにいさま。

親に見捨てられたジゼラにあたたかなまなざしを向け、ほほえみかけてくれた人。ぬくもりをくれた人。

彼に愛されたいなど、おこがましいだろう。愛されなくていいのだ。愛はいらない。

想いは人の自由なものだ。自分は自分、想いは自由。彼の想いも自由なものだ。誰も拒否や強制はできない。だからジゼラの想いは、ジゼラのもの。


風も雨もさらに強まり、ずぶ濡れのドレスは鉛のように重かった。

ジゼラは負けまいと坂をのぼりきり、入り組んだ路地を抜けたその先にある、古びた家の前に立つ。

うっそうとした木々に囲まれて、蔦がはびこるちいさな家は、彼の居場所でありジゼラの居場所だった。すこし前までは。

もはやジゼラの手もとに慣れ親しんだ鍵はない。木製の扉は固く閉ざされ、ジゼラを拒絶する。まるでおにいさまとのあいだに立ち塞がっている、分厚い壁を示しているようだ。黒い髪や、身につける令嬢らしいドレスから、水滴が絶えずぽたぽたと落ちていた。吐く息が白かった。

ジゼラは小刻みに身をふるわせた。もし彼に真っ向から激しく拒否されたらと思えば心底怖かった。怖くてしかたがなくて、歯がかちかちと鳴っている。

ふるえる手でこぶしを作り、戸を叩く。

「おにいさま」

返事がない。もう一度叩く。

「ジゼラです。開けてください」

むせびながら、扉にすがりついた。

「おにいさま……」

涙があふれてほほを伝っても、目がぐずぐずになったとしても、絶えず雨が流してくれるのに、寂しさや悲しみだけは流れずに、ジゼラの心を切り刻んだ。

「おねがいです、どうか」

積もる想いに耐えられなくて、ジゼラは両手で扉を打った。

「おにいさま！」

「……帰れ」

彼の声だ。ジゼラはうれしくて扉にひたとほほをつける。扉ごしに彼がいる。

「おにいさま……開けてください。ジゼラは」

「だめだ、帰れ」

すげない言葉がジゼラに突き刺さる。息が上がり、ジゼラは苦しげに胸をつかんだ。

「待ちます。開けていただけるまで、いつまでも」

「帰れ。……帰ってくれ」

「いやです！　ここにいたい……おにいさまと一緒にいたい。ジゼラの家はこの家です。帰る場所はこの家です。おにいさまのそばに、どうか、おにいさま！」

とめどなく涙が出てきて止まらない。しゃくりあげ、ついにはジゼラは子どものように、なりふり構わずわあわあと泣きだした。

「おにいさま！　おにいさま！」

扉にこぶしを叩きつける。何度でも。

「ジゼラを捨てないで！　おねがいだから」

血がにじむのも構わずジゼラは扉を打っている。

「わるい子でごめんなさい……いい子にする！　いい子にするから、だから捨てないで！」

そのとき、扉ごしに低いうめき声がした。

「ジゼラ……」

「おにいさま！」

「……扉が開けばきみは、二度とここを出られない」

ジゼラは必死にうなずいた。

「出られなくていい。一緒にいたい！」

「自由はない」

「自由なんか、いらない！」

「きみはばかだ」

彼の声はかすれている。

「……せっかくぼくから逃げられたのに」

ジゼラは首を振って否定する。

「おにいさまと、一緒にいる！」

「せっかく……逃げられたんじゃないか」

「いや！　一緒がいい！」

「ぼくはきみに復讐していたんだ。ひどいことをしていたんだ。ずっと……わかってる？」

ジゼラの目から、ぼたぼたと雨まじりの涙が流れて垂れ落ちる。

「復讐していい……おにいさまに殺されてもいい。だからずっと……おにいさま」

おなかの底から声を出す。

「一緒にいたい！」

とたん、蝶番がきしみをあげて戸が開き、彼が目前にあらわれた。けれど視界がにじんで見えなくて、袖で拭おうとしたときに、強い力で抱きすくめられ、やはり顔を見ることはできなかった。

よろこびにむせぶジゼラは「おにいさま」とくり返しながら、顔をくしゃくしゃにして、彼の身体にしがみつく。

やっと、会えた。

「愚かなジゼラ」

ずるずると家のなかに引きこまれる。

「もう、逃がしてあげないから……」

彼の手がジゼラの後頭部に置かれて、力を抜けば、ジゼラのほほがその胸にひたと付けられる。

「冷えている。ずぶ濡れじゃないか」

「ん、おにいさま」

頭上に彼の唇がくっついた。

「あとを追いたくて……狂いそうだった。会いたかった、ジゼラ」

ジゼラは彼の背に手を回し、その胸に顔をこすりつけ、ぬくもりを、においをあますところなく堪能する。焦がれ続けたおにいさま。

「ジゼラもあなたに……お会いしたくて……狂いそうでした」

くしゃりと彼の服を握りしめて続ける。

「おにいさま、おねがいがあります」

「なんでも言って」

「……あなたの口にわたしから……キスを、させてください。会えたらしようと……決めていました」

彼の身体がこわばるのを感じて、ジゼラは懇願をこめて抱きしめる。

「おにいさま」

彼の手がジゼラの肩に移動して、ジゼラの身体を押していく。冬の空を模したような澄んだ水色の瞳は、ジゼラの顔を映しこむ。雨と泥と涙でぐちゃぐちゃだ。

「おねがい……」

彼は指でジゼラの涙を拭い取り、眉をひそめてたしなめる。

「なにを言い出すの。ぼくなんか……きみが汚れる」

「汚れない。おにいさまが汚れていると言うのなら、ジゼラも一緒に汚れたい」

彼はとまどいに揺れていた。ジゼラは手をのばし、そのほほに両手をひたりとつけた。

ジゼラの鼓動が高鳴った。手を引き寄せれば、素直に彼の顔が下りてきた。

ジゼラは伝えられない言葉を描いて、ゆっくりまつげを伏せていく。

——好きです。大好きです。愛しています。

キスのしかたはわからないけれど、精いっぱいの想いをこめて、意を決して彼の唇に思いきり口を押しつけた。

やわらかくて、あたたかい。

「ふ、ジゼラ」

唇に短い息が吹きかかり、ジゼラは彼が笑ったのだと気がついた。でも、離そうとはしなかった。彼ともっとくっつきたくて、がんばった。

「下手だね」

ジゼラは正解がわからずに、答えを求めてまた夢中で彼に口づける。

そのとき、顔にぽたりと熱いしずくを感じて、あわてて離れてうかがえば、彼の水色の瞳がにじんでいた。ジゼラは目をまるくする。

彼は手の甲ですかさず拭い取り、ぽつりと言った。

「……きみは下手くそだ」

「おにいさま、うまくなります。なってみせます。わたしは毎日あなたに口づけますから……ことわられてもしますから……だから、うまくなります」

困ったように、彼の口が笑みをかたどった。

「うまくならなくていいよ」

彼の唇がジゼラの唇に落ちてきて、すかさず離れて、またくっついて、短いキスがくり返される。

「きみは、どうしてこんなに……」

ジゼラのあごが彼の指で引き上げられて、ふたりは見つめ合う。

「きれいなジゼラ。きみを教えて」

唇がかぶさった。触れるだけのものではなく、燃えたぎるような口づけだ。押しつけがましくない動きで唇を割り、彼が入りこんでくる。唇を、その裏側を、歯をひとつひとつやさしく舌先で撫でられる。そして舌と舌が合わさって、からめられた。甘く、深いしびれをともなう感覚だ。ひたすらやさしい感覚だ。愛を交わし合っている気がしてジゼラは熱く上気し、否が応でも昂った。しばらく彼はジゼラの口内をまさぐって、ゆっくりと舌を抜きとった。

「ジゼラ、きみがほしい」

性急な手つきで彼がジゼラを脱がせようと試みる。だが濡れたジゼラの張りつくドレスは、複雑すぎて難儀しているようだった。

ジゼラは早く彼と触れ合いたいのにと、もどかしそうに身をよじる。

「おにいさま、裂いてください。ドレスはいらない、もう……」

水色のドレスは泥に汚れているにもかかわらず、銀の刺しゅうをそこかしこにまとっていて、ジゼラの肌を、瞳を、黒い髪を引き立てているものだった。上から被さるレースは繊細で、清らかでいて、まるでジゼラそのものだ。

ジゼラは悩ましげに彼を見た。その瞳に浮かぶのは、まぎれもない情欲だ。

「おにいさま……ほしい」

彼の瞳がぎらついた。ちろりと赤い舌を覗かせて、官能的に己の唇を舐めとった。

「きみはほんとうにぼくを狂わせる。後悔しても知らないよ」

ジゼラは背中に床を感じて、導かれるままに従った。スカートは腰までたくしあげられていて、脚を大きく開かされるとジゼラの秘部が晒された。

「ここ、雨じゃないよね。あふれているけど」

「……言わないで」

たちまちジゼラは悲鳴に近い声で鳴かされる。

熱くとろけたそこは、いきなり彼にすすられて、秘された粒はむにむにと唇と舌でなぶられた。ジゼラは一気に高みへのぼり、足をぴんとつっぱった。

自分で触れるよりも、彼がいい。彼だからこそ気持ちいい。

「あっ！　おにいさまっ」

「ごめん、もう限界。入れさせて」

彼の衣ずれの音が聞こえて、ジゼラも早く入れてほしいけれど、こらえてひじで身を支え、顔を持ち上げ彼を見た。

「……待っておにいさま」

服がはだけて壮絶な色気と色情をまとう彼と目が合った。

「ジゼラ？」

「わたしに、させてください。おにいさまはわたしを……口で清めてくださいます。わたしも、おにいさまに、したい」

ジゼラの指が彼の猛りにかすかに触れた。うろたえた彼はうしろに下がろうとしたけれど、ジゼラは彼を抱きしめた。

「おにいさま」

「だめだ！」

「わたしに清めさせてください……」

ジゼラは彼の薄い唇に、顔を寄せて口づける。ふるえをともなう不器用な口づけだ。

彼は渋い面持ちで、首を振って拒絶する。

「だめだジゼラ、必要ない。ほんとうに、おぞましいほど汚れているんだぼくは」

苦悩がにじむ顔に手を添えて、ジゼラはまたキスをする。

「おにいさま、ずるいです」

固まる彼の下腹部を、ジゼラが握れば、するどく息を吸う音がした。

「ジゼラ、やめろ！　ぼくは！」

「わたしにさせてくれないなんて、ずるいです」

ジゼラはためらいもなく、彼の股間に顔を寄せていく。

「……やめるんだ、きみが汚れる……」

「おにいさま……汚れてない。ぜんぜん汚れていないから……きれい」

「やめてくれ！」

悲痛にさけんだ彼を、ジゼラはあえて無視した。自分のなかを突く彼の猛りを間近で見れば、たしかに白いそれは異様な形だと思った。でも彼だから、大切で愛しくて、ぱくりと先をほおばった。けれどそこからどうしていいのかわからずに、けんめいに、もぞもぞと唇を動かした。吸って舐めて、甘噛みすると、すこしほろ苦い味がした。

見上げれば、彼は顔をしかめて耐えていた。しかし、ふたたび吸って舐めて甘噛みをすれば、彼はこわばりを解き放ち、ほほをゆるめて目を伏せた。

彼の陰部に与えられた感覚は、下心や欲望とは対極にあるものだった。これまでの、彼に対する女たちの欲求とはほど遠く、親愛と慈愛に満ちた心がこもったものだった。

「……ジゼラ」

ジゼラの頭に手をのせて、彼は深く息を吐く。

「痛いよ」

彼の声にジゼラは顔をはね上げた。いまだにそそり勃つものを握りしめたまま、びっくりした顔つきで、彼を見た。

「ひどいな、ジゼラ……歯が当たってる」

みるみるうちにごめんなさいと、顔をくずしたジゼラに、彼は言い添えた。

「きみは、下手だよ。とんでもなく下手くそだ」

ジゼラはまつげをふるわせた。自分はどうしてこんなに愚図なのか――

涙がこぼれたジゼラのほほに、彼の手があてられた。

「下手だからこそ」

ふいに唇に熱が満ち、ジゼラはびくりと固まった。それがキスだと気づいたときに、悲しみがよろこびになりかわる。

「だからこそきみなんだ。他とは違う、ぼくのジゼラ」

「おにいさま」

まぶたを閉じれば、またほほに涙が伝っていった。夢ならどうか、さめないで。

「下手で、いいの？」

「うん。きみは、ずっとこのままで。ジゼラのままでいて」

言葉のあいだに、彼の手がジゼラのスカートをまさぐって、お尻を包んで持ち上げる。下に身をすべらせた彼はジゼラをさぐると、とろけた秘部に自身を固定した。

「入れていい？」

「入れてください……」

「ジゼラ……ぼくの名まえは？」

彼の肩に手をのせて、ジゼラははにかみながらも口にする。一言一句、大切に。その名はジゼラの宝物だ。世界で一番愛しい人の名まえなのだから。

「――ヴィクトル」

「うん。腰を、このまま下ろして」

ジゼラが腰を落とせば、濡れた花びらを割り開き、彼の先がめりこんだ。ぎちぎちだ。けれどジゼラは休もうとはせず、性急に、彼を欲してのみこんだ。

奥へと導く途中、切に焦がれていた彼をつぶさに感じて、ジゼラのなかがわななきながら歓喜した。とくとくと、脈動する。

やがて完全に彼が収まって、ジゼラと彼の下腹が合わさった。

「は。……あっ」

快感で、ジゼラのあごが自然に上向いた。

ひとつになれた。ふたたび彼と結ばれた。

感極まって、打ちふるえるジゼラの目のはしからは、涙がすっと、すじを作って消えていく。

「ジゼラ、手をぼくに」

彼に従えば、両の手がふたりのあいだで重なって、指と指がからむように繋がった。

「いま、きみのなかにいるのは誰？」

息を荒らげた白い彼が、ぞっとするほど妖艶な笑みを浮かべて問うてくる。ジゼラは目をうるませて、その笑顔を脳裏に焼きつけた。ジゼラは彼の笑みが好き。彼が好きだ。

「……ヴィクトル。あなたが……いる」

ジゼラのなかで、彼がぴくりと脈打った。

彼は長いまつげを薄く閉じ、ジゼラの唇を食んで言う。

「いま、キスをしたのは？」

「ヴィクトル……、ん」

ジゼラの唇に、彼のついばむような短いキスがくり返されて、やがて口が割られて深いものに変わりゆく。舌をうごめかせてくちゅくちゅと、夢中で互いを分け合った。

すこし顔が離れると、なごりの糸がぷつんと切れる。

「ジゼラ……もう一度、言って」

「ヴィクトル」

彼はジゼラの黒い髪を両手で梳いて、その額に熱く口づけた。

「うん、ぼくはヴィクトルだ。……動くよ。いっぱい、声を聞かせて」

「ん！　……ああっ、あ！」


今日、ジゼラははじめて自らキスをして、はじめて猛りを舐めてみた。幾度めかの行為のあとに、彼の言葉に逆らって、彼の体液も飲んでみた。彼の上で教わりながらも腰を振り、自ら拾い集めた官能で、はじめて果てることができたし、彼を絶頂まで導いた。

はじめは拒否していた彼も、いつしかジゼラに身を預けるようになっていた。もうジゼラの行為を拒まない。口に彼を含んだときも、どうすればいいのか教えてくれた。

今日のこの日ははじめてづくしで、ジゼラはしあわせすぎていた。しあわせなのに、どうしてなのか、やっぱり涙はこみ上げてくる。うれしくて、油断したなら泣けてしまう。手の届く距離に彼がいて、涙が出てしまうのだ。

この先ずっと笑顔を見せてくれたなら、こうしてそばにいさせてくれたなら。

ただそれだけでジゼラはこの先、生きていける。何年だって、生きていける。

愛はいらない。愛してくれなくていい。でも、ジゼラは――愛している。

ジゼラがステッラ婆さんとの約束を彼に告げたのは、何度もまぐわい、疲れ果てた翌朝のことだった。気だるげな彼は渋ったけれど、ふたたびジゼラを抱いたあと、最終的には同意した。

結局昨日のドレスはジゼラの意志に反して破かれず、そのまま形を留めていたが、ジゼラは見向きもしなかった。着なれたみすぼらしい服を着た。質素だけれど、色とりどりの豪華なドレスよりも好き。レースもリボンも宝石も、光るビーズもいらないものだ。

日よけの帽子と巻きつけたストールで、髪と顔を隠した彼に連れられて、ジゼラは辻馬車に乗りこんだ。じめじめとしたぱっとしない天気だけれど、ジゼラの心は晴れやかだ。となりに彼がいてくれる。並んで座って、手を繋いでいてくれる。旧市街までの行程も昨日とは打って変わって、車窓を流れる景色を楽しめた。

「おにいさま」

彼はいたずらにしかめ面をする。

「何度も名まえを呼んでって言っているのに……しかたがない子だね、きみは」

「ごめんなさい」

「うん。で、なに」

「呼んでみただけと言ったなら、怒りますか」

「怒らないけど」

ふいに顔を近づけた彼の唇が、ジゼラの口にあてられた。

「こうするよ？」

彼のほほえむ顔がうれしくて、はしたなくてもかまわずに、ジゼラは言った。

「もう一度、してくださいますか」

「……いいよ」

またたけば、いつかの日のようにして、白と黒のまつげがふさりと触れ合った。重ねる唇は熱を持ち、広がって、身体をすみずみまで火照らせる。

ステッラ婆さんのいる旧市街にたどり着くまで、ふたりは寄り添い、睦み合う。どちらからともなく、ときにはジゼラからもキスをした。唇と唇を合わせる行為のほんとうの意味はいまだわからなかったけれど、ジゼラはふくりとしたやわらかな彼の感触に、愛を感じずにはいられない。彼の愛――だから、ジゼラはキスが好きだ。


何事もなかったように彼のエスコートを受けて、ジゼラは馬車の外に降り立った。

旧市街の街並みは、ひとりで見たときには雑多で迷路みたいでやたらに緊張したけれど、彼がいるいまは怖いと思わず、むしろ探検したくなる。手をこうして繋いでいればどんなことでもできそうで、底知れぬ勇気がわいてくる。

公衆浴場までの道すがら、いくつもの屋台が出ていてお祭りのようににぎわっていて、ジゼラも彼と楽しんだ。揚げたパンをふたりで食べたり、飴をほおばったりもした。そのなかで、ジゼラは淡い水色の髪留めにしばらく釘付けになっていた。銀の細工にきらきらと石が散りばめられているそれは、彼の瞳のような色だった。

「ほしいの？」

寄り添う彼の問いかけに、ジゼラはゆっくり首を横に振る。

「いらない。おにいさま、早くステッラさんのもとに行きましょう」

「だめ、遠慮しないで」

彼はお金を取り出して、すぐに店主から買いもとめた。

「おにいさま……」

黒い髪にくぐらせて、ジゼラの頭につけてくれる。髪留めは、ジゼラの着る生成りの服にはちぐはぐだけれど、それはジゼラの優美な顔には合っていた。

「うん、似合う。ほしいものがあるなら言って。なんでも買ってあげるから」

「いいえ、これで……これだけで満足です。うれしい」

彼はすこし寂しげに鼻を鳴らした。

「こんな安物で満足だなんて、きみは。……わかってる？　こうしてきみと出歩くのははじめてなのに、もっと買わせてくれないの？」

「おにいさま、ありがとう。今日はこれでいいんです。また、あなたと来たい」

ジゼラが破顔すれば、彼も笑ってくれた。ふたりは手を取り合って、公衆浴場への道を行く。

途中、階段があり、低いトンネル状の通路をくぐり、広場に出たかと思えばまた道は狭まり、曲がりくねる。旧市街は古くから世紀をまたいで継ぎ足されてきた街で、初見の人はその複雑さに迷ってしまうのが常だ。

しかし、いまのふたりにとっては、雑踏を避けて物陰に隠れられる街のつくりは、ありがたいものだった。時折路地に入っては、ひそかに唇を重ねて、ぴたりと身を寄せ合っていた。何度も何度もキスをして、そのうち高まりすぎてどうしようもなくなって、宿に立ち寄り、感情のおもむくままに服を脱ぎ捨て、互いを求めて繋がった。

朝に家を出たというのに、ステッラ婆さんが営む公衆浴場が見えたのは、ちょうど昼と夜のはざまにある逢魔《おうま》が時だった。彼は自嘲気味に笑んでジゼラにささやいた。

「きみを見るとすぐにしたくなるから困るよ。……遅くなったのはきみのせいだ」

階段をのぼる手前、差し出された白い手に手を重ねて、ジゼラは唇を尖らせた。

「おにいさま、わたし、もうやめてって何度も言ったのに……」

「きみも腰を振っていたよ。気持ちいいって」

続けて言葉を紡ごうとしたジゼラを、突然、低くしわがれた声がさえぎった。

「こんな……こんなところで、おまえに会うとはね！　ジゼラ！」

まがまがしいほどの憎しみがこめられた声だった。びっくりして肩をはね上げたジゼラを、彼は守るように抱き寄せる。

よろよろと、ぼろをまとった女がふたりの前に踊《おど》り出た。彼女の目には猛烈な迫力があり、あまりにも直接的な悪意がこめられていた。

道行く人々は、関わりを持ちたくないと、さっと波のように引いていく。

ジゼラと、彼と、見知らぬ痩せた女が対峙した。

女はぱさついた金の髪を振り乱し、ジゼラを目指して歩み寄る。

「わたくしの……わたくしのしあわせを奪った黒い悪魔！」

瞠目していたジゼラは、女の唇の下にあるほくろにひたと目をとめた。見覚えのあるそのほくろ、よみがえるあでやかな赤い唇――。ジゼラはがたがたとふるえだす。

「……おかあさま？」

女は唇のはしをするどく引き上げた。

「おやおや、おまえにまだ母親呼ばわりされるとはね！」

四年前、ジゼラを捨てた、新しいおかあさまだ。

「汚らわしい！　ずっとおまえを憎んできたよ。憎くて憎くて憎くて、憎くて！」

「おかあさま……どうして……」

「おまえが憎い。わたくしの、愛する男をひとりじめにした恨みを知れ！　すべてを奪った恨みを知れ！　この四年、男どもに犯され続けたわたくしの――恨みを知れ！」

女が手に持つのはナイフだ。恍惚に細めた目で、べろりと刃を舐めて続ける。

「殺してやる……死ね！」

まわりにいる群衆はざわめいた。おい、まずいぞ。自警団を呼べ！　などと口々にさけんでいる。

そんななか、彼はジゼラの前に立ち、帽子を横に投げ捨てた。

風に吹かれて白銀の髪が揺れていた。あらわれたのは、この世のものとは思えぬほどのうつくしい、覚悟を決めた顔だった。雪のような幻想的なその姿は、狂った女の意識をつらぬいて、まわりの群衆の視線を一気にさらった。

彼は振り向き、ジゼラに小声で指示をする。

「ぼくが注意を引きつける。ジゼラは婆さんのもとへ行くんだ」

「でも……」

「行って！」

「おにいさま」

「早く！」

ジゼラは、彼が行けと言ったにもかかわらず、動こうとはしなかった。ジゼラはもう彼から離れるつもりはないからだ。そばにいる。そばにいたい。

「いや！　おにいさま」

女は奇声を上げて己の髪をかきむしる。口をひん曲げ、顔を憎悪で満たしていった。

「おまえ！　おまえは——妖精！」

丸腰だというのに物怖じもせず、彼は悠然と白い髪をかきあげた。

「アレッサンドラ・アルティエリ、まだしぶとく生きていたの。まるでごきぶりみたいだね」

じりじりと女が彼に近づいた。彼は動じず、背すじをのばして立ち続けている。

「おまえがわたくしを鎖に繋がなければ……あのけだものたちに輪姦されずに済んだのに……おまえのせいだ！　おまえのせいでわたくしは！　殺してやる！」

女は胸にナイフをかまえた。それでも彼は動かない。

彼は動かないと決めていた。うしろには、ジゼラがいるからだ。

「奇遇だね、ぼくもあなたを殺したいと思っていた。ずっとね。だけどおかしいね、最初にぼくを鎖に繋いだのはあなただ。ぼくの二年を奪ったのはあなただ。すべてはあなたの自業自得だろう。ところで繋がれた気分はどうだった？　ごろつきどもに犯され続けた感想は？　ぜひ聞かせてほしいね」

彼は女をばかにしたようにあごを持ち上げ、見下ろした。

「ああ、そういえば。あなたは性交なくしては絵は描けないと言っていた。情熱なくしては芸術は生まれないのでしょう？　よかったね。この四年間、ずっとあなたの大好きな性交三昧だったというわけだ。一体どれほどすばらしい絵を描いてきたの。見せてよ」

女は動物めいた声をはりあげ、彼に向けて走ってきた。刃は彼に向いている。

彼は女に立ち向かう。

「おかあさま！　やめて！」

もはや女は憎い娘に見向きもしていない。目を血走らせて彼しか見ていなかった。刃はびゅうと空を切る。どこにこれほどまでの力があるのか謎だが、女は暴れに暴れて彼を殺さんとナイフをふり回す。その面ざしや発する奇声は、もはや狂っているとしか思えぬものだった。

女に切られた白銀の髪が風に舞う。彼の白い腕から赤い血がすじを作って滴った。ジゼラは一方的な攻めを見ていられずに、悲鳴を上げるばかりだ。

女はとうとう彼を壁際まで追いつめた。その切っ先を彼に向けたまま、突進する。

「いや――――！」

張りつめた空気のなか、ジゼラは彼を押しのけて、かつての母を身に受け止めた。ちいさな身体がびくりと跳ねる。全身にほとばしる衝撃を感じたと思うと、おなかがぐつぐつ煮えたように熱くなる。

「ジゼラ！」

風がうなりをあげて吹き抜けた。物見高い人々は、少女の姿を注視する。

ジゼラは力なくまつげを伏せて、ゆるゆると女の背に手を回す。

「……おかあさまは、ジゼラが憎いと、きらいだと……おっしゃいました。ジゼラはすき、でした……おかあさまの、描いた絵が……完成、したのを見たかった。……は、ジゼラのおかあさまに、なってくれて」

「汚らわしい！　放せ！」

女が暴れると、ジゼラはうしろにそのままよろめいた。彼女のおなかには、深々とナイフが突き刺さっている。生成りの服は、じわじわと真紅に染められていった。

女はなだれ込んできた群衆に押さえこまれてさけびを上げた。

「は！　ジゼラ、死ね！　ざまあみろ！」

ジゼラがふるえる手でおなかに触れれば、上から白い大きな手が重なった。愛しいぬくもりに、しあわせがこみ上げる。

けれど、それらはともに赤になる。

――おにいさま。

「ジゼラ！」

うすれゆく意識のなかで、継母の呪いの言葉を聞いていた。

ジゼラは彼を見た。

ひどく頼りなさそうで、余裕のない彼の顔。まるでちいさな子どものようだった。くしゃくしゃに顔をゆがめてこちらを見つめている。こんな彼ははじめてだ。

そのすべてが愛しくて、想いがあふれる。

「ジゼラいやだ！　いやだ、ジゼラ……」

訪れた暗い夜のなか、いつだってそばにあるのは冬の空。だから、寂しくなんかない。

その水色の瞳から、水晶めいた粒が落ちてくる。結晶みたいにきらきらと、ぽたぽたと。

――あたたかい。

「おにいさま……きれい。……は……」

「ジゼラ……だめだ！　これ以上しゃべらないで」

もっと、彼を見ていたい。でも……

混濁《こんだく》する思考を縫って、ジゼラは彼に伝えるべき言葉を探し続けた。

「ん、…………ヴィクトル……」

◇

「やれやれ、今日は一段と冷えるね。腰が痛くてしょうがない」

ステッラ婆さんはしわくちゃの顔にさらにしわをつくって、彼のそばに歩み寄った。

彼の白い手がにぎりしめるのは、ベッドに横たわるジゼラの手だ。その視線はまぶたを閉じたままの血の気のないジゼラの顔に向けられている。いまは朝だというのに、彼は老婆が昨夜見たときから微動だにしていないようだった。ジゼラのかたわらで椅子に座り、ずっと彼女を見つめたままだ。

老婆はうろうろと歩き回って、部屋じゅうの消えたろうそくを灯して明るくしていった。

「あんた、風呂でも入ってきな。どうせしばらくは営業できない。貸切だよ」

あの日、公衆浴場の前で帽子をとった彼を見て、ルキーノ・ブレガであると気づいた婦人がちらほらいた。おかげでうわさが広まって、彼を求めて人が旧市街に殺到し、いまや公衆浴場は大変なさわぎになっていた。それは街に思わぬ経済効果をもたらすほどだ。損をしているのは、浴場の閉鎖を余儀なくされたステッラ婆さんだけだった。

「ヴィクトル坊や、わたしが代わりにこの子を見ていてやるって言ってんだ。早くしな」

そんな老婆に彼は力なく首を振る。

「……いやだ、離れたくない」

「またこれだ！」

老婆はやれやれと肩をすくめた。

「駄々をこねるんじゃないよ。そんなやつれたなりをして、輝かしい美貌のあんたはどこへ行った。食事もしていないじゃないか。眠ってもいない。風呂にも入らなければ、ひげだって剃っていない。しっかりおし。嬢ちゃんが起きたらあきれるよ。きらわれたら、あんた、どうするんだい！」

彼が白いまつげを伏せれば、くまのできた目もとに影が落ち、さらに疲労の色が濃くなった。

「ジゼラは……いつ起きるの」

「知らないよ。けどね、このわたしが手を尽くしたんだ。いずれ起きる。死なせるもんか」

うなだれている彼の肩に、老婆は手を置いた。

「今日で四日めだ。そろそろ嬢ちゃんを移動させなければいけないよ。クレメンテ侯爵とフロリアーニ伯爵のせがれが嬢ちゃんがいるのを嗅ぎつけていてね、いないと突っぱねているけど相手は貴族だ。踏みこまれちまったらおしまいさ。限界が近づいているよ」

彼はジゼラの手を持ち上げて、そこに唇を押しつけた。

「渡さない……ジゼラはぼくのだ。連れて行く」

「どこに連れて行くんだい？　言っておくけどね、あんたの家はやめときな。貴族のところのお仕着せを着た連中がうろついていたって話だからね」

「……ルキーノ・ブレガを殺した日に、新しい家を買ったんだ」

目をまるくした老婆は、「なんだって？」と一度彼に聞いてから言った。

「は。あんた、父親に借りた金を全額返して、さらに家まで買ったのかい。そんなに金を用意していたなんて驚きだ」

「あなたの想像以上にあると思うよ。……ぼくは善人じゃないから」

老婆は眉をひそめて彼を見る。

「あんた……そんなに金に余裕があるなら、もっと早くにルキーノ・ブレガをやめられたんじゃないのかい？　つらかったろうになんで続けていたんだ」

「つらさなんて」

彼の口からため息が落とされる。彼は老婆のほうを向かずに、いまだジゼラを見たままだ。彼女から目を離したくないのだ。

「婆さん、ぼくは普通じゃない。わかるよね、太陽が浴びられないのは致命的だ。そんなぼくが金を稼ぐ方法なんてあると思う？　――ないんだよ。やめるわけにはいかなかった。ずっと……ふたりで暮らしていく金を得るまでは、続けると決めていた」

「目的を達成したというわけだ」

彼はジゼラの手を握る手を強めた。

「……そうだね。でも……ジゼラが」

悲愴な面持ちの彼とは対照的に、感嘆と慈愛を浮かべた老婆は、口もとを弓なりに上げていく。

「まったく、あんたって子は……そこまで……よほど嬢ちゃんを愛しているんだね」

彼はしかめ面で老婆をにらみつけた。拒絶をにじませた、氷のように冷えた目だ。

「くだらない、なにを言っているの」

「ヴィクトル坊や、まだあんたは認めないのかい。この期に及んで否定するとは、あんたは大ばか野郎だね」

彼は鼻にしわを寄せた。

「なにが愛だ、聞くたびにぞっとする。あの女を思い出して吐きそうになる。大勢の女に言われてきた。女どもはぼくに言わせたがっていた。……そのたびに死ねって思ってきたよ。殺してやろうかって、ぼくは」

「あきれたね。愚かな坊や、ほかの女と嬢ちゃんを一緒くたに扱《あつか》うわけだ」

「扱うもんか！　ジゼラは違う！」

　ステッラ婆さんはやれやれとばかりに、深く息を吐き出した。

「まったく、世話がやけるね。愛ってもんを嫌悪するあんたに聞こうじゃないか。あんた、このままジゼラが目を覚まさなかったらどう思う？　わたしは死なせるもんかと言ったけどね、死なないとは言ってない。嬢ちゃんの服は全部血に染まっていたんだ。あんたの服も染まっていた。どういうことかわかるかい？　人間はね、血がないと生きられない」

　彼はなにも言わずにいたけれど、表情をうかがえば、老婆は彼の返事を聞かずともつぶさに理解した。彼は答えないのではない。答えられないだけなのだ。聞いた事実が重すぎて、考えるのを拒絶して、思考が止まっているだけなのだ。

「ヴィクトル坊や、あんたがジゼラと出会ってからのこの四年間を考えてみるんだ。思い出してごらん。あんた、どんな気持ちで日々を過ごしてきたんだい？　ジゼラと出会う前の自分と、いまの自分を比べてごらんよ。あんたは変わったんじゃないのかい？　少なくともわたしには変わって見えるけどね。あんたは決して笑わない子どもだった。表情の一切ない子どもだった。ただ本心を隠し続けて、息をひそめて……自分を演じている子どもだった」

　老婆の目はみるみるうちににじみだす。

「ばかだね。ヴィクトル坊や、あんたばかだ。よく考えてみな。そもそもあんたはなぜ身を売ってきたんだい？　なぜルキーノ・ブレガでいたんだい？　とっくに名を捨てられたはずじゃないか。あんた、他人と肌が触れ合うのは虫唾が走るくらいにきらいなくせに。女がふるえるくらいにきらいなくせに。憎んでいるくせに。ちっとも欲情しないくせに。勃たないくせに。……なぜそうまでして己を殺して、女を抱いてきたんだい？　金を稼いできたんだい？　復讐なんて笑えるね。復讐とはね、相手を破滅させてこそだ」

彼はジゼラの手をさすりながら聞いている。

「なぜジゼラを隠してきたんだい？　この子は貴族だ。金が有り余ってるこの子の祖父に知らせれば簡単に救えただろう？　あんたが身を売らなくても、身を削らなくても、この子は救われた。なのになぜ自分を犠牲にしてまで閉じこめた？　なぜ守ってきたんだい？なぜそうまでしてこの子を手もとに、自分の世界に置いておきたかったんだい？」

老婆はくしゃりと彼の白銀の髪を撫でつけた。

「わたしの知っているあんたはね、すべてをあきらめているような子だった。日々をただ過ごしているだけの子だった。からっぽだった。執着なんてしない子だったよ。でもね、見てごらん。そんなあんたがひと時もこの場から離れられないなんてね。とんでもなく執着しているじゃないか。あんたにそうさせているのは誰なんだい？　……それらがね、すべての答えなんだよ」

彼は、ゆるゆると老婆を見上げる。

「そんな情けない顔をするんじゃないよ、ヴィクトル坊や。ほんとうにあんたは世話がやける。もうわかっただろう？　否定していてもね、頑なに拒絶していてもね、とうにあんたは知っている。あんたははじめから知っていたんだよ」

老婆はそっと彼から手を放し、きびすを返して部屋の出口へ向かう。

「しゃべりすぎて疲れちまった。風呂に入ってこようかね。……嬢ちゃんが起きたら言ってやんな、あんたの気持ち。生きているからこそ言えるんだ。死んだら伝えられないよ」

扉を閉めて消える寸前に、ステッラ婆さんは言葉を付け足した。

「あんたは運がいい。多くの人間はね、伝える相手を見つける前に、寿命がきて死んじまう。ねえ、ヴィクトル坊や。あんたの親はくそだったかもしれないけどね、それでもあんた、生まれてきてよかったじゃないか」


ひとり残されたあとも、彼はジゼラの手を放そうとはしなかった。握る手から伝わるぬくもりだけが、彼の唯一の支えになっていた。彼女が生きている証しだ。

席を立ち、ジゼラの顔を覗きこめば、彼女の顔に影が差した。

とたん、闇に連れ去られる錯覚をおぼえて怖くなる。固く閉ざしたまぶたに目覚めを願って口づけし、やわらかなほほにほおずりをして、まるい額にもキスをする。

心のなかで、何度も何度も名まえを呼んだ。

――ジゼラ。

まだちいさなあのころの、あどけないジゼラを思い出す。

多額の借金で首が回らぬ子爵の屋敷に、ごろつきが押し入るのはとうに予想がついていた。支度を調え、彼は脱出の機会をうかがっていた。

そしてあの夜、子爵邸から逃げ出そうとしていた画家をつかまえ、ドレスを切り裂いて、裸に剝いて枷を嵌め、自由を奪ったそのときだ。

脳裏にちいさな娘の姿が浮かんだ。少女の部屋へと走っていった。

なぜ向かったのかはわからない。答えも意味もさっぱりだった。だからそれは、単なる気まぐれなのだと決めこんだ。

だが、たどり着いた先にあった光景に、衝撃を受けて息をのみこんだ。

ぐちゃぐちゃに乱れた部屋のなか、広いベッドの上に化粧着を取り上げられた、一糸まとわぬ娘がいた。殴られて、顔は腫れ、血を流しながら意識を失っているそのあわれな娘に、汚らしい一物を晒け出した男が覆い被さり、いま、まさに犯そうとしていた。

筋骨隆々としたごろつきに力のない自分が勝てる見込みはない。逃げるべきだ。殺される。頭のなかでは理解していた。しかし、それでも。

「待って、しないほうがいい」

「誰だ！」

するどい目でにらみつけられたが、男はたちまち下品に笑う。

「ほう、これはこれは……またとんでもない美少年だ。はじめて見た。おまえ白すぎるな、外人か」

　彼は答えず男を見すえた。必死に頭を働かせ、場を切り抜ける策を練る。

「おまえは高く売れそうだ。……そこでだまって見ていろ。娘の具合を確かめてから、おまえの尻も見てやろう」

　足がふるえそうになったが、彼は虚勢をはった。

「ずいぶんと痛めつけたね。あんたの雇い主が知ったらどうなるだろう。その娘、きれいな娘だった気がするけど、おかしいな、変わり果てている。……ねえ、どうするの。商品にするんだよね？　それをあんたが傷つけた。ゆるされるの？」

　男はぎりりと歯噛みする。指摘は図星のようだった。

「娘をだまらせただけだ！　おれはなにもわるくねえ、娘がわるい！」

「その娘だけど、一刻も早く手当てをしないと死ぬよ。長くもたない。ぼくにはわかるよ。あんた、ここで死なせちゃまずいことになるんじゃないの」

　男は舌打ちをして、ちいさな娘から身をずらした。

「くそ！」

「東側にね、部屋がある。ちょうど薔薇園のとなりだ。そこに裸の女を鎖で繋いできた。子爵夫人だ。その女で十分でしょう？　アレッサンドラ・アルティエリという名の有名な画家だから、犯して絵を描かせて、死ぬまで稼がせればいい。あの女だけで金は賄《まかな》えるはずだ。娘はまだ子どもだ……見逃してやったら？」

彼の言葉は男に笑い飛ばされた。

「ばかか、とうに画家の女は勘定に入っているぜ。だがな、女とこの娘の一生分を合わせても、子爵の借金は返せねえ。娘を見逃すなんてありえねえな」

男が語った金額に、絶望を感じずにはいられない。男爵未亡人からかすめた金の、およそ十倍に当たる金。とんでもない額だった。そこまで子爵は破滅していたのか。

彼はごくりとつばを飲みこんだ。

「……こうしよう。怪我が治るまで、ぼくが娘を預かる。あんたも、雇い主にその子の惨状を見られたらまずいでしょう？」

言葉を聞くやいなや、男の眉間と鼻のしわは深まった。

「なんだと？」

「ここから連れ出す許可をくれないか。腕のいい医者を知ってる。治ったなら、すぐに娘をあんたのところに連れて行く。あんたが負わせた娘の怪我をぼくが治してあげる。そのかわり、わかるよね。ぼくは見逃してもらうよ。ぼくは子爵とは無縁の人間だからね」

「信用できねえな」

「信用してもらうしかない。早くしないと娘が手おくれになる」

男は低くうめきながら、出したままの大きな陰部をズボンのなかに片づけた。

「……おまえの名は」

「ルキーノ・ブレガ」

「逃げられると思うなよ？　逃げれば殺す」

「旧市街に公衆浴場があるんだ。目立つ建物だから知っているでしょう。ぼくを信用できないならそこの老婆を訪ねてくれないか。名まえはステッラ・ブルグネティ。唯一ぼくを知る人間だ」

男は細い目をぎりぎりまで大きく開いた。

「なんだと、ステッラ・ブルグネティだと？」

「知っているんだね」

「当然だ。あのばばあを敵に回しちゃあ、めんどうなことになる」

「じゃあ話は早いね。ぼくに連絡を取りたければ、婆さんを通して」

裸のジゼラにシーツをかけてやり、そっと包んで抱き上げた。その拍子に乱れた髪と手がだらりと垂れさがる。

彼女の黒く長いまつげは涙を含んで濡れていた。灯りを受けて、やけにしずくがきらめいて、彼はそれがまなじりから落ちていくさまを見守った。

見知らぬ男が突然あらわれて、しかも、その人間は化け物と思しき、持つべき色を持たない男だ。目覚めたとたん、そんな姿を見たのだからさぞかし驚いただろうに、ほどなく警戒を解いたちいさなジゼラは、彼を信じているようだった。目が合えば、顔をほころばせて見返してきた。そんな彼女につられて笑えるようになったのは、いつからだろう。

ひとりきりがいいはずなのに、人といるのはいやなはずなのに、そこは自分だけの城だった、はずなのに……日々を重ねるうちに、彼女の存在はあたりまえになっていた。家にはジゼラがいてこそだ。

ようやく怪我が良くなってきて、それでもまだ安静にしていたほうがいいというのに、おぼつかない足取りで、ジゼラは彼のあとをついてきた。止めてもそばにいたがった。料理ができない彼が作ったごはんを、いやな顔ひとつせず、「一緒に食べるとおいしいね」と彼女はにっこりほほえんだ。せがまれて、ふたりで家事をしてみれば、彼女は「おにいさまのためにがんばる」と、めきめき上達していった。すぐに彼よりうまくなった。それも当然のことだろう。ジゼラは目に見えて努力していた。

きれいな手は慣れない家事でだんだん傷が増えていった。痛々しさにその手をとって、両手で包むと、彼女はあたたかいとはにかんだ。

いつの日か、椅子に彼が腰かけて、まねしてとなりに座ったジゼラは、ほどなくうつらうつらと身をもたせかけてきた。あのときの重みはいまでも覚えている。触れ合う箇所から、彼女の熱が伝わった。

初潮を迎えると、ジゼラは急に大人びて、遠くへ去っていきそうで、本を与えて外に出ないよう閉じこめた。

清めと称して、快楽を植えつけて、離れられないようにしようと企んだ。

だが、とりこになったのは、彼女ではなく彼のほうだ。稀有な無垢に溺《おぼ》れていった。

彼女に名まえを告げたのは、そんなときだった。

彼女のすべてを手に入れようと、手に入れたいと願ったときだ。

――ぼくは、ヴィクトル・アルファーノ。

ジゼラはみどりの瞳をきらめかせ、「宝物にするわ」とつぶやいた。

なんの価値もないというのに。

でも、彼女に名まえを呼ばれると、認められている気になった。自分のなかですらおぼろげだった存在は、たしかなものに昇華した。ジゼラが名まえを呼んでくれるたび――汚れたこの身でも、疎まれているこの身でも、人になりそこなったこの身でも、生きていける自信が持てた。

ひまさえあれば彼女を見つめて、頭に、目に焼きつけた。

無垢なジゼラ。笑うジゼラ。唇を尖らせるジゼラ。家事をするジゼラ。まどろむジゼラ。快楽に果てるジゼラ……。

まぶたを閉じたなら、すぐにまなうらに彼女が浮かび、どんなことでも耐えられた。長い夜を耐えられた。おぞましい闇を耐えられた。己を奮い立たせていた。

ほしいものはひとつだけ。想いはひとつだけ。

たった、ひとつだけだった。

みどり色。

あの目をふたたび見られたなら……

彼はジゼラの手を持ったまま、指をからめて手を組んだ。

生まれ出てからろくなことがなかった。神など信じたことはないし、祈ったことなどないというのに。

「ジゼラ……」

天に向けて乞い願う。

白いまつげはふるえていた。

◇

静寂《せいじゃく》が広がる部屋に、ろうそくの芯が燃える音がひびいて消えた。ぽたりと蝋《ろう》が落ちる音までもが聞こえるほどの静けさだ。

ほどなく耳に届いてくるのは、虫の羽音、息づかい、ぎいときしむ音だった。

目を開けようとしたけれど、まつげが下まぶたにこびりつき、うまくいかずにあきらめた。身体が縫いつけられたように重くて、身じろぎすらも不可能だ。

夢を見ていた気がするけれど、中身はすこしも覚えていない。

水の音、布をしぼる音。

ほほに濡れた布を感じて、目もとが湿り気を帯びていき、まつげが剝《は》がれて、ゆっくりと目を開けていく。とたん、光が差しこんだ。

「ジゼラ？　……ジゼラ！」

彼の声がした。手にはぬくもりを感じた。けれど視界がぼやけてすべてがにじんでいた。

「……ん」

声が異様に出しにくい。かすれている。

目の前に白い影がある。はっきりと見えなくても、この影を知っている。

「――おにい、さま」

「ジゼラ」

大好きな、おにいさま。

ジゼラはぼたぼたと上から落ちるものが目に入り、またまぶたを閉じた。熱いものが染みてくる。口にも入ったそれは、すこししょっぱい味がした。

「ん……泣いて、いらっしゃる？」

「……うん」

ふたたび目を開ければ、二重に見えていた彼の顔が次第にはっきり見えてきた。

「おひげが……ある？」

ジゼラがゆるゆると手をのばせば、手がぬくもりに包まれて、彼のほほに移動した。

「どう？」

彼のざらざらとしたほほを撫でていると、鼻がつんとしたあとに、目が熱くなり、ぶわりと視界がにじんでいった。

「ある。……お痩《や》せに、なった？」

「そうかな」

「おにいさま……」

「ジゼラ、ぼくの名まえは？」

ジゼラは彼に向けてほほえみかけたが、腹部に強い痛みを感じて眉をひそめた。笑いたいのに、うまくいかずに、自己嫌悪に陥る。

「……は。わたし、だめね。すぐ……まちがえてしまうもの。……わるい子で」

「いい子じゃなくていいんだ。きみは。ジセラはジセラのままで……」

するりと頭を撫でられる。心地のいい感触だ。

「きみには名まえを呼んでもらいたいんだ……ぼくのわがまま」

「ん、……ヴィクトル」

身を乗り出した彼により、ジゼラの唇がぬくもりに包まれた。

ちょうどそのとき、扉の外で、ひそかに聞き耳を立ててうかがっていたステッラ婆さんは、ちいさな足音をひびかせて、おだやかな笑みとともに立ち去った。

これから紡がれるであろう言葉は、聞いていいものではないからだ。この先は、ふたりだけのものなのだから。


「ジゼラ」

彼は彼女のほほにほおずりをして、もう一度名まえを口にする。

「ジゼラ……」

伏せられていたジゼラのまつげが上げられて、みどりの瞳があらわれた。清らかで、無垢な色。それは彼の好きな色。はじめて見たその日から、好きだった。

みどり色が細まった。笑んでいる。彼の好きな、ジゼラの笑みだ。

見つめながら、彼はジゼラの額に唇を寄せていく。

目を閉じて、唇をつけたまま、彼は心をこめて言う。

ありったけの想いをつめて。

「――ジゼラ、愛している」

あとがき

こんにちは、はじめまして！　荷鴣と書いて〝にこ〟といいます。

あとがきを書いたことがないので、なにをどうしていいか頭がからっぽで、まずはネットであとがきを検索してみたところ、そこには「小説とは独立したパートとしての読み物」と書かれていました。……読み物……？　果たして読者さまに、このあとがきを読んで楽しんでいただけるのかどうか……（ハードルが……ものすごく高いです……）

まずは、たくさんのアドバイスをくださいました編集さまに、どうもありがとうございましたと、床におでこをこすりつけたいと思います。大変なご苦労とごめいわくをおかけしてしまいまして……そのめいわく度ときたら、荷鴣じゃなくて、もうおまえ荷物っていう名まえに改名しろよレベルに達しているかと思います。

でも、そんなお荷物なわたしですが現金にもただいま大変よろこんでいまして、この話を通してソーニャ文庫さまの『歪んだ愛の世界』にひたれて、とっても楽しかったです。

タイトルは、編集さまが付けてくださいました。すてきに生まれ変わり、しあわせです。この作品は、映画を作っているきもちで楽しみながら書きました。あまりに好き勝手に書いてしまったため、ヒーローがひどい部分は、やばいな……やらかしちゃったかな……と、どきどきしていました。ですが、編集さまから「生ぬるいかな」とのお言葉をいただきまして、ひそかに、まじですか！　と目をまるくしました。当時のわたしはそんな編集さまの面ざしから、歪んだ愛の世界はとっても広くて奥が深いのだと思い知った次第です。アジだと思っていたのに、所詮わたしなど、大海におよぐシラスでした。

というわけでして、ちょっと気持ちわるいヒーローから、気持ちわるいヒーローへと昇格したのですが、わたしはひそかに甘い溺愛ものを書いたつもりになっていたりします。

この話、最初に作ったキャラクターはステッラ婆さんでした。婆さんはうんと若い時に恋人を亡くしています。婆さんを守って、その恋人はごろつきのナイフを額に受けて亡くなってしまいました。以来、ステッラ婆さんは医者になり、老婆になっても未婚を貫いています。そして、ヒーローとヒロインも、もしも片割れを亡くしてしまったなら、お互い未婚を貫くような、そんなふたりにしようと思いながら書きました。

ちなみにわたしは、アレッシオがお気に入りです。貴族だから偉そうにしているのに、従者は無能だわ、服飾店の店員にとばっちりであらぬ疑いをかけられるわ、元愛人に前戯がへただとか言われちゃうわ、あげくの果てに婚約者に逃げられるわ散々で、とってもあわれです。（いや、ジゼラにとんでもないことをやらかしたので、アレッシオの受けた仕打ちは、まだまだ生ぬるいかもしれませんね……。けしからん……）

この話で一番苦労したのが、じつは男性器の名称でした。あそこにどれだけ別名称がひそんでいるのだと冷や汗です。悩んだあげく、またネットで検索してみたところ、「暴れん坊」「マーラ様」「珍宝」などが出てきまして、まったく使えねー！　と、ひとりで焦りました。そして困り果てて、仲良くしてくださっている友人Kさまに恥をしのんで聞いてみたところ、「槍《やり》」「マグナム」「なまこ」とクールに教えてくださいまして、男性器、はんぱないな……と思い知った次第です。……あ、こんなに苦労話をつらつら書いておいてあれなのですが、作中に出てくる男性器はいたって普通仕様です。男性器の名称の探求は、終わりなき旅なのではないかと……あまりそのことについてあれこれ考えるのも、人的にどうなのかなっていう気がするので、ほどほどにしますが、この先もあれについて悩み続けたいと思います。

最後になりましたが、読者さま。本書をお手にとってくださいましてどうもありがとうございました。なかなかくせの強い話かと思いますが、すこしでも楽しんでいただけますと、とってもしあわせでうれしく思います。

そして、菩薩《ぼさつ》のような心で細やかで丁寧なご指導をくださいましたYさま、それから作中の人物や世界を、魔法のような力で見惚れるくらいとってもすてきにあらわしてくださいましたKRNさま、すばらしくきれいにデザインしてくださいましたデザイナーさま、本書に関わってくださいました皆々さま。ほんとうにどうもありがとうございました！

Sonya
ソーニャ文庫

この本を読んでのご意見・ご感想をお待ちしております。

◆ あて先 ◆

〒101-0051
東京都千代田区神田神保町2-4-7 久月神田ビル
㈱イースト・プレス　ソーニャ文庫編集部
荷鴣先生／KRN先生

魔性《ましょう》の彼《かれ》は愛《あい》を知《し》る

2017年1月9日　第1刷発行

著　　者　荷鴣《にこ》
イラスト　KRN《カレン》
装　　丁　imagejack.inc
D　T　P　松井和彌
編集・発行人　安本千恵子
発 行 所　株式会社イースト・プレス
〒101-0051
東京都千代田区神田神保町2-4-7 久月神田ビル
TEL 03-5213-4700　FAX 03-5213-4701
印 刷 所　中央精版印刷株式会社

ISBN 978-4-7816-9592-1

Sonya ソーニャ文庫の本

『王太子の情火《じょうか》』　奥山鏡

イラスト　緒花

Sonya ソーニャ文庫の本

『**永遠の蜜夜**』 鳴海澪

イラスト さんば